L'horrible face de la planète bleue

Un scénario possible

Claire Hamelin Manning

Note à propos de la couverture : Cette magnifique image représentant si bien le contenu du livre, provient du site terresacree.org. Nous les remercions de tout coeur.

Table des matières

Point de non-retour

Ottawa, Canada - mardi, 5 mai 3010
La population de la Terre : 1, 5 milliard

Robert Benson quitta sa voiture électrique, portant un dispositif de respiration comme il le fait à tous les matins. L'air est si pollué que personne n'ose respirer dehors. Il y a une odeur vraiment nocive dans l'air. Le ciel est rouge et gris et personne n'a vu un ciel bleu depuis de nombreuses années.

En fait, dix générations se sont succédées sans voir un ciel bleu. Des images et des photographies à la bibliothèque locale sont tout ce que les gens peuvent consulter pour avoir une idée de ce concept qui n'existe plus.

L'ozone est inférieur à la moitié de ce qu'il devrait être et le rayonnement du soleil est insupportable. Un tiers de la planète n'a pas d'eau potable, la dernière solution avait consisté à cultiver des nuages dans les laboratoires pour faire tomber la pluie. Elle était ensuite purifiée et distribuée selon les besoins de chaque région. C'est un moyen très coûteux de produire de l'eau potable.

Le bétail n'existe pas dans de nombreux pays et de la nourriture synthétique doit être produite dans plusieurs régions de la planète.

Beaucoup de serres avaient été construites dans les pays riches et un représentant officiel de l'ISS* a un contrôle total sur la distribution.(*International Service Society : groupe international indépendant qui régit dans tous les pays du monde : de la technologie à l'alimentation à la fois synthétique et réelle, aux médicaments, la publicité, les médias, le divertissement, le contrôle de la population, l'importation, l'exportation, les parcs intérieurs d'animaux sauvages, etc.)

Même s'il y eut beaucoup d'efforts pour distribuer uniformément tout ce qui reste de ce que la Terre peut donner, il n'y en a pas assez pour tous, résultant en des populations de pays tout entiers qui disparurent.

C'est une situation qui dure depuis des siècles et elle est maintenant acceptée comme étant le mode de vie. Les pays les plus pauvres dépendent des plus riches pour les soutenir. Et, il suffirait de quelques jours sans les approvisionner pour les voir rapidement disparaitre.

Dès son arrivée, Robert Benson passe par une chambre de décontamination, y sort, donne un salut à ses gardes et entre dans son bureau.

Robert Benson, premier ministre du Canada, assis à son bureau, prend son Java et lit les journaux électroniques sur l'écran de son bureau. Le pays dispose d'un bon record sur l'emploi et le bien-être financier du pays. Le système financier est dans le noir, rien d'autre de spécial à lire. Tout semble être comme d'habitude.

Terminant sa lecture, il appuya sur un bouton de la télécommande et alluma la T.V. 3D. L'ISS met en vedette les dernières découvertes sur le comportement mental. Le financement pour la fabrication la nanomédication miraculeuse était largement promu. Le but était de la donner aux enfants avant leur naissance…

Les titres au bas de l'écran mentionnent qu'il y a beaucoup de souffrance et de morts dans plusieurs pays. La famine, la pauvreté et le taux de mortalité augmentent.

Toute la nourriture créée pour nourrir la population est complètement sous le contrôle de l'ISS. Cette situation est la recette parfaite pour la disparition de la vie telle qu'on la connait sur la planète – un avenir qui s'avère très négatif.

Rien n'est résolu au sujet de la pollution croissante et l'attention est toujours dirigée vers autre chose. Perte de temps et d'argent sont l'unique résultat. Robert sentait depuis longtemps que l'ISS allait trop loin et c'était devenu de plus en plus évident lorsqu'il était devenu premier ministre. Et cette dernière, qui demande encore plus d'argent, vient de répandre de l'huile sur une émotion déjà enflammée envers l'ISS.

Le reste du monde est en plein désarroi et personne d'autre, pas même les pays les plus puissants dans le monde au cours du siècle n'est en mesure de faire quelque chose pour ce qui semble être une spirale descendante continue.

De nombreux pays dans le passé combattirent vers une amélioration, mais en vain. Rien ne peut être fait ou est-ce juste un message poussé dans tous les médias par certains individus et groupes d'intérêts spéciaux avec tant de répétition que la majorité commence à y croire ?

Personne n'est contre le système ISS. Il fut fondé pour répondre à certains besoins durant des points cruciaux de l'histoire de cette planète et demeure tel quel aujourd'hui. Il avait contribué à améliorer la survie lors des tempêtes météorologiques sans fin, mais celles-ci n'existent plus depuis longtemps, et l'ISS changea de mains. Il existe toujours et est encore plus puissant avec un contrôle sur tout.

Son contrôle empiète sur tous les aspects de la vie sur la planète entière. Il exige maintenant plus de la moitié de toutes les sommes recueillies par les différents gouvernements.

Il est également très discret sur la façon dont il dépense ces ressources. En raison de ces énormes ressources financières, il peut et doit pousser les gouvernements à obéir à sa volonté.

Robert appela son assistante parlementaire et décida de fixer une réunion d'urgence pour 13 h 00 dans la salle de conférence principale. Pas de journalistes, aucun représentant de l'ISS ne fut invité, seulement toute l'équipe. Nul ne fut dispensé : présence obligatoire.

Le mot sortit comme un éclair. Lorsque le premier ministre appelle pour qu'une réunion d'urgence prenne place, soyez bien conscient que ce n'est pas un rassemblement pour parler de la prochaine élection.

Tout le monde se rassembla dans la salle, les députés, les secrétaires, etc. tous désireux de découvrir le but de cette réunion. Lorsque Robert entra dans la salle, les gens se regardèrent comme s'ils s'attendaient à quelque chose de très spécial. Cette soudaine réunion quand il n'y avait pas de mauvaises nouvelles, c'était peut-être qu'il annoncerait sa démission. Ce fut un moment intense pour tous.

Robert s'assit à la table et tous les yeux étaient dirigés vers lui. Il ajusta le microphone autour de son oreille gauche et regarda autour en silence. Ensuite...

– Mes amis, dit-il, comme vous le savez, tout ne va pas avec ce qui se passe autour de nous, plus précisément dans le monde entier. Je suis venu à la conclusion que nous nous dirigeons vers la catastrophe si nous ne faisons rien pour changer de direction.

Notre parti est au pouvoir depuis de nombreuses années et je pense que nous avons fait de réels progrès pour le bien de notre pays. Mais cela ne durera pas si nous ne commençons pas à regarder à l'extérieur de nos frontières.

La pollution a empiré au cours de la dernière décennie.

Le nombre de morts augmente par milliers chaque année majoritairement en raison de la qualité de l'air et de l'eau !

Il claque son poing sur le bureau. Tous rebondirent sur leurs chaises. Ils ne l'avaient jamais vu dans cet état de colère.

Les enfants dans certains pays ne voient pas leur 5e anniversaire parce que les dirigeants de l'ISS ne leur permettent pas d'y arriver. Seuls les riches gourmands peuvent avoir de l'oxygène dans leurs poumons ! Le reste de la population en souffre et cela les emmène vers l'apathie.

Cela n'a pas de bon sens mes amis, et je veux des réponses sur la façon dont nous pouvons prendre responsabilité pour cela et y faire quelque chose.

Je veux un rapport d'ici la fin de la semaine sur la façon dont nous pouvons prévenir la détérioration de l'état de notre planète et de ses habitants. Cela vous donne quatre jours.

En ce qui me concerne, si nous ne faisons pas quelque chose rapidement, nous serons étouffés par notre air et grillés par le rayonnement du soleil. Personne ne sera capable de survivre sur cette planète.

Pour ce qui est du budget, je veux un rapport complet de ce qui reste dans le compte destiné à l'ISS et la raison donnée de son utilisation. Je veux tous les détails où l'argent est investi.

Je fais mes propres recherches sur cette question. Je m'attends que vous considériez cette tâche comme prioritaire, car elle est devenue la mienne.

Bien qu'il y ait eu de nombreuses tentatives des scientifiques pour trouver des solutions au fil des années, il semble que maintenant ce soit accepté : il n'y a pas de point de retour. Je ne crois pas à cela. Voyons ce que nous pouvons faire.

Appelez tous les scientifiques que vous voulez, mettez la main sur ceux que vous savez avoir du bon sens. Il faut qu'il soit responsable, que ses actions aient été prouvées efficaces par des résultats scientifiques. Des choses qui peuvent me prouver que quelque chose peut être fait et rapidement. La réunion est terminée.

Robert quitta la salle et retourna à son bureau. Il poursuivit son étude de la situation.

Il y avait plusieurs sociétés intergalactiques qui avaient donné des conseils utiles aux gouvernements sur d'autres planètes, mais n'étaient pas en mesure de résoudre les problèmes de la planète Terre. Leur assistance s'orientait davantage vers une ère électronique sophistiquée, comme le transport rapide d'un pays à l'autre en quelques minutes.

Ces choses étaient bien en elles-mêmes et très appréciées, mais le cœur du problème n'avait jamais été abordé.

L'ISS avait toujours été reconnaissante pour ces identités de donner un coup de main pour le mieux-être et les valorisa grandement dans les médias et par tous les autres moyens possibles.

Après des décennies de l'utilisation de ce type de transport, la pollution continua d'augmenter à une vitesse stellaire et à partir de là, la maladie et la mort chez les adultes et les enfants augmentèrent proportionnellement.

Ces assistants nommés Bachers ne souhaitaient pas améliorer la condition humaine. Ils voulaient seulement obtenir la marchandise que cette planète peut offrir : l'or moderne – l'**Eau,** fournie par l'ISS, en échange de services.

Cette eau qui vient de grottes souterraines entre la frontière américaine et le Canada n'avait jamais été en contact avec des polluants provenant de la surface.

Ces sources d'eau sont fortement gardées par l'ISS et inconnues par la majorité des gouvernements. Seuls sont ceux et celles qui avaient passé le niveau dix de sécurité à l'intérieur de l'ISS en connaissaient l'existence. Entretemps, le reste de la planète ne partageait qu'un litre d'eau par jour par personne.

Récemment, en lui demandant davantage de soutien financier pour leur budget, Robert estima que l'ISS allait trop loin. En fait, Robert n'avait jamais fait confiance à ce groupe. Il avait toujours eu l'impression que ce qu'ils disaient qu'ils faisaient et ce qu'ils faisaient, étaient deux choses bien différentes.

L'ISS se trouvait partout dans son gouvernement et ce groupe voulait contrôler tous les ministères, leurs dépenses, où va l'argent, ils concentraient tous leurs efforts sur le ministère de la Santé et le ministère de la Défense où la majorité de l'argent était dit dépensé. Ils avaient une grande influence dans le pays.

Robert avait mené une bataille continuelle avec eux parce qu'il n'avait jamais été d'accord de leur donner l'ensemble de son budget annuel. Il était heureux d'avoir tenu le coup, car il avait observé de ce qui se passait dans les pays qui l'avaient fait.

Je dois trouver quelque chose, quelqu'un, quelque part, il doit y avoir une spécialité quelconque qui traite de cette question.

Robert appela son assistante parlementaire et lui demanda de trouver toutes les planètes possibles connues sur Terre qui n'avait pas fait affaire avec sa planète.

Quelques heures plus tard, son assistante parlementaire lui envoya toute une liste d'entreprises de sociétés, tel que demandé.

Défilant vers le haut et vers le bas de la page de publicité, il tomba sur une annonce simple qui attira son attention. Elle se lit comme suit :

« Nous ne pouvons pas vous promettre que vous réussirez. Mais nous pouvons vous garantir que vous serez à la hauteur de ce que vous voulez régler et améliorer lorsque vous aurez toute l'information nécessaire.

Découvrez par vous-mêmes.

Contact: Mlle Julia Zeni via le Gamma intergalactique.

Signé: L'institut de la planète SN2Y qui vous fournira les services dont vous avez besoin. »

Robert regarda cette annonce à plusieurs reprises. Sa curiosité s'amplifia.

La planète SN2Y

Il y avait longtemps, un homme nommé Afkis Zeni décida de migrer sur une planète nouvellement découverte qu'il avait appelée SN2Y. Elle est située à l'est de la Voie lactée, dans la galaxie Morodon.

Avec ses meilleurs amis, il décida de faire quelque chose d'extraordinaire et de jamais fait auparavant. Il décida de rendre les gens conscients de leur environnement, de leur faire comprendre qu'ils étaient responsables de leur environnement, et en leur faisant ainsi profiter de la vie plus que jamais.

Pour ce faire, il voyagea loin de sa bien-aimée planète Etka où il avait accompli son objectif. Une planète où il n'y avait pas de pollution, ses habitants se respectaient les uns les autres, chacun avait sa place dans la société et appréciait la vie avec une liberté qu'ils n'avaient jamais envisagée.

Il déménagea ensuite à SN2Y, cette planète nouvellement découverte.

Pour réaliser ses rêves, il dut s'entourer de gens qui avait un grand sens de la bienveillance et qui savaient ce que cela signifie vraiment. Il envoya à travers toute la galaxie, des messages d'emploi qui demandaient ces qualités, sur les énormes panneaux galactiques que tous pouvaient voir durant leurs voyages.

Comme il y avait des milliers de lunes sur lesquelles ces annonces étaient affichées, il était facile pour lui d'obtenir le message.

Un scientifique qui pouvait résoudre n'importe quoi sur n'importe quel aspect de la vie : un critère très exigeant. Ces personnes devaient avoir obtenu 100 % sur tout ce qu'ils avaient étudié. Une bonne compréhension de tous les aspects de la composition de l'univers physique était nécessaire, ce qui veut dire une connaissance accrue de toutes les sciences.

Plusieurs études montrèrent qu'il y avait un dénominateur commun à ce qui donne la vie et la façon dont elle est soutenue.

C'était un vaste sujet qui n'était pas compris par tout le monde. Le fait que seul l'univers physique était la réponse au Grand Mystère n'avait pas été prouvé. Il était bien conscient de cela et il avait besoin de personnes particulières ayant l'esprit ouvert, désirant explorer cette nouvelle façon de regarder et de trouver des réponses.

Zeni n'avait pas eu une vie facile. En plus d'élever une enfant par lui-même, il avait traversé beaucoup de scepticisme par la majorité des gens. Surtout quand il disait que tout ce qu'il avait accompli pouvait être fait n'importe où. Quelques-uns de ses amis l'avaient soutenu, mais tous n'avaient pas la connaissance scientifique et la sagesse qu'il avait acquises.

Néanmoins, il n'avait jamais renoncé à son idéal et il était très fier de lui-même en aidant à détruire les murs de l'ignorance et à mettre la science et la connaissance accessible à tous.

Bien sûr, il dut amener les gens à connaître les bases de l'éducation, comme la lecture, l'écriture, les mathématiques et les compétences de communication, etc., mais avec la volonté, les gens se donnèrent une chance. Ils avaient au moins essayé. Le succès devint plus grand que ses propres attentes.

Julia Zeni, une scientifique

SN2Y est une très belle planète. On y trouve une montagne particulière qui porte le nom de Zen en l'honneur de Julia Zeni une scientifique. Elle a un niveau supérieur de compréhension et d'exécution des diverses disciplines scientifiques. Elle est capable de résoudre des problèmes sur tout l'ensemble du spectre.

Elle consacra sa vie à aider les gens sur plusieurs planètes, pour se débarrasser de la pollution, de la guerre, de l'injustice et de la dictature. Elle survécut à beaucoup d'expériences – bonnes et mauvaises – elle avait toujours essayé de faire une différence.

Elle est une personne spéciale, non seulement elle est une scientifique qui a prouvé que tout peut être fait et que la loi de la physique peut être renversée, elle a quelque chose que personne ne peut expliquer, c'est comme si elle avait traversé beaucoup d'autres champs d'études, ce qui la rend unique.

Personne ne peut cerner ce qu'elle est vraiment. Elle a ce mélange de spiritualité et de science. Elle est une personne énigmatique. Elle n'a jamais mentionné qu'elle était une croyante. En tant que scientifique, la preuve est la réponse à rechercher.

« Vous devez observer par vous-même et déterminer si cela est logique ou non, vrai ou faux, etc. »

C'est la devise qu'elle utilise avec ses scientifiques.

Il a toujours été difficile pour ses collègues d'identifier ce qu'elle a que les autres n'ont pas. Elle est en fait, une personne tout à fait unique.

Elle vit sur cette planète depuis plus de 125 ans, mais ce n'est certainement pas apparent quand on la regarde. Les scientifiques ont découvert que la vie sur SN2Y dispose d'une meilleure qualité d'atomes et de molécules qui nourrissent le corps, donc l'âge d'une personne progresse à un rythme beaucoup plus lent.

La moyenne d'âge de ses habitants, selon la réalité de la Terre, se trouve entre 30 et 40 ans. C'est l'âge moyen du corps de l'ensemble de cette civilisation. Bien sûr, ils ont des enfants, et ils ont aussi le choix de leur vieillissement final. Ainsi, il est amusant de dire que n'importe qui peut choisir son âge, puis arrêter le processus de vieillissement avec une légère altération de la composition de la structure de leur corps.

Beaucoup d'autres gouvernements d'autres planètes et des personnes cupides avaient essayé d'obtenir la science de la jeunesse éternelle. C'était un secret que Julia Zeni gardait pour elle-même.

Elle sait que des modifications très précises de la propriété de l'ADN créent cette fontaine de jouvence. Mais elle estime qu'il serait dangereux pour un gouvernement d'utiliser cette découverte sans sa supervision. Ils pourraient l'utiliser contre leur propre peuple, c'est-à-dire accélérer leur vieillissement, simplement en renversant ce processus naturel qu'elle connait et qui se vit tous les jours sur SN2Y.

Plusieurs gouvernements avaient envoyé des représentants à SN2Y sous différents prétextes, feignant d'être intéressés à se débarrasser de la pollution sur leur planète, mais ils avaient tenté d'acheter des réponses des assistants de Julia.

Cela ne s'était jamais produit puisque ses assistants, en dépit d'essayer de comprendre le phénomène, n'avait jamais trouvé la réponse. Pour ceux qui étaient venus sur SN2Y pour s'approprier du secret, ils firent fausse route et retournèrent à leur planète les mains vides.

Il lui avait fallu plusieurs années de travail et d'expérimentation pour décoder le secret. Elle partagera cette technologie au moment opportun.

Pour l'instant, sur SN2Y, tout le monde est heureux avec leur corps physique et en profite. Julia Zeni est de taille moyenne, elle a de longs cheveux blancs, des yeux bruns pétillants et elle a toujours un sourire pour tous. Elle est charismatique. Elle a une qualité très rare, elle ne comprend les choses que si elles sont logiques. Elle a une gamme d'émotions, qu'elle crée à volonté.

Trop de choses avaient été en jeu au cours de sa vie pour que l'émotion contrôle son travail. Elle avait toujours eu de la compassion pour les autres. Elle ne recula jamais devant les tâches exigeantes.

Plusieurs planètes et civilisations intergalactiques avaient demandé qu'elle et ses assistants les aident à se débarrasser de ce qui fait qu'une société échoue.

Elle est diplômée de nombreux instituts scientifiques de plusieurs galaxies. Elle a également enseigné et donné des conférences sur de nombreuses planètes. Elle a toujours été fière de ses réalisations. Pendant tout ce temps, elle avait demandé très peu en retour pour son enseignement.

Elle n'avait jamais souhaité devenir l'une des super riches de l'univers, malgré le fait qu'elle aurait pu le devenir.

Son institut est situé au flanc de la montagne Zen. Cette montagne est très spéciale. Il semble que les arbres dansent avec le vent, les arbres et leurs feuilles changent de couleur chaque fois que le vent souffle. Parfois, ils forment un arc en ciel ; parfois se transforment en bleus et verts. Et à midi, chaque jour, ils empruntent la couleur des deux soleils.

Le ciel est d'un très beau bleu aquatique. Il y a beaucoup d'oiseaux colorés et ils chantent constamment. Parfois, ils se tiennent aux fenêtres donnant sur les scientifiques et les assistants de Julia Zeni dans les laboratoires d'enseignement où se trouvent les nouveaux venus de différentes races et planètes. Mais ils ne dérangent personne. En face de l'Institut, il y a une mer immense avec des vagues douces embrassant le sable bleu et blanc.

Il y a trois saisons sur la planète, le printemps, l'été et

hibernia. Ce dernier arrive seulement une fois tous les cinq ans et dure cinq mois.

Durant cette période, tout dans la nature devient blanc cristal, mais il ne fait jamais froid. C'est juste un pur cristal blanc embrassant une teinte d'aqua bleu. Cette saison est très chère à tous puisque la planète prend ce temps pour se reposer.

Toute la nature et le règne animal font de même. Un peu de repos et de sommeil. Cela dépend de leur nature.

Après ces cinq mois, tout devient magique, il y a un changement dans la nature, les mers deviennent bleu clair, les fleurs et les plantes surgissent de nulle part, comme si elles attendaient simplement de s'épanouir.

Ensuite, il y a une douce brillance de lumière bleue provenant des deux soleils et tout devient coloré, le printemps est là avec de nombreuses surprises, comme de nouvelles fleurs et de nouvelles plantes en pleine croissance.

Puis vient l'été qui expose son plus bel art.

Pitchnouks ?

L'air est pur sur SN2Y, il y a beaucoup d'oxygène et tout le monde peut respirer facilement. Personne ne tombe malade sur cette planète. De la population aux animaux jusqu'aux plus petites plantes, tous peuvent respirer.

La raison de cet air pur est qu'il y a des petits pitchnouks dont le travail consiste à se nourrir de la pollution. Ces petits insectes biorobots mesurant à peine deux pouces de longueur peuvent être vus lorsqu'ils se mettent au travail, c'est-à-dire lorsque les deux soleils se lèvent le matin. Ils sont faciles à détecter, ils sont blanc et bleu. Ils ont des ailes. Quand ils volent, ils filtrent l'air de la pollution grâce à leurs ailes. Ils transforment la pollution en éléments nutritifs.

Alors que la population de SN2Y ne produit aucune émission de serre, c'est son emplacement à proximité d'une planète condamnée qui est une menace. Les pitchnouks avaient été amenés de la planète Etka. Ils travaillent en permanence, du lever au coucher du soleil.

Ils vont très haut dans l'atmosphère et y restent pour faire leur travail. Puis, le soir, ils viennent se reposer sur les feuilles des arbres : un repos bien mérité. Leurs ventres deviennent jaune pâle, un signe qu'ils digèrent pendant leur sommeil.

Ils se reposent également pendant la saison Hibernia. Ce repos est certainement bien mérité. Merci à ces petits assistants, SN2Y est la planète idéale pour les personnes qui veulent y venir pour apprendre.

Les assistants de Julia Zeni eurent également beaucoup d'expériences variées, ayant eux-mêmes parcouru le même chemin, c'est-à-dire qu'ils allèrent sur plusieurs planètes avec tout le bagage de connaissances, pour aider ceux qui avait demandé de l'aide.

Ils rencontrèrent les gouvernements, les politiciens et les groupes indépendants et prouvèrent à maintes reprises que tout peut être résolu, si entamé à temps avec la bonne technologie.

Il y eut de nombreuses occasions où il était malheureusement trop tard. La pollution n'avait pu être traitée, le niveau de radiation étant trop élevé et il en résulta la disparition de tout signe de vie jusqu'au niveau microscopique.

Ces civilisations avaient soit disparues ou la riche minorité s'en était sorti, immigrant sur des planètes voisines, laissant mourir le reste de la population.

Julia Zeni n'avait jamais été d'accord avec ce type de situation. Lorsqu'elle découvrait la vérité à propos de ces gouvernements qui avaient favorisé les plus riches pour leurs exodes, elle s'était ensuite promis que cela ne se reproduirait jamais plus et qu'elle ne se ferait jamais berner une autre fois.

Sur d'autres planètes, il y eut des gouvernements qui n'avaient pas délaissé leur peuple. Ils avaient tous, un par un, quitté le danger que leur planète offrait. Ils avaient obtenu de l'aide, étaient revenus à la santé et avaient prospéré sur leur nouvelle planète. C'est ce qu'elle cherchait toujours à faire dans son travail. Elle avait également travaillé très fort pour éduquer les gens afin de ne pas laisser l'histoire se répéter.

En donnant aux gens les règles de base telles que la chimie, physique, biologie et mathématiques, ils pouvaient alors mieux comprendre le phénomène de la dégradation et tout ce qui était sous les normes acceptables pour une meilleure qualité de vie. Parce que ces gens avaient développé leur conscience. Et avec la connaissance, ils devinrent plus responsables et respectueux de leur environnement.

Le résultat qu'elle avait toujours attendu : une situation réglée une fois pour toutes. Que personne n'oserait retourner à des actions polluantes, nuire à leur planète, commettre des actes criminels ou cibler injustement une section particulière de leur population.

Parfois, il est difficile de penser que ces situations existent. Plusieurs civilisations n'avaient pas connu autre chose et avaient adopté ces agissements comme mode de vie.

Julia Zeni n'avait jamais eu un compagnon dans sa vie, elle avait toujours été à la course, allant d'une planète à l'autre. Elle fit un excellent travail pour la cause. Et son succès fut si grand que toutes les guerres et les conflits avaient cessé sur ces planètes et n'étaient jamais réapparus.

Elle a toujours quelqu'un dans son cœur, mais c'est un secret. C'est un homme du nom de Peter Malgrani. Il était le deuxième diplômé de l'Institut et elle l'aime tout simplement. Il est beau, très professionnel et très méticuleux au sujet de son travail. Il a aussi un grand sens de l'humour.

Quand elle avait pris sa retraite, Peter n'avait pas pris la sienne. Ils sont amis et elle espère toujours qu'un jour, elle va lui livrer son secret. Il vient toujours la voir après une affectation, mais juste pour un « Salut ! » ou un « Au revoir ! » Et rien de plus. Elle ne lui en avait jamais parlé, car leur rencontre était trop courte pour commencer à parler de leur avenir…

Comme Hibernia prenait fin, cela signifiait que tous les scientifiques qui étaient venus à SN2Y avaient terminé leurs études.

Ils se dirigeaient vers leur planète, enrichis de la connaissance appropriée afin de régler leurs difficultés planétaires. Certaines concernant la pollution, l'absence de nouvelles générations en raison d'un très haut degré de stérilité chez les jeunes adultes, certaines maladies qui n'étaient pas curables. Ils avaient maintenant un bon assortiment de connaissances pour aider à régler ces questions.

Ces nouveaux scientifiques passèrent leurs tests avec brillance. Leur dernière épreuve étant de se rendre à une planète et trouver la source des problèmes qui était à ce jour inconnue des populations. Ils étaient, bien sûr, aidés par des assistants de Julia, mais ils devaient utiliser leur intelligence et leur logique, puis faire le travail nécessaire. À leur examen final, ils passèrent tous avec précision, et 100 % !

Les résultats furent si grands que Julia avait une collection des résultats dans la bibliothèque galactique principale.

Les gens sur SN2Y ressemblent physiquement aux humains. La seule différence entre eux et les humains, c'est qu'ils ont trois points qui forment un triangle sur le côté supérieur de leur main. Cela fait partie de leur ADN et vous les reconnaissez immédiatement lorsque vous rencontrez quelqu'un avec ces marques : ils sont les habitants de SN2Y.

Les autres différences plus subtiles sont qu'ils utilisent cent pour cent de leur intelligence, et ils n'ont pas d'émotions négatives. La haine, la colère, la jalousie ne font pas partie de leur vie.

Personne sur SN2Y ne fait le travail domestique. Les robots font le travail et ils sont programmés pour faire leurs fonctions spécifiques. La construction et l'entretien de ces robots se font aussi par d'autres robots : de la nourriture aux transports, aux communications, tout est robotisé. Ils sont appelés serviteurs. Ils ne sont pas aussi intelligents que les gens, mais contribuent grandement à la raison de l'existence de SN2Y.

Les habitants de SN2Y concentrent leur attention sur l'innovation du mieux-être de toutes les espèces. En particulier de ceux qui ont demandé leur aide et leur expertise. Il s'agit d'une base scientifique offrant ses services à tous. Ceci, après tout, était le but d'Afkis Zeni, le père de Julia.

Les étudiants de Julia

Leur temps sur SN2Y étant passé, les diplômés reprenaient leur chemin à travers les galaxies. L'amélioration de la vie des personnes et des planètes se faisait sentir. Ce fut vraiment une grande réussite pour tous, et à la fin de leur formation, chacun rêvait de son départ et à la diffusion d'une vie meilleure.

Julia reçut des tonnes de messages de leur part l'informant du déroulement des choses depuis leur arrivée et comment ils avaient été accueillis. Certains eurent un peu de mal à se réadapter, car la qualité de vie sur SN2Y était tellement supérieure. Mais ce qui compte, c'est qu'ils avaient passé à travers.

Soudain, elle entendit :

– Miss Zeni, c'est Gamma galactique, nous avons un message pour vous venant de la planète 'Terrrreeee', un habitant demandant que vous répondiez à son message dès que possible.

L'annonce était très spéciale puisque le serviteur annonçant ce message à Julia ne pouvait évidemment pas prononcer le nom de la planète. Gamma galactique envoie des informations à travers la galaxie. Cette entreprise utilise des tableaux télépathiques qui échangent des données en quelques secondes.

Le message est immédiatement livré à la personne à qui il est adressé. Ensuite, il peut y avoir un échange entre l'émetteur et le récepteur. Pas de décalage dans le temps, la communication instantanée à l'état pur, peu importe, la distance.

– Oui, c'est Julia Zeni, et vous êtes ?

– Ici Robert Benson, du Canada, de la planète Terre. Je souhaite en savoir davantage sur les services que vous offrez. Mon pays, ma planète est en très mauvais état. La pollution est insupportable pour tous et il y a des questions sérieuses que je voudrais discuter avec vous. Je veux aussi savoir ce que l'on peut faire pour résoudre ces problèmes.

Planète Terre, jamais entendu parler… se dit-elle en elle-même.

– Eh bien, M. Benson, comme annoncé, nous sommes un groupe de scientifiques dont le seul but est d'aider à résoudre les situations qui ne conviennent pas à la survie des populations.

Nous utilisons tout d'abord la science pour nous rendre à la cause, pour que les erreurs ne se répètent pas. Nous ne prenons que des gens responsables qui ont prouvé à leur gouvernement qu'on peut leur faire confiance à cent pour cent et les mettre dans une position où ils peuvent résoudre les problèmes, et veiller à ce qu'ils ne répètent pas la même triste situation à l'avenir.

Il est un peu difficile de vous expliquer sur une communication de longue distance, mais que diriez-vous si je vous contactais d'ici quelques jours. Je dois vous confesser que j'ai besoin de temps pour me familiariser avec votre situation, car honnêtement, je ne connais pas votre planète. Donc, je veux faire mes devoirs et vous revenir.

– Très bien, je vais attendre votre appel. S'il vous plaît, n'hésitez pas à me contacter au besoin. Je vous remercie et à bientôt.

– Très bien M. Benson, à bientôt.

Elle n'avait aucune idée de ce qu'était cette Terre et cet inconnu de cette planète lui demandant son aide.

Je n'y suis jamais allée et je ne sais rien à propos de la planète. Je ferais mieux d'aller à la bibliothèque et voir ce que je peux trouver en référence à celle-ci.

Selon les documents, personne n'y était jamais allé. Cette planète ne fut découverte que récemment, et les informations furent ajoutées à la Bibliothèque Galactique pour référence.

Réalisant qu'elle n'avait jamais mis les pieds sur cette planète, elle décida de prendre les manuscrits disponibles et voir ce que l'information lui fournirait.

Pourquoi est-il si intéressé que nous allions le voir ? Je n'y suis jamais allé moi-même et je ne sais pas grand-chose. Donc, je ferais mieux de savoir pourquoi il veut tellement que nous y allions... La prochaine fois qu'il appellera, je ne veux pas être ignorante...

Elle passa des heures et des heures à la recherche et à la lecture des données. Finissant sa longue journée sur cette note, elle sentait qu'elle avait fait quelque progrès. Il lui sembla que cette planète avait une longue histoire d'être son propre bourreau depuis des millions d'années. Il y avait toujours quelque chose qui entravait et empêchait cette planète de progresser. À travers les descriptions de chaque siècle, l'histoire ne s'était pas améliorée.

Elle examina également les informations sur l'ISS qu'elle trouvait assez troublantes. Ce groupe dirigeait tout en exerçant une influence sur les autres entités gouvernementales de la planète. Personne n'y pouvait rien, il avait son emprise sur tout.

Ce groupe avait évolué à partir d'un groupe formé après ce qu'on a appelé la première Grande Guerre pour aider à traiter les problèmes et les situations entre les pays. Afin de garantir qu'il n'y aurait jamais le même type de conflit.

Il fut prouvé complètement inefficace et fut démantelé pour être remplacé par un autre groupe. La nouvelle entité a été appelée l'Organisation des Nations Unies (en abréviation : l'ONU). Comme le groupe précédent, elle était censée aider les pays et prendre des résolutions pour régler les situations qui pourraient autrement conduire à des conflits armés et encore une fois impliquer toute la planète. Il a été convenu qu'elle soit financée par toutes les nations.

Au fil du temps, elle devint plus grande et allongea ses bras dans d'autres domaines tels que la santé, l'éducation, l'environnement, les droits de la personne, etc. Comme elle était devenue plus grande et plus puissante, elle devint un gouvernement en soi ; exigeant de plus en plus de financement par les gouvernements afin de financer ses propres programmes.

Malheureusement, comme cela arrive souvent avec les groupes, elle devint complètement corrompue et perdit de vue son mandat et la raison de son existence initiale.

Son but était devenu l'expansion de son propre pouvoir et la richesse de ses dirigeants et de leurs serviteurs, au détriment des pays mêmes qui étaient ses financiers et le soutien de leur existence.

Elle devint également un outil utilisé par des groupes puissants qui poussaient leurs agendas dans le domaine de la santé, des médicaments et le contrôle du grand public en utilisant le contrôle de leur pensée, l'utilisation de procédures afin de modifier leur comportement. Certains grands groupes religieux utilisèrent également leurs positions pour obtenir l'aide de l'ISS pour accéder à de plus hautes positions, augmentant leur contrôle et leur croissance.

Au cours des siècles, ce groupe évolua dans la corruption et devint tout puissant. Ce groupe est aujourd'hui appelé l'ISS (International Society service).

Ils sont semblables à certains groupes qui étaient contre mon père, mais ils semblent être beaucoup plus organisés pour tout contrôler. Nous avons certainement besoin d'envoyer une très bonne équipe puisque je doute qu'ils aient quelqu'un qui soit à la hauteur. Il y a tellement de choses à faire, je n'ai jamais rien vu de pareil.

Ils sont appelés humains. Je me demande ce que cela signifie vraiment. Ils sont les habitants de cette planète, mais qu'est-ce que l'humanité signifie vraiment ?

Fermant l'écran de défilement, elle se dit que cela semblait être la prison pour cette partie de leur galaxie.

Julia quitta la bibliothèque s'interrogeant quant à savoir qui serait prêt à y aller et faire le travail. Elle avait certainement beaucoup de scientifiques expérimentés disponibles, mais puisqu'elle en savait maintenant davantage au sujet de la Terre, cela demandera beaucoup de courage et de détermination pour relever ce défi…

OK, je dois arrêter de penser. Mieux prendre du bon sommeil et réfléchir à cela demain.

Ira-t-on sur Terre ?

Le lendemain, Julia contacta son père et lui parla de la conversation qu'elle avait eue avec un certain M. Benson de la planète Terre.

– Je n'en ai jamais entendu parler, répondit-il immédiatement.

– Je t'envoie la conversation enregistrée que j'ai eue avec lui et le suivi du temps de cette planète - s'il te plaît reviens-moi là-dessus et dis-moi ce que tu en penses. Cet homme demande que nous envoyions une de nos équipes là-bas.

Je te dis que j'ai tourné et retourné toute la nuit à penser à ce que j'ai lu hier. Ce ne sera pas une tâche facile, crois-moi. Je voudrais discuter avec toi, si oui non nous devrions offrir nos services. Tu verras ce que je veux dire quand tu entendras et verra les informations.

C'était vraiment un territoire inexploré pour l'Institut. Cette planète était très éloignée. Ainsi, Julia évalua que cette intervention devrait durer quelques années afin que le travail se fasse correctement. Il y avait beaucoup de choses à couvrir.

Plusieurs parties de la planète sont séparées des autres, ses habitants appellent pays chacune de ces sections. Cette planète n'est pas unilingue comme les autres, il y a beaucoup de différentes langues et dialectes, ce qui rend la communication plus difficile et fait partie de la cause de certains problèmes sur la planète.

Sur toutes les autres planètes connues, il y avait un gouvernement responsable et une seule langue.

Cela devait être pris en considération avant que quiconque puisse y aller. Elle étudia la planète, collecta toutes les informations à l'aide de certaines ambassades galactiques.

Zeni contacta sa fille et lui dit que ce serait une grave erreur pour l'instant d'envoyer un groupe sur cette planète.

De sa propre expérience, il n'avait jamais vu une planète en aussi mauvais état que celle-ci. Ce Robert Benson semblait vraiment sincère dans sa voix et semblait très convaincant, mais qui sont les autres habitants ? Que disent-ils ?

– Eh bien, tu as raison, nous n'avons aucune idée. Donc, je pense qu'il devra nous donner une solution et envoyer quelqu'un ou une équipe ici afin que nous sachions à qui nous avons vraiment affaire. Ensuite, nous pourrons décider.

Il n'y avait aucun moyen pour que quelqu'un puisse réussir dans cet environnement hostile, sans connaître les différents types de comportement et les différences imposées aux individus dans chacune de ces sociétés distinctes.

Il comprenait Julia et reconnut sa préoccupation. Elle avait toujours réussi dans ce qu'elle avait entrepris. Mais elle gagna chacun de ces défis avec un grand dévouement et un travail acharné. Si quelque chose pouvait être fait avec ce M. Benson, ce serait parce qu'elle pouvait faire confiance à quelqu'un de très intelligent et apte à relever les défis.

Son père savait qu'elle était préoccupée. Qui devait-elle envoyer sur la planète Terre ? Elle lui dit que ce serait une mission très éprouvante ; que personne ne s'y rendrait avant qu'elle ait fait ses recherches et obtenu toutes les informations nécessaires pour être en mesure d'avoir une mission réussie.

Elle lui dit ce qu'elle savait à ce sujet, à partir des informations disponibles de la bibliothèque. Mais elle n'en était pas satisfaite. Elle avait besoin de plus de temps, et devait rencontrer un habitant de cette planète pour répondre à toutes ses questions.

Il fut d'accord avec elle et lui laissa savoir que s'il y avait quelque chose qu'il pouvait faire pour l'aider de quelque façon que ce soi, il le fera avec plaisir.

– Tu as raison, je vais le contacter et lui demander

d'envoyer quelqu'un qui représente son pays ou la planète, à partir de là, je verrai si cela vaut un déplacement ou non.

– Eh bien, ma chère, reste en contact. Je suis à cent pour cent derrière le projet tant qu'il a un certain potentiel de réussite. Je sais que ce sera difficile, mais nous allons faire en sorte que cela puisse se faire.

Tu me diras si tu as besoin de quelque chose.

Julia veut davantage d'information

Les jours passaient et après réflexion, elle décida de poursuivre ses recherches sur la planète. Elle décida finalement de rappeler Robert Benson.

Utilisant la Gamma galactique, elle envoya un message qu'elle voulait parler à M. Benson sur Terre...

– Ici Robert Benson.

– M. Benson, ici Julia Zeni de l'Institut SN2Y. J'ai fait une étude approfondie des informations sur votre planète et je crains que nous ne puissions présentement envoyer une équipe... La raison est que votre planète est vraiment un territoire inexploré pour nous et nous ne pouvons pas envoyer quelqu'un là-bas sans une enquête plus approfondie de ce qui est nécessaire et souhaitable.

Il faut beaucoup de planification, et plus nous en saurons sur votre planète ou votre pays comme vous l'appelez, mieux nous pourrons nous préparer. Nous avons un Institut très respectable qui s'est révélée être un succès dans tout ce qu'elle s'engage à accomplir.

Nous avons besoin de quelqu'un de votre pays ou de la planète pour venir ici, afin de nous donner tous les renseignements dont nous avons besoin.

Y a-t-il quelqu'un en qui vous avez confiance ? Qui connaissez-vous qui peut venir et avoir le temps de vraiment travailler avec nous pour résoudre les nombreux problèmes dont vous avez parlé ? Pensez-vous à quelqu'un en qui vous avez confiance ? Nous aurons besoin d'une divulgation complète et de cent pour cent d'honnêteté pour faire ce travail.

Robert était gelé. Silence à l'autre bout de la ligne, déçu de voir que c'était un « no go » à moins que quelqu'un aille sur SN2Y. C'était un territoire inexploré pour lui aussi. Cette planète n'était connue de personne.

Il sortit finalement de sa pensée et répondit :

– Eh bien, Mlle Zeni, je vais devoir me pencher sur la question. Je ne peux pas vous promettre que je vais envoyer quelqu'un. Je rencontre mon équipe gouvernementale demain à 13 h 00 et par la suite, je prendrai contact avec vous.

– Très bien, Monsieur Benson, je vais m'attendre à recevoir votre appel bientôt.

La discussion se termina là. Robert arpentait son bureau, aller et retour, réfléchissant sur le rejet qu'il venait de subir provenant de cette femme, à des années-lumière. Il était difficile pour lui d'obtenir un non.

Est-ce que sa planète avait été condamnée et qu'elle ne voulait pas le lui dire ? Est-ce qu'il n'y avait aucun espoir de revenir à ce que la planète avait déjà été dans le passé ?

Quelle était la prochaine étape ? Qui voudrait y aller ? Tout son personnel avait de la famille, enfants, etc. Et si personne ne veut y aller ? Quel est le prochain pas qu'il aura à prendre ?

Il verra à la réunion...

Le lendemain matin, Robert était à son bureau à la même heure que d'habitude. Il était prêt à faire n'importe quoi afin de trouver une solution pour remédier à la situation de sa planète. Il ne pouvait pas continuer la routine habituelle. Trop était en jeu et il avait donné sa parole qu'il ferait n'importe quoi en son pouvoir pour faire bouger les choses pour le mieux.

Dix minutes avant 13 h 00, Robert était prêt à entendre ce que son équipe avait mis au point comme solution possible de ce qu'il avait discuté quelques jours plus tôt.

Réglant son microphone, il regarda tous les gens présents. Il dit :

– Bonjour à chacun d'entre vous. Je suis prêt à entendre

ce que vous avez comme solutions aux problèmes auxquels nous sommes confrontés. Qui veut commencer ?

Le silence complet, personne ne dit rien, sauf quelques toux qui se faisant discrètes ici et là. Puis, Simon, son commandant en second déclara que malgré les recherches, personne n'était parvenu à une solution convaincante, c'était une tâche énorme.

– Nous avons besoin d'une aide externe, quelqu'un qui est extérieur à notre situation et qui peut la voir d'un autre point de vue.

Nous sommes trop impliqués quotidiennement et nous ne voyons pas, je le crains, de la bonne façon. C'est difficile. Les solutions que nous avions, ont déjà été adoptées par le comité de la loi et ont toutes été mises en place.

Mais il n'y a aucun changement assez rapide pour obtenir l'accord de tous les gouvernements mondiaux de progresser avec ces lois. Des mesures plus drastiques sont nécessaires pour rétablir la pollution à un niveau acceptable dans un délai raisonnable.

Nous avons rencontré tous les meilleurs scientifiques et leur avons demandé ce qui peut être fait, ils nous disent tous, sans exception, qu'ils ont déjà fait de leur mieux avec les connaissances qu'ils ont.

Nous sommes allés trop loin et nous devons maintenant faire face aux conséquences. Ils parlent tous avec une attitude totalement défaitiste.

Robert écoutait attentivement ce que Simon disait puis tendit la main en l'air et dit :

– J'ai quelque chose.

Tout autour de la salle, il y avait des hoquets de surprise.

Oui, il y a quelque chose qui peut être fait. J'ai cherché, eh oui Simon, vous avez raison, quelqu'un extérieur à la scène serait mieux placé pour faire une évaluation intelligente de la situation et ensuite proposer quelque chose de tangible.

J'ai fait mes recherches et mis la main sur une publication au sujet d'un Institut qui se trouve sur la planète

SN2Y. Comme nous sommes situés à la fin de la galaxie Morodon, c'est très loin. Cependant, j'ai reçu une proposition qui semble être la voie à suivre.

Cet Institut qui a aidé d'autres planètes dans plusieurs situations souhaite rencontrer des gens de la Terre afin d'obtenir une évaluation adéquate de la situation, pour ensuite travailler sur la façon dont l'amélioration peut avoir lieu.

J'ai besoin de bénévoles qui s'y rendront, qui ont des cours de formation scientifique. Je n'ai aucune idée à quoi m'attendre. La personne à qui j'ai parlé semble très bien comprendre les problèmes auxquels nous sommes confrontés.

Est-ce qu'il y a quelqu'un ici qui est prêt à assumer la tâche ?

Son assistante parlementaire suggéra que ce projet devrait être remis à l'ISS, qui est le groupe approprié pour faire face à ce type de recherches. Robert la regarda et avec ses yeux perçants lui répliqua :

– Voulez-vous que la situation se dégrade encore plus que ce qu'elle est en ce moment ? Quels sont les résultats de l'ISS du financement et du soutien offerts pour la dernière décennie ? Je n'en vois aucun, et vous ?

Nous sommes le seul pays qui avons résisté et refusé de leur donner la moitié du budget de notre pays et comme par hasard, nous avons moins de problèmes que les autres pays qui donnent tout leur argent. Nous, on leur en a donné moins et nous avons moins de problèmes...

Il est temps de réaliser quelque chose ici...

Robert décide

Un silence glacial prit place. Personne ne leva sa main pour proposer autre chose. Robert regardait chaque visage dans la salle et ils n'étaient, de toute évidence, pas à la hauteur de la tâche : se rendre à SN2Y.

Robert était très surpris que personne n'eût le courage de dire, ça suffit, j'y vais, qui vient avec moi. À son grand étonnement, personne n'avança quoi que ce soit.

Robert se leva et dit :

– Simon, vous assumez mes fonctions à partir de maintenant jusqu'à ce que je revienne de cette SN2Y.

En regardant toutes les personnes dans la salle, il dit :

Vous êtes mieux de rester aux aguets pour contrôler ce qui nous reste de notre pays. Vous ne venez pas ? Alors vous ferez mieux de faire votre travail et de ne pas me laisser tomber.

Une dernière chose, et s'il vous plaît écoutez attentivement : cette réunion n'a jamais eu lieu, on ne peut parler de quoi que ce soit à l'ISS, surtout pas de ce que je m'apprête à faire. Je suis certain que vous savez pourquoi cela est si vital.

Tous le regardèrent et jurèrent, la main sur leur cœur qu'ils ne divulgueraient pas l'information à qui que ce soit incluant l'ISS.

Jusqu'à mon retour, personne, à l'exception de Simon n'est autorisé à communiquer à l'ISS en toute circonstance. Je ne sais pas pendant combien de temps je serai absent, mais j'ai vraiment confiance que vous tiendrez parole. Gardez ce secret et amenez-le avec vous à votre tombe, si nécessaire.

C'est ce que je j'exige de moi-même dans cette situation et je m'attends à rien de moins de chacun d'entre vous.

Robert appela son assistante parlementaire et Simon à son bureau et répondit à toutes leurs questions sur les actions actuellement en cours. Son assistante parlementaire avait l'air honteux et était désolée pour ce qu'elle lui avait dit et s'excusa.

Robert avait juste fait un geste avec ses mains les invitant à s'asseoir à la table de conférence.

Robert était le seul, l'homme tout en haut de l'organigramme, qui s'était porté volontaire. Il fit jurer Simon et son assistante pour que ce projet soit gardé secret de l'ISS et que personne ne révèle qu'il allait rencontrer ces gens sur SN2Y. Tous deux lui jurèrent qu'ils ne permettraient à personne d'en parler.

Ils passèrent ensuite le reste de la journée ensemble sur les dernières choses que Robert lui avait remis pour les suivis. Il dit à Simon qu'il serait en contact avec lui, et uniquement lui, et lui donna l'information pour lui transmettre des rapports et des mises à jour sur la gestion des affaires publiques du Canada. Il lui enverrait quelques nouvelles générales – mais l'information essentielle lui serait donnée à lui seul.

– Une dernière demande pour vous Simon, écoutez, je veux que vous engagiez les meilleurs détectives privés. Je veux savoir ce que les hauts placés de l'ISS sont en train de faire. Découvrez ce qu'ils font pour assurer leur propre survie si une catastrophe devait se produire sur Terre.

Assurez-vous qu'ils creusent vraiment ce sujet, et qu'ils obtiennent toute l'information. Je me fous de ce qui doit être fait, les suivre, espionner et se servir de leurs lignes de communication. Utilisez tous les moyens nécessaires. C'est une priorité pour vous.

Simon comprit l'impact de cette recherche et lui confirma qu'il entamait les recherches immédiatement.

Robert appela Julia Zeni et lui dit qu'il allait venir la voir. Qu'il était le délégué de son pays pour faire le travail. Il lui demanda la route et la trajectoire pour y aller dès que possible et en toute sécurité. SN2Y était inconnu de la Terre et la cartographie du voyage devait être connue avant le départ. Le vaisseau spatial utilisera un « Worm Hole » pour accélérer son entrée dans l'autre galaxie où SN2Y était située.

Robert avait tous les certificats existants et des diplômes en sciences, y compris physique quantum, microbiologie, la recherche et les réalisations de cellules souches, l'astronomie et la physique pour n'en nommer que quelques-uns. Il était l'un des ces enfants qui était bien au-dessus de la moyenne. Il était brillant, ses parents ayant fait en sorte qu'il obtienne la meilleure éducation qu'ils pouvaient lui fournir. Les deux parents étaient aussi des scientifiques.

L'information relative à la coordination du voyage fut reçue et téléchargée dans le système de navigation du vaisseau spatial.

Après des jours de préparation, tout était prêt. Robert était prêt aussi à laisser derrière lui tout ce qu'il avait connu jusque-là. Avec un dernier au revoir, lui et son escorte d'agents de sécurité s'envolèrent pour le long voyage vers SN2Y.

Le Premier Ministre sur la planète SN2Y

Julia Zeni et son père étaient très heureux de recevoir enfin un émissaire de cette planète qui leur donnerait les informations importantes qu'ils attendaient. Julia était dans son bureau quand elle reçut un appel de son père lui disant qu'il était temps de rentrer au port galactique pour accueillir leur invité.

Elle rassembla certains de ses effets personnels, se regarda dans le miroir, se faisant des grimaces et eut un bon rire en quittant son bureau.

Pas mal pour une femme de 125 ans.

Julia Zeni était au port intergalactique, en compagnie de son père pour accueillir cette personne humaine en provenance de la partie séparée de la Terre appelée Canada. Elle ne savait pas vraiment à quoi s'attendre. Elle savait qu'elle se devait de le traiter comme un dignitaire très important, mais pas vraiment à quoi s'attendre…

Robert et ses gardes de sécurité avaient été informés qu'ils pouvaient se débarrasser de leur équipement respiratoire et leur vêtement de protection puisqu'ils ne seraient plus nécessaires. C'était très surprenant pour eux, mais ils furent enthousiasmés à cette nouvelle idée qu'ils pourraient marcher librement sans ce poids supplémentaire.

– Il est là... déclara M. Zeni à sa fille.

Parmi les petits véhicules volants qui étaient couramment utilisés pour le transport, il y avait un énorme vaisseau intergalactique descendant lentement sur le chemin du port galactique principal. C'était très bruyant et les deux, Julia Zeni et son père, remarquèrent que quelque chose de mal se passait dans l'air.

Immédiatement après son atterrissage, des agents portuaires intergalactiques coururent pour voir le pilote et l'avertirent que son véhicule crachait un gaz toxique. Avant qu'il ne puisse repartir, son vaisseau devra entièrement être rénové aux normes et standards de SN2Y. Robert n'était pas au courant de ce qui se passait.

Autre chose dont il n'avait pas connaissance puisqu'invisible à tout le groupe, une panoplie numérique de tests prit place à bord du vaisseau lors de son atterrissage, la peau, des cheveux et des échantillons de sang prélevés, les rayons colorés passant à travers chaque corps humain pour analyse.

La saisie de cette information et les résultats de ces tests tels que les composants de leur corps, minéraux, fluides et toutes les parties de leur corps biologique étaient affichés instantanément à la vue de Julia et son père.

Comme les résultats le montrèrent, ils n'avaient apporté aucun virus ou bactérie nocive, ces humains ne représentaient aucun danger pour la population de SN2Y. Peu après ce qui semblait être un temps d'attente pour Robert et son escorte d'agents, ils reçurent le OK de quitter le vaisseau.

Plusieurs hommes descendirent, dans un certain type d'uniforme, rouge et noir et coiffé d'électronique autour de leurs têtes et près de leurs bouches. Julia ne pouvait pas en croire ses yeux, toute une escorte d'hommes pour cet événement.

Puis, elle vit un homme quitter le vaisseau spatial avec une mallette noire sur laquelle il y avait une symbole rouge et blanc qu'elle ne reconnaissait pas. C'était un très grand homme, les cheveux bruns et les yeux bruns. Il était probablement dans le début de la quarantaine… Il était un très bel homme.

Robert portait un habit bleu foncé avec une pièce de tissu accroché à son cou descendant jusqu'à sa taille. Julia dit à son père que c'était probablement un dispositif spécial que les humains portaient pour leur sécurité.

Elle inventa cette dernière raison pour impressionner son père, pour lui démontrer à quel point elle avait étudié la planète de son hôte. M. Zeni qui fit une grimace de surprise, lui répondit que cette civilisation semblait avoir un certain degré d'évolution en matière de technologie.

Les vingts hommes se placèrent en deux rangées, l'un devant l'autre et créèrent une sorte de corridor partant du vaisseau spatial jusqu'à Julia et son père. Ni l'un ni l'autre n'avait jamais vu cet acte gestuel.

Robert Benson le traversa et tout au bout, fit un salut à ces hommes qui se retournèrent ensuite en pivotant à quarante-cinq degrés et lui rendirent son salut. La majorité des hommes retournèrent dans le vaisseau spatial alors que quatre d'entre eux escortèrent Robert Benson à ses hôtes.

– Bienvenue sur SN2Y, nous sommes très heureux que vous ayez accepté notre invitation. Nous espérons que vous avez aimé votre voyage.

Robert répondit que tout le plaisir était le sien pour avoir l'occasion de donner cette information à propos de son pays et de la situation de la planète. Mais il était surtout plus qu'enthousiaste de savoir ce que leur planète et l'Institut pouvaient faire pour lui.

Il dit qu'il avait eu un voyage merveilleux, en regardant les stations des différentes lunes, annonçant toutes sortes de choses qu'il n'avait jamais vues auparavant.

Il présenta ensuite ses hommes comme ses assistants, leur expliquant le protocole qui voulait que ces hommes l'accompagnent à chaque voyage qu'il faisait en tant que chef de son pays.

Tous deux acceptèrent cette nouvelle « coutume ».

Robert et ses assistants étaient incrédules face à la qualité de l'air et à quel point ils se sentaient capables de respirer sans avoir à porter un masque. Ils appréciaient chaque bouffée d'air en prenant de grandes respirations, souriaient et riaient tout en le faisant.

Ils furent ensuite transférés à un engin plus petit pour le voyage vers les locaux de l'Institut. Pendant le voyage, Robert ne pouvait pas arrêter de regarder à l'extérieur. Il était en admiration en regardant toutes les belles choses qu'il voyait. Et le ciel était clair et bleu ! Jamais dans ses rêves les plus fous, il n'avait imaginé qu'un endroit comme celui-ci puisse exister.

L'aire de repos

Dès son arrivée, Julia suggéra que Robert et ses gardes se reposent et lui montra où ils vivraient pendant le temps de leur visite.

C'était un bâtiment adjacent à l'Institut. Très beau bâtiment rectangulaire de trois étages. L'architecture étant très simple, un arc à l'avant avec une conception de composition galactique comme les comètes, étoiles, lunes et soleils. Tout blanc sur un ciel bleu foncé.

– Vraiment impressionnant !

Robert ne pouvait cesser de regarder cette entrée qu'il trouvait très spéciale. Les fenêtres étaient en forme de demi-lunes. De l'extérieur, il pouvait voir quelques lumières incandescentes donnant sur les fenêtres, comme une marque de bienvenue.

Ce qui ressemblait à un petit insecte volant le suivit tout au long du chemin vers la maison des invités, Robert allait bientôt découvrir que c'était un pitchnouk. Robert ne le savait pas jusqu'à ce que Julia prenne un coup d'œil au pitchnouk et lui fit signe de garder ses distances. Il prit ensuite son envol vers le ciel.

Ils arrivèrent dans le bâtiment. L'entrée était une sorte de marbre beige avec des rayures noires. Cette réception était à la hauteur des normes d'un roi ! Il y avait quelques serviteurs qui attendaient en ligne à l'entrée en s'inclinant à M. Zeni, Julia et leurs invités.

Ils proposèrent de les accompagner à leurs chambres respectives. Dans un premier temps, les hommes commencèrent à arpenter la région, en regardant vers le haut et vers le bas, à droite et à gauche, la vérification de tout ce qui pourrait peut-être sembler être une menace pour eux.

Zeni et sa fille ne pouvaient pas se faire une idée sur le fait de se faire examiner de la sorte. Julia se dirigea vers Robert et lui demanda ce que cela voulait dire.

Robert lui répondit qu'il s'agissait d'une inspection de routine et qu'elle n'avait pas à s'inquiéter. Il lui expliqua que cela avait été fait dans tous les lieux qu'il avait visités. C'était pour sa protection.

– Eh bien, répondit Julia. Nous avons le plus grand respect pour nos invités et vous n'avez pas à craindre quoi que ce soit.

Nous sommes des gens de bonne volonté et nous n'envahissons pas la vie privée des personnes. S'il vous plaît, dit-elle, sentez-vous comme chez vous, si je peux m'exprimer ainsi.

Sur ce point, Robert ordonna à ses hommes de se retirer des zones qu'ils inspectaient et de prendre leurs bagages pour les serviteurs. Chacun arrêta son inspection et Robert, accompagné par Julia et son père, se rendit à sa chambre.

Sa magnifique chambre

Elle ouvrit la grande porte et l'invita à entrer. Il était sidéré de voir comment cette chambre était grandiose. Il y avait une fontaine propageant des étoiles du plafond au plancher. Il y avait un lit immense qui avait l'air très confortable. Il y avait une chambre séparée qu'elle lui montra.

– Cette chambre n'est pas toujours utilisée par nos visiteurs, mais si vous êtes dans le besoin, n'hésitez pas. Son but est de rafraîchir votre corps, nous utilisons un jet de mousse qui permet de nettoyer le corps en un rien de temps. C'est vraiment rafraichissant après une longue journée de travail. Je l'utilise tous les jours.

Robert se grattait la tête à la fois surpris et embarrassé, espérant réussir à comprendre comment utiliser ces nouvelles choses comme Julia lui expliquait.

Comme elle ne pouvait pas attendre plus longtemps, profitant de l'occasion d'être seule avec Robert Benson, elle lui posa cette question brûlante :

– Quelle est cette chose que vous avez à votre cou qui descend à votre taille ? S'agit-il d'un dispositif spécial de quelque sorte ?

– C'est, dit-il en souriant. C'est ce que nous appelons une cravate. C'est comme un ornement pour compléter ce que je porte, rien de plus que cela.

Il lui tendit le bout de la cravate pour qu'elle puisse toucher.

– Ah ! Un ornement... Hum, je n'avais jamais vu ça avant. Est-ce que tous les humains le portent ?

Il lui dit avec un sourire que c'était un choix que les hommes faisaient. Elles sont portées avec certains types de vêtements, généralement de nature plus formelle.

Elle revint avec lui à l'entrée et lui dit que l'un des employés viendrait dans une heure pour l'inviter à prendre un repas avec eux.

Sur ce, elle le quitta. Son père l'attendait à la porte. Quand elle ferma la porte, son père lui dit que c'était génial et que ses bonnes manières étaient dignes d'une grande dame.

Elle le regarda et lui adressa un sourire étincelant.

Se rafraîchir

Robert regarda autour de sa chambre. Le décor était hors de son monde connu. Des lustres en cristal comme il n'en avait jamais vus auparavant, rayonnaient d'une belle couleur blanche à travers la chambre. Son lit était immense, avec plein d'oreillers. Après avoir regardé autour, il voulut se rafraîchir après ce long voyage.

Comme il essaya de se rappeler ce que Julia lui avait dit du jet de mousse. Il se déshabilla et enfila son peignoir de bain et alla dans cette chambre où il y avait des éléments très particuliers et étranges.

C'était comme s'il vivait un siècle en avance de son temps. Il entra dans un cylindre de verre et poussa un bouton. Soudainement, il fut pulvérisé avec beaucoup de mousse. Le jet était très fort et il eut de petits cris de surprise puisqu'il n'avait jamais senti quelque chose comme ça sur son corps.

La couleur de la mousse était blanche et rouge ; vraiment rafraîchissant. Il n'a pas eu à frotter son corps : le jet de mousse faisait le travail. Ensuite, un jet d'air et de lumière remplit le cylindre et son corps sécha en un rien de temps. Il se sentait beaucoup plus relaxe après cette aventure de mousse. La porte du cylindre s'ouvrit et il se sentit complètement revigoré.

C'est un excellent moyen pour se rafraîchir. Je dois savoir comment je peux importer cette technologie à la maison. Quelle belle invention. Je vais demander à un de mes gardes de prendre l'information.

Ensuite, il alla se brosser les dents à une sorte d'évier où il y avait un tuyau. En tapotant autour, essayant de savoir ce que ça ferait, puis, à son grand étonnement, une sorte de liquide gélatineux sentant comme un rince-bouche sur Terre se versa instantanément. Il trempa sa brosse et commença à se brosser les dents.

Wow ! C'est vraiment incroyable.

Après le rinçage, ses dents étaient plus blanches que jamais.

C'est une autre chose que je dois importer.

Après avoir terminé dans la salle de bain, il retourna à la chambre principale, et là, il entendit un bruit venant de la salle de bain.

Il y retourna pour constater qu'il y avait un jet d'air sortant des murs. Il semble que ce fut un nettoyeur et un système de recyclage d'une certaine sorte qui laissait un léger parfum de menthe.

Robert jeta un coup d'œil par la fenêtre et admira le coucher des deux soleils. C'était vraiment beau. Ensuite, il s'habilla.

Un de ses gardes frappa à sa porte.

– Oui, je serai prêt dans un instant.

En se peignant les cheveux, il prit une pause, et se regardant dans le miroir, se dit :

Comporte-toi avec dignité – tu représentes l'humanité.

Il sortit de la chambre et descendit les escaliers, ses hommes de sécurité étaient en ligne pour l'attendre.

Robert décrit

– Premier ministre, êtes-vous prêt ?

Ils prirent les escaliers, accompagnés par les serviteurs personnels de M. Zeni. À leur grand étonnement, ils se retrouvèrent sur le toit de l'immeuble, sous un dôme de verre. Pas de lumières artificielles, juste la lumière naturelle du ciel. Julia et son père étaient vêtus de leurs habits du soir bleu foncé.

Robert Benson entra dans le dôme avec son escorte. Julia et son père se levèrent. Il salua ses hôtes avec élégance.

– Bienvenue sous notre dôme, dit le père. S'il vous plaît, assoyez-vous.

Un préposé assigna les hommes à leurs chaises précises. La table était ronde afin que chacun puisse se voir.

Ensuite, tout est devenu silencieux.

Il faut quelqu'un pour briser le silence.

Julia chuchota à son père.

Après un petit raclement de sa gorge, son père mentionna que le repas de ce soir serait ce qu'ils appellent ici un repas sain.

Il frappa dans ses mains et de nombreux serviteurs arrivèrent avec des plats de toutes sortes d'aliments. Il y avait des fruits, des légumes chauds avec de la viande.

Il ajouta ensuite que ce qui était présenté était le résultat de la recherche qu'ils avaient fait à la Bibliothèque Galactique. Que c'était l'alimentation la plus près de ce qui était consommé dans le passé, par les habitants de la Terre.

C'est aussi ce qu'eux mangent, ici, sur la planète SN2Y. Donc, il n'y aura pas un changement drastique dans leur alimentation.

Robert les remercia et dit que la nourriture était magnifique et qu'ils sauraient certainement en profiter.

Les serviteurs ont commencé à servir les invités et ensuite leurs hôtes. Après que tous soient servi, de nouveau le silence... Un pitchnouk aurait pu voler autour et tout le monde l'aurait entendu.

Julia les invita à commencer à manger. Tout le monde mangeait, mais il n'y avait pas encore une grande discussion. Julia et son père s'aperçurent que Robert et ses gardes de sécurité appréciaient chaque bouchée de leurs repas.

Elle se rendit compte qu'ils n'avaient probablement jamais eu, dans leur vie, un vrai repas provenant de la nature. Elle avait vu dans l'histoire des records de la Terre que presque tout était artificiel.

À la fin du repas, après que le pashu chaud (thé) ait été servi, elle décida d'interroger Robert :

— M. Benson, s'il vous plaît, pouvez-vous me donner une description de ce que les humains sont. Je suis très intéressée de connaître tout ce qui est possible pendant que vous êtes avec nous, afin que nous puissions nous préparer à notre premier voyage vers votre planète.

Robert commença à dire :

— Nous sommes des êtres qui avons une longue histoire.

Il sortit ce qui semblait être un stylo de la poche gauche de son veston, se leva et agita un laser dirigé vers un mur dans le dôme. À mesure qu'il décrivait l'information, des photos défilaient sur le mur.

Julia et son père furent impressionnés de voir que, après tout, ils avaient quand même une technologie de pointe, en dépit des problèmes sur leur planète.

— Nous sommes dans ce pays depuis plusieurs siècles. Tous les gens qui vivent dans mon pays sont originaires de d'autres pays et ils ont décidé de former un pays qui accueillerait les gens qui voulaient y vivre.

Le pays a commencé avec ce que nous appelons la

Première Nation, c'est-à-dire qu'ils étaient les premiers à être là. Puis, des gens d'autres pays découvrirent cette nouvelle terre il y a plusieurs siècles et s'y installèrent.

Dans mon pays, les gens ont le droit d'utiliser les deux langues officielles différentes – anglais ou français. Ils ont le choix. Mais je dirais que plus de la moitié de la population peut parler, lire et écrire les deux langages. Nous coexistons bien. Les gens ont embrassé cette diversité et cette culture.

Nous avons une partie du pays qui est majoritairement française, les gens là-bas sont appelés Québécois, car ils sont de la province de Québec. Nous avons neuf autres provinces et territoires qui parlent anglais.

Nous sommes le seul pays au monde qui a fait face à tous les obstacles et qui a évité le pire de la pollution. Mais en dépit de tous les efforts déployés, la pollution des pays environnants nous a rattrapés. Parce que nous avons manqué de solutions et de technologies pour lutter contre la pollution, nous payons maintenant pour les conséquences, autant que les plus grands pollueurs.

Je vais maintenant vous illustrer comment mon pays était dans le passé. Le pays était entouré par trois océans. L'un est appelé l'Atlantique, les deux autres sont le Pacifique et l'Arctique. Dans l'Atlantique et le Pacifique, nous avions beaucoup de poissons qui nous fournissaient la meilleure nourriture dans le monde. Tout cela est du passé. Il n'y a plus d'oxygène dans l'océan pour soutenir la vie et tous ces animaux et flores en moururent.

Présentement et pour les siècles passés, la nourriture produite pour tous est d'origine artificielle. L'Arctique qui avait l'habitude d'avoir ce que nous appelons de la glace, ce qui est de l'eau à une température très basse, car elle durcit. Maintenant, ce n'est plus le cas. Il n'y a ni glace ni eau. Bon nombre d'animaux n'ont pu survivre aux changements. Nous avons perdu l'ours polaire et de nombreux autres mammifères qui habitaient cette région.

Nous avons encore des montagnes, mais elles sont tous

des déserts. La poussière couvre aujourd'hui la plupart des terres. Nous avons eu beaucoup de rivières et de forêts et l'eau était abondante.

Nous avions quatre saisons, printemps, été, automne et hiver. Maintenant, c'est la saison sèche toute l'année. Il n'y a aucune végétation où, dans le passé, nous avions des champs immenses de cultures pour nourrir la planète entière. Nous avions d'immenses forêts. C'était un très beau pays et il était plein d'abondance.

Maintenant, nos maisons sont toutes sous des dômes. Ceux-ci nous protègent du contact direct de la pollution et des rayons ultra-violets. Ces dômes élevés couvrent l'ensemble des bâtiments existants que nous pouvions sauver, car ils étaient en bon état. Nous avons bâti ces dômes de protection contre les rayons du soleil qui étaient très dommageables. Nous utilisons le transport entre eux et essayons d'éviter l'exposition du mieux que nous le pouvons. Voilà comment nous avons survécu.

Tout ce que je vous ai montré de ma planète est ce que je n'ai jamais vu personnellement. Je veux que ma planète redevienne ce qu'elle était. SN2Y m'a permis de ressentir ce que c'est que de respirer l'air sans masque et regarder le ciel et de le voir bleu. J'espère que cela est possible pour la Terre et qu'il n'est pas trop tard.

Pour répondre à votre question sur les humains, nous sommes des gens qui avons un sentiment de fierté dans ce que nous sommes. Mon pays a produit beaucoup de gens qui ont inventé de grandes choses pour l'humanité. Pour décrire notre caractère, nous sommes très tolérants, nous aimons rire, et nous aimons profiter de ce que la vie peut nous donner, malgré les circonstances.

Quand nous commençons notre vie, nous sommes bébés, mâle ou femelle, les bébés sont des gens avec de petits corps et nous grandissons pour devenir enfants, ensuite adolescents. Notre corps croît jusqu'à ce que nous atteignions l'âge adulte. Ce qui veut dire qu'à partir de ce moment-là, nous avons atteint notre pleine croissance, et ensuite nous vieillissons. Hum.... C'est essentiellement cela.

Notre vie prend éventuellement fin et cela se manifeste par la mort. À cinq ans, nous allons à l'école maternelle, pour commencer à socialiser avec d'autres enfants du même âge. Suite à cela, nous allons à l'école pour nous instruire, apprendre à lire, à écrire et acquérir une meilleure compréhension de notre environnement, y compris l'humanité et la nature. Nous avons établi ce système depuis des milliers d'années.

Nous avons plusieurs études, notamment les mathématiques, les sciences telles que la chimie, la physique, la biologie, les langues, la géographie, l'histoire, etc. ce sont toutes les études que nous faisons.

Puis, après la période de scolarité, nous obtenons un emploi, ce qui signifie que nous travaillons pour gagner notre vie afin d'avoir de l'argent pour acheter des choses en échange du travail accompli. Il y a plusieurs métiers dans mon pays et tous ayant pour but d'échanger nos compétences pour l'amélioration de notre société.

Il y a beaucoup de fierté impliquée puisque nous sommes l'un des premiers pays de la planète où il y a un grand nombre de personnes qui travaillent. Nous avons aussi un sport national qui est appelé hockey, cela se joue toute l'année.

Les gens, hommes, femmes, garçons et filles aiment réellement ce sport. Je considère vraiment mon pays le meilleur sur cette planète. Les autres pays ne sont pas structurés de la même façon.

Dans certains autres pays, les enfants ne voient pas leur 5ᵉ anniversaire. La maladie et la famine sévissent, car il n'existe pas d'hygiène de base. Mais ce n'est pas le cas dans mon pays et quelques autres. Je dirais que nous sommes très chanceux.

Les deux, Julia et son père. se regardèrent avec étonnement. Ils n'avaient jamais entendu quelqu'un décrire sa société comme ça. Ils avaient imaginé que ce serait plutôt une longue description de ce qu'elle était.

De l'information de la Bibliothèque Galactique, lorsque Julia s'était penchée sur la question pour une compréhension de cette planète, il n'y avait pas beaucoup d'information sur les actions entreprises pour vraiment maintenir et améliorer la survie sur leur planète.

Assurer sa subsistance c'est-à-dire le travail, l'éducation et ce hockey que Robert avait mentionné avec beaucoup d'enthousiasme était en soi acceptable, mais Julia était curieuse de savoir ce que Robert Benson répondrait à ses questions.

– M. Benson, dit-elle, votre description de la nature humaine et votre pays est très intéressante. Maintenant, pouvez-vous me parler de la nature humaine ? J'aimerais en savoir plus sur ce côté.

Après une gorgée de liquide, Robert commença à nouveau....

– Mlle Zeni, nos gens sont différents les uns des autres. Je m'explique. Chaque individu dans mon pays est unique. Il pense à sa façon ; il n'y a rien qui lui dicte comment se comporter. Bien sûr que nous avons des lois mises en place lorsque quelqu'un fait un acte qui est contre survie, mais pour la majorité de mes gens, ils sont très gentils et veulent avoir du plaisir dans la vie. En fait, quand j'y pense, c'est intéressant de le dire. Les gens sont libres de dire et de penser ce qu'ils veulent. Cette liberté n'existe pas partout sur la planète.

La plupart de mes gens sont des gens de bonne volonté. Ils profitent de la vie et ils aiment certainement acquérir beaucoup de choses qui leur plaisent. La grande majorité veut avoir une maison, se marier, avoir une famille et profiter pleinement de la vie.

Julia regarda de nouveau son père et ne savait pas quoi penser de tout cela. Ce n'est pas ce à quoi elle s'attendait. Elle remercia Robert pour son explication, mais lui dit :

– Eh bien, M. Benson nous aurons à parler davantage un peu plus en privé à propose de tout cela. Elle se souvenait de ce qu'elle avait lu et vu à propos de sa planète et ce n'était pas tout à fait comme il l'avait décrite.

Elle estima que le moment du repas n'était peut-être pas le moment approprié pour continuer leur discussion.

Ils continuèrent à manger et profiter de leur soirée à parler de l'Institut et de ses réalisations au cours de la dernière année écoulée.

À la fin du repas, elle remercia ses invités et les invita à faire une visite des lieux. On dit que les couchers des deux soleils sont les plus beaux dans cette section de l'univers. Puis, elle invita Robert à se joindre à elle à la Bibliothèque Galactique pour poursuivre la discussion sur le sujet du caractère humain.

L'escorte-chef lui demanda s'il avait besoin de lui pour la protection puisque le protocole le demandait.

– Non, non, allez avec le reste de l'équipe, je ne suis pas en danger ici. Allez-y, je serai bien.

Avant de partir, son père déclara qu'il aimerait vraiment voir une démonstration de l'utilisation de son appareil qui pendait à son cou.

Julia regarda Robert et lui sourit. Robert fit signe que oui, acquiesçant qu'à la prochaine opportunité, il serait ravi de lui faire une démonstration.

En regardant Julia, les deux sourirent et quittèrent la salle pour la bibliothèque.

Vers le laboratoire

Quittant la salle en compagnie de Robert pour la bibliothèque, son père invita les gardes de sécurité à visiter l'un de leurs laboratoires qui étaient le lieu de visite par excellence de l'Institut.

SN2Y avait pour mission d'aider les scientifiques/recherchistes provenant de partout dans l'univers, à corriger et gérer toutes les situations possibles qui pourraient se produire dans un avenir rapproché ou déjà en cours. Ils n'avaient jamais pensé que le progrès technologique pouvait être bien au-dessus et au-delà de ce qu'ils étaient habitués. Ils sentirent qu'ils étaient à des siècles très distants de l'époque terrestre.

Ils entrèrent dans un laboratoire qui était très différent de ce qui était connu des terriens. À leur grand étonnement, il n'y avait aucun code vestimentaire, pas de masques spéciaux à porter, rien pour protéger leur respiration, rien de tout cela n'était là.

Les recherchistes étaient debout en face de grands panneaux qui étaient des simulateurs numériques alimentés par ordinateurs. Il n'y avait pas d'échantillon de toutes les formes de vie, pas de flacons, béchers, entonnoirs, tubes à essai, ni de rats ou tout autre type d'animaux dans des cages, pas d'instruments, pas de microscopes, aucun des composés chimiques sur des étagères. Il n'y avait pas d'essais cliniques effectués sur des animaux ou des personnes.

Cet environnement brisait toutes les règles et connaissances établies des procédures de recherches et d'études connues sur Terre.

Ce que chaque recherchiste était occupé à faire était de

répondre à un scénario projetant une situation qui était soit un virus, la peste, les populations qui étaient incapables de se reproduire, de divers degrés de pollution, anciens et nouveaux types de cancers, tremblements de terre, problèmes d'éducation, etc.

Ensuite, à partir de leurs propres observations, ils devaient trouver la cause, donner leurs pronostics de la situation en utilisant les différentes informations des sciences telles que la biologie, la chimie, la physique, les mathématiques, etc. Peu importe l'origine planétaire de ces recherchistes, les sciences sont universelles et leur étaient connues.

Les scénarios prenaient place, devant trois panneaux numériques, le côté gauche montrant la situation devant être résolue, divers composants chimiques, désintégration biologique, les composants de la pollution inconnus ou non détectés, etc. Les situations étaient dessinées devant les scientifiques avec cent pour cent d'exactitude. La possibilité d'erreur ou de non-probabilité des événements était inexistante.

Sur le côté droit se trouvait la description de la solution que le scientifique propose et la démonstration des résultats influencés par cette proposition sur le tableau central. Ce tableau démontrait la résultante de la proposition simultanément, que ce soit positif ou négatif.

Ils pouvaient instantanément comparer la situation réelle sur le bord gauche et ce qui se passait une fois l'équation de nouvelles informations dans l'échiquier du milieu. Ils réussissaient assez bien avec ces solutions, mais les scientifiques SN2Y leur avaient donné des outils supplémentaires. Les outils et les connaissances qui leur ont été donnés, ces sciences n'avaient jamais été explorées à leur maximum jusqu'à ce que Zeni ait fondé l'Institut SN2Y.

Les visiteurs observèrent qu'il y avait différentes espèces de personnes, qui communiquaient de différentes manières, mais tous se comprenaient sans aucun problème. Les sciences sont des langues universelles et une fois qu'ils avaient appris la nomenclature du langage sur SN2Y, il n'y avait aucun problème de compréhension.

Ils quittèrent ensuite les lieux et furent invités aux jardins de Bonsaïs qui faisaient également partie d'un autre type de spécialité de SN2Y...

À la bibliothèque

Robert accompagna Julia dans un long corridor qui était plein de récompenses pour de grandes contributions à diverses améliorations des planètes, les dirigeants reconnaissant l'Institut pour sa contribution à la radiation de la pollution. C'était une impressionnante collection de reconnaissances à l'Institut.

Robert se rendit compte à quel point cet Institut était reconnu et se demandait pourquoi il n'en avait pas entendu parler plus tôt dans sa vie.

Julia remercia Robert pour sa compréhension en ce qui concerne sa cravate et elle dit qu'elle allait révéler la blague à son père au moment opportun.

Elle l'invita à entrer dans la bibliothèque et se tenait devant une grande table avec de nombreux rouleaux d'or en face d'elle. Puis elle lui dit que le moment du repas n'était pas approprié, car elle estimait qu'il y avait beaucoup à discuter sur sa planète. Elle l'invita à s'asseoir à une grande table où il y avait toutes sortes d'écrans et de la littérature sur sa planète.

Elle s'assit en face de lui et lui dit qu'elle avait vraiment pu constater combien il était passionné par son pays et ses habitants. Elle lui montra alors ce qu'elle savait de sa planète en défilant des photos et films démontrant les différences entre chaque pays, qui avaient apporté les guerres, les médicaments, les substances chimiques qui avaient été utilisées affectant l'esprit et le corps de gens, que certaines personnes vivaient plus longtemps que les autres.

— Je dois vous dire que nos chercheurs ont fait tout ce qu'ils pouvaient pour être aussi précis que possible dans leurs découvertes à propos de votre planète. Vous avez eu une très belle planète et il y a des choses que je n'ai jamais vues.

Elle lui mentionna qu'elle ne voyait rien dans cette information qui lui disait que quelqu'un de cette planète prenait ces questions très au sérieux.

Robert visionna tout et s'étonna de voir, peu importe la distance de sa planète Terre à SN2Y, à quel point cette documentation était disponible et précise.

Après quelques heures de démonstration de ce qu'elle possédait, elle le regarda et lui demanda :

– Comment conciliez-vous ce que vous m'avez dit au diner avec ce que je viens de vous montrer ?

Robert se couvrit le visage avec ses deux mains. Ensuite il soupira :

– Je ne sais pas comment concilier tout cela. Vous voyez, il y a certaines choses que nous ne pouvons pas faire, même si nous sommes les chefs d'un pays. Nous ne pouvons pas intervenir dans tout. C'est tout simplement impossible.

Cela prend l'éducation de la population des différents pays et la volonté de confronter certains groupes qui estiment qu'ils ont trop à perdre si nous changeons nos conditions de vie.

Fondamentalement, cela prendrait du temps jusqu'à ce que les gens eux-mêmes veulent et exigent des changements et puissent mettre un gouvernement en place pour effectuer ces changements.

Le « système » existe depuis des éons. Il est difficile de convaincre un groupe dont le nom est l'ISS qui ne veut pas perdre son emprise sur le contrôle... Même moi, je suis, dans une certaine mesure, à leur merci, car ce groupe décide à l'échelle planétaire. Je suis cent pour cent certain que l'état de la planète provient de ce qu'ils ont fait et ce qui en découle et cela dure depuis trop longtemps.

– Eh bien, dit-elle, vous avez beaucoup de choses à régler sur cette planète. Permettez-moi de vous dire ce que nous faisons ici. Nous avons beaucoup de choses en commun, ce qui m'a d'ailleurs vraiment surprise lorsque j'ai fait mes recherches.

Comment ça fonctionne ?

Julia commença à informer Robert à propos de la planète SN2Y.

Comment son père décida de s'établir sur la planète afin de construire un Institut qui n'avait jamais existé auparavant dans tout l'univers.

Lorsqu'il demeurait sur Etka, une planète peu distante de SN2Y, il y avait des choses étonnamment semblables qui se passaient comme sur la planète Terre, mais les gens étaient bien conscients qu'il se passait de l'injustice et que quelque chose devait être fait à ce sujet.

– Le jour où vos gens vont faire ce que nous avons fait, vous n'aurez pas seulement un pays où il fait bon y vivre, mais vous aurez une planète où tous les gens seront égaux, il n'y aura pas de famine et de guerre. Tout le monde sera en bonne santé et tout bénéficiera pour la majorité de la population.

Nous sommes arrivés à nous débarrasser de la mauvaise politique ; nous nous sommes débarrassés de tout ce qui sert aux fins égoïstes. Permettez-moi d'expliquer ce que je veux dire par là.

Mon père est une personne qui a vraiment vu que dans chaque être il y a la bonté et peu importe ce qui arrive aux gens, il savait que si quelque chose de mauvais leur arrivait, que c'était à cause de mauvaises influences ou plus précisément, la puissance du choix de ces personnes était inhibée par quelqu'un ou quelques-uns... ceux qui avaient leur propre ordre du jour et s'étaient mis dans la position de pouvoir leur permettant de contrôler les masses pour leur propre profit.

Il a fallu plusieurs années de dur labeur pour en arriver au point où toutes les personnes pouvaient accéder librement au savoir – afin qu'elles puissent voir ce qui se passait.

Compréhension et connaissance vont main dans la main parce que plus vous devenez intelligent, moins on tolère les choses stupides, les choses imposées qui n'aident pas à avoir une vie meilleure. Ils pouvaient alors comprendre ce que les gens disaient et ils communiquaient mieux. Il n'y avait plus d'obstacles à la compréhension. Avant cette date, ils n'avaient tout simplement pas la possibilité de savoir.

Comment a-t-il pu faire cela, vous me demanderez. Il a créé un dispositif qui contourne et arrête tout ce qui faisait obstacle à quelqu'un d'apprendre. C'est un dispositif simple appelé « K ». Juste une simple exposition de ce dispositif donne à quiconque toute la connaissance de l'univers entier en très peu de temps. Il est, comme vous pouvez le dire dans votre langue, un processus de téléchargement. Il n'existe pas de partie spécifique du corps à travers laquelle les informations entrent.

Mon père a créé ce « K » pour accueillir tout type de civilisation avec n'importe quel type de corps physique. Il a constaté que, dans tout le corps biologique ou semi biologique, chaque cellule possède sa propre banque de mémoire individuelle.

Toute l'évolution de cette éducation a été faite sur une base volontaire, personne n'a été obligé de faire partie du processus. Mais comme les résultats ont été considérés comme exceptionnels, tout le monde sur la planète a décidé d'y participer. Il n'y avait plus besoin de systèmes éducatifs, tout le monde était occupé à se divertir.

Par le fait même, une nouvelle ère est née. Dans un premier temps, mon père a rencontré beaucoup d'opposition. Il a même eu sa vie menacée. Mais il fit face à quiconque voulant arrêter son projet de donner la connaissance aux gens.

Il fit face à une énorme opposition, les gens cupides qui

ont tenté de le convaincre que ça ne marcherait jamais, que les classes de personnes doivent exister dans la société, que tous ne pouvaient avoir la même chance que les autres, qu'ils sont venus dans ce monde un certain type de personnes et que c'était leur destin de rester tels qu'ils étaient à leur naissance.

Il n'y avait pas d'amélioration possible et c'était la façon de vivre. Tout au long de la littérature, du divertissement, de l'éducation, tout au long des siècles de cette société, le mensonge a persisté parce que les gens ont été convaincus de croire que c'était vrai. Depuis des millénaires, ce fut une fabrication de mensonges continus.

Mais avec son invention, il a prouvé par des faits scientifiques que ça fonctionnait. Et pour s'assurer que cet appareil ne serait pas utilisé dans un but opposé, nul ne put apporter de modification à l'appareil, car s'il y a une tentative de le faire, il s'auto-détruit en un rien de temps.

En plus de cette protection, il a aussi un effet très positif – puisque l'individu dispose de toutes les connaissances, il n'a pas de but négatif qui lui vient à l'esprit, il est très puissant parce que la prise de conscience a tellement évolué que vous faites maintenant affaire avec un super-être intelligent dont le but est de créer et de contribuer à l'amélioration.

Elle prit ensuite un parchemin et l'inséra dans une fente dans le mur à côté d'elle. Robert était témoin de toute l'histoire et la réalisation du père de Julia, chaque pas qu'il avait franchi et maintenant sa nouvelle demeure, SN2Y, l'endroit idéal.

– Dans votre société, vous avez accepté que le changement ne puisse se produire et que toutes les décisions soient laissées à certaines personnes.

Qu'un seul individu ne pouvait pas accomplir quoi que ce soit de son propre chef et que la société est à la merci de certaines personnes qui sont délibérément placées dans des positions de pouvoir dont le seul but est de contrôler la population. Mon père a fait face à la même chose, mais cela a changé avec son arrivée. Il est une personne qui a beaucoup de détermination et d'intégrité.

Il ne s'est jamais incliné devant la corruption, le racisme ou les lois imposées qui étaient destructrices. Rien de tout cela n'avait une bonne raison d'exister pour lui et il n'était pas le seul à penser de cette façon. Il avait des amis de longue date qui partageaient la même opinion. Ils étaient également convaincus que quelque chose pouvait être fait.

Pour s'en sortir, il n'y avait qu'une seule direction à prendre et c'était celle-là. Vous voyez, il ne faut que la volonté de passer à travers tout ce que vous rencontrez. Après toutes ces années, notre planète est devenue un endroit paisible. Pas de guerres, pas de gens cupides.

Tous ont décidé de redevenir ce qu'ils sont – des gens qui profitent de la vie pour ce qu'elle est. Cela signifie que la pollution a arrêté – les pitchnouks ont été créés pour aider au processus plus rapidement.

Mon père avait une connaissance approfondie de la biologie et de la physique et a créé les pitchnouks. Ce sont des machines semi-bio robotiques. Elles filtrent l'air de toutes les microparticules polluantes.

Puisque les gens étaient devenus plus conscients de ce qu'ils faisaient, ils ont décidé de s'aider les uns les autres : la création de meilleurs robots pour construire des maisons, pour améliorer l'environnement et rendre la vie plus facile pour tout le monde.

Des inventions grandioses ont vu le jour et les résultats ont été incroyables. Des créations plus efficaces pour rendre la vie plus facile pour tout le monde. Toutes les données et les recherches sont conservées dans une salle de la bibliothèque et sont disponibles pour tous ceux qui veulent l'utiliser pour un projet.

Cette notion de savoir était auparavant inconnue. Etka est devenue un endroit très agréable à vivre. Personne ne tolère tout ce qui est non-éthique, ou cupide.

Pour les rares qui sont demeurés opposés et qui n'étaient pas d'accord, eh bien, ils n'ont pas eu d'autre choix que de renoncer. À mesure que le temps passait et qu'il observait les résultats positifs, ils finirent par reconnaître que c'était l'ignorance qui les rendait comme cela.

Robert était étonné en regardant et en écoutant Julia lui expliquer toutes les mesures prises pour en arriver à aujourd'hui.

– Vous êtes vraiment incroyable, je ne peux pas imaginer combien de courage il a fallu pour atteindre ce succès.

– Non, nous ne sommes pas incroyables. C'est en vous et en tous les gens de votre planète à en faire de même.

Après l'observation du progrès réalisé pour atteindre cet objectif, vous pouvez avoir mon équipe de scientifiques sur votre planète et ils feront de leur mieux pour que vos gens profitent de la vie pour ce qu'elle est.

– Comme l'âge moyen de l'être humain est 70... dit Robert, je crains que je ne sois pas en mesure de voir ce jour-là.

– Il ne dépend que de vous et rien d'autre. Rappelez-vous que même si cela semble difficile de le faire, la façon de s'en sortir est de passer à travers. Éviter n'a jamais fait partie du langage de mon père. Vos chances de réussite seront proportionnelles à votre volonté de relever le défi.

Monter ces marches

Après cette grande révélation, Robert Benson, le premier ministre de son pays, l'être aimé de son peuple depuis qu'il avait pris ses fonctions il y a plus de dix ans, à un très jeune âge, était complètement sidéré par ce que Julia lui avait dit de Zeni.

Il pâlit juste à la pensée de ce qui l'attendait, l'immense tâche de réversion de cette spirale descendante était presque trop à envisager. Il reconnaissait cependant qu'il y avait des possibilités, car il pouvait gagner la coopération de son peuple, mais quelle est la chose avec laquelle vous commencez pour créer un monde dans lequel il n'y aurait pas d'injustices, de criminalité, de guerres et toutes sortes de suppressions pour devenir un monde meilleur ?

Après cette longue discussion, Julia invita Robert à prendre les escaliers en pierre calcaire. Regardant la hauteur de celle-ci, il se dit que cela prendrait une éternité pour arriver tout en haut de celle-ci. Julia posa ses mains de chaque côté de la cage d'escalier et invita Robert à faire de même.

– Nous montons, dit-elle.

C'était incroyable, ils étaient en état d'apesanteur, il se sentait comme s'il n'y avait aucune gravité. Juste en frôlant leurs mains sur le mur. Et ils n'avaient pas besoin de bouger les jambes pour monter. Il y avait une sorte d'énergie qui les déplaçait vers le haut de l'escalier.

À sa grande surprise, après un certain temps d'ascension, Robert regardait toute la galaxie produire un spectacle qu'il n'avait jamais rêvé de voir. C'était très coloré, tournant dans le silence de la nuit.

Il s'agissait d'un parc sur le toit de la bibliothèque. De

grands arbres en faisaient la frontière.

Une fontaine au milieu avec de nombreuses plantes colorées sur une herbe verte luxuriante, ces plantes étaient inconnues de Robert. Il n'y avait pas de bruit, juste une douceur continue de couleurs dans le ciel qui se reflétaient dans le parc.

Des milliers de pitchnouks dormaient sur les feuilles d'arbres. Quand ils dorment, leurs ventres deviennent lumineux, oui, les arbres semblaient vivants, avec des petites brillances partout sur eux.

Elle invita Robert à s'asseoir, il était complètement bouche bée, figé, regardant tout autour de lui.

– Vous pouvez venir ici chaque fois que vous le souhaitez pour souffler un peu et regardez l'avenir comme vous pouvez le voir, il est sans fin.

Je crois que vous êtes un homme sincère et j'espère que vous êtes assez confiant en vous-même pour regarder ce qu'il faudra vraiment faire pour rendre votre peuple heureux.

Ce qu'il y a ici a été gagné par des gens dévoués qui étaient convaincus qu'ils pouvaient atteindre le ciel et atteindre leurs objectifs. Vous voyez ici une de leurs récompenses : pure création de leur esprit. Ce que vous voyez ici, c'est l'harmonie de l'avenir qui vous est réservée pour vous et votre race si vous prenez la décision de faire pour le mieux.

À ce point-ci, je vais vous quitter. J'ai été heureuse d'être en votre compagnie, mais j'ai un corps qui a besoin de se reposer. Nous sommes encore esclaves de ce que vous appelez le sommeil. Nous sommes en train de changer cette habitude puisque mes scientifiques cherchent à substituer le sommeil pour quelque chose d'autre qui ne demande pas beaucoup de temps pour que le corps soit pleinement reposé. Et c'est quelque chose que le corps peut faire.

Il s'agit de comprendre un peu plus l'énergie et le temps en plus de l'entité qui anime toutes les choses – afin que nous puissions remplacer le sommeil pour quelques minutes de repos tous les jours. L'étude est à ses débuts pour le moment, mais nous faisons des progrès qui s'avèrent très prometteurs.

Robert avait des points d'interrogation partout sur son visage, ne sachant pas quoi penser de ce qu'elle venait de lui dire. Il n'était pas certain de comprendre tout ce qu'elle disait, mais trouva cela très intense.

– Sur ce, je vais vous accompagner à vos quartiers et nous allons continuer demain matin.

Ils descendirent aussi facilement qu'ils étaient montés, il suffit de toucher les murs des cages d'escalier.

Passez une bonne nuit, un de mes serviteurs vous apportera ce que vous appelez un petit déjeuner, à votre chambre demain matin. Vous voyez, j'ai appris un peu sur vos habitudes et ce que vous mangez. Alors, bonne nuit, M. Benson, je vous verrai demain.

Après un regard insistant, Robert lui demanda de lui expliquer comment ils pouvaient monter et descendre en défiant la gravité.

– Et bien, les composants des murs sont très sensibles à votre énergie ou votre intention. C'est l'une de mes créations. C'est une union très simple entre vous – l'esprit et les lois de la physique. Vous décidez quoi faire et ça arrive. La plupart du temps, la personne ne le réalise pas immédiatement, mais c'est ce que vous venez de faire.

Je vous ai dit de toucher les murs des cages d'escalier et décider de faire l'ascension et cela s'est produit. Les murs prennent leur énergie à partir de votre contact et intention. Alors, un déclenchement immédiat prend place, à l'intérieur de ces murs, il y a des micros palpeurs très sensibles. Vous constatez maintenant que c'est vraiment intéressant de savoir ce que quelqu'un peut faire en prenant une décision, sans contre-pensée et ça se produit tout naturellement.

Elle se dirigea vers la porte principale, le salua et lui dit bonne nuit.

Robert entra dans sa chambre, alla à la fenêtre et regarda la mer d'étoiles ainsi que les pitchnouks couchés sur les feuilles, les petites lumières éclaircissant les feuilles... en pensant au défi qui l'attendait et qu'il devait relever...

Les gardes quittent

Tôt le matin, après une longue nuit où le sommeil lui fut impossible, allongé sur le lit avec un mélange de pensées, Robert se rendit compte que c'était la chance de sa vie pour réaliser quelque chose pour son pays bien-aimé.

Il ne savait pas encore comment démarrer tout ça, mais il estima qu'avec Julia Zeni, à son côté, qu'elle serait le meilleur mentor pour son apprentissage afin de devenir à la hauteur de ce qu'exigeait le plus grand défi de sa vie.

Ayant décidé de tout faire en son pouvoir pour ce défi qu'il aura à rencontrer à son retour sur Terre, il décida de prendre contact avec son commandant en second. Il voulut l'informer qu'il prendrait un congé d'un an ou deux pour vraiment se familiariser avec ce qu'il aura à faire et être certain qu'il serait en mesure de faire face à la musique dès son retour. De plus, il venait de commencer son nouveau mandat de quatre ans. Ainsi, il avait le temps.

Il écrivit une lettre à Simon, son bras droit.

« Cher Simon,

Comme vous le savez, j'ai amorcé mon aventure de recherche qui s'avère devoir se prolonger, non seulement pour le Canada, mais pour le monde entier. J'ai accepté un défi qui sera pour le bien de tous. Comme vous le savez, j'aime notre pays et je sais que je peux gérer les choses et donner à chacun de vous une meilleure qualité de vie. Il y a beaucoup de choses que nous pouvons améliorer et j'ai réalisé que grâce à cette opportunité, je sais que cela peut être fait.

Au sommet de la liste comme vous le savez est

l'éradication de la pollution, il faudra l'accord des autres pays pour y parvenir, mais je peux vous assurer que ce que j'ai appris au cours de ces deux jours est que nous pouvons résoudre le problème. Les sciences ici sont tellement plus avancées. Nous sommes vraiment des fourmis à côté de ces géants de la technologie.

Comme je vous l'ai dit avant que je parte pour SN2Y le but était de trouver quelque chose qui pourrait avoir une influence positive sur notre qualité de vie. J'ai trouvé l'endroit et je ne regrette pas ma décision. Maintenant que je suis ici, j'ai la certitude que ma décision était la bonne.

Beaucoup de choses peuvent changer si nous sommes tous d'accord pour faire une différence, de profiter de chaque minute de notre vie. Je ne peux pas tout vous dire encore ce que je vais faire, mais à chaque seconde depuis que je suis ici, je trouve cet endroit plus fascinant.

Il est complètement au-delà de ce que n'importe qui peut imaginer. Le Canada peut devenir ce lieu idéal sur Terre. Je resterai en contact avec vous pour ce qui est des développements. Ne paniquez pas quand vous verrez les agents de sécurité revenir sans moi. Ils sont sous des ordres stricts de ne pas parler de quoi que ce soit.

Je vais leur faire jurer avant leur départ. Je voudrais pouvoir vous en dire plus, mais pour l'instant, c'est ce que je peux faire. Je vous aime tous très chers, vous êtes ma fierté. Je resterai en contact.

Robert Benson »

Après avoir écrit son e-lettre, Robert appela l'un de ses agents de sécurité et lui dit d'envoyer ce message immédiatement à Simon via le Gamma galactique.

– Vous pouvez retourner sur Terre, il n'y a pas de danger pour moi ici. Vous pouvez plier bagage et quitter pour la Terre avec les autres. Cet Institut est sain, il n'est pas nécessaire pour vous de voir à ma sécurité. Prenez les dispositions pour votre départ.

– Oui Monsieur, considérez-le comme fait.

– Une dernière chose, pas un seul mot de ce que vous avez vu entendu et vu à personne jusqu'à ce que je revienne. Promettez-le-moi.

– Monsieur, c'est juré, pas un mot ne va dépasser nos lèvres. Nous espérons que vous trouverez ce que vous cherchez. Nous avons été très impressionnés jusqu'ici. Nous vous souhaitons le meilleur, comme toujours.

Ils quittèrent ensuite avec le salut habituel et continuèrent leur chemin. Plus tard, de sa fenêtre, Robert vit les gardes se diriger vers un petit dirigeable et s'envoler au port galactique. Il agitait ses mains en leur souhaitant un bon voyage de retour vers la Terre.

Le vaisseau spatial disparut, Robert faisait confiance à son instinct et il savait que c'était la bonne chose à faire.

Un pitchnouk vint à sa fenêtre, le même que celui qui était sur sa tête à son arrivée sur SN2Y. Il le regarda droit dans les yeux et fit un petit buzz métallique, il s'envola ensuite par la fenêtre en un éclair tout en remontant dans l'air.

Il entendit une sonnerie et ne sachant pas d'où elle venait, regarda autour de lui et vit un moniteur d'affichage qui apparût sur le mur pour montrer un serviteur cherchant à lui parler.

– M. Benson, votre petit déjeuner.

Il ouvrit la porte et il avait un plateau de plats colorés avec de nombreuses espèces de fleurs qu'il n'avait jamais vues auparavant.

Mlle Zeni vous attend dans la bibliothèque dans une heure. S'il vous plaît, prenez votre petit déjeuner. Notre chef s'est informé sur ce que les humains mangent le matin et l'a préparé pour vous. J'espère que vous l'apprécierez. Bonne journée !

Après avoir mangé son petit déjeuner, qui était digne d'un hôtel cinq étoiles, il se sentait de nouveau plein d'énergie. Jamais n'a-t-il goûté à quelque chose d'aussi bon. Il ne pouvait pas dire ce qu'il avait mangé, mais il se sentait comme s'il s'agissait d'une bombe de vitalité passant à travers tout son corps.

Il ne sentait plus la fatigue d'une longue nuit d'insomnie. Il alla à la chambre voisine et prit le temps d'examiner tous les boutons et profiter de sa purification de jet de mousse. Il s'habilla et fut prêt pour son rendez-vous avec Mlle Zeni.

Matérialiser ?

— Bonjour, M. Benson, j'espère que vous avez eu une bonne nuit de sommeil et que vous avez apprécié le petit déjeuner.

— Eh bien, Mlle Zeni, je n'ai pas dormi une seule minute. J'ai beaucoup réfléchi sur ce qu'il faut faire et je ne suis pas arrivé avec la solution de ce qui devrait être le point de départ. Il y a tellement de choses à faire.

Mais je dois dire qu'après le petit déjeuner que j'ai eu ce matin, je me sens comme si j'avais eu beaucoup de repos. Vraiment incroyable la nourriture que vous avez ici.

Je dois vous dire aussi que j'ai pris la décision de rester ici jusqu'à ce que je sache ce que j'ai à faire. La nuit dernière, j'ai réalisé qu'il n'était pas question de revenir sur ma planète sans la connaissance que vous pouvez me donner (lui indiquant les parchemins qu'elle lui a fait visionner).

J'ai envoyé un message à mon commandant en second au Canada. Je suis sûr qu'il comprendra. Donc, je voulais que vous sachiez que je suis très reconnaissant pour cette opportunité d'avoir été invité à votre Institut. J'ai décidé de prendre une absence de mon bureau.

J'ai quelqu'un en qui j'ai confiance qui peut tout prendre en charge. Je vais rester en contact avec lui pour qu'il me tienne au courant sur les choses qui se passent à la maison. Il est mon bras droit et je suis sûr qu'il fera un excellent travail en mon absence. Je serais plus à l'aise si vous pouviez m'appeler Robert. Le Monsieur sera utilisé lorsque je retournerai chez moi.

— Eh bien, je suis heureuse que vous ayez apprécié votre petit déjeuner, nous nous soucions de nos invités et nous

nous assurons toujours que la nourriture qu'ils reçoivent est aussi réelle que possible. Je vous félicite de votre décision et vous avez beaucoup de choses intéressantes qui vous attendent.

Maintenant, Robert, vous n'avez pas à vous inquiéter. D'après mon expérience et de ce que je sais, les gens sont parfois étonnants, ils peuvent voir les montagnes où il n'y en a pas. Ils ont aussi la possibilité de créer une montagne là où il ne devrait pas en avoir une. Ils y croient tellement qu'elle se matérialise comme si elle avait toujours été là... Alors ce phénomène les pousse à croire qu'ils avaient raison de dire qu'elle était là au départ.

Puisque j'ai terminé toutes les missions avant votre arrivée, il est plus facile pour moi de prendre le temps de vous expliquer les choses qui n'auraient pas été possibles pendant les enseignements. La prochaine session ne se produira que dans deux de vos années terrestres.

Le comité exécutif de l'Institut surveille les progrès de nos scientifiques diplômés quant à la façon dont ils vont, mais ce n'est pas aussi intense que lorsqu'ils sont ici lors de leur formation.

Qu'est-ce que je suis supposé faire ?

– Venez avec moi, vous commencerez une grande aventure. Je ne vais pas tout vous dire, car ce sera à vous de trouver votre chemin à travers les épreuves. Avant qu'un scientifique remplisse une fonction, il est testé pour la compréhension, la persévérance, la patience et son dévouement à la cause.

Votre première mission aujourd'hui s'appelle : les secrets des Bonsaïs. Ces arbres ont existé sur votre planète. Ils ont des propriétés très spéciales que les humains ne connaissent pas. Ils ont été dans votre environnement pendant très longtemps.

Ils sont cultivés ici aussi. Nous avons une personne spécialisée en botanique qui prend soin de nos Bonsaïs tous les jours et elle est notre jardinière.

S'il vous plaît, suivez-moi.

Ils continuèrent à marcher vers un immense escalier conduisant au sous-sol. La pièce était sombre, juste un peu de lumière d'une torche de feu dans un coin de la salle. C'était une petite pièce. Quatre Bonsaïs étaient sur une table, un à chaque coin. Ces arbres avaient des pierres colorées brillant au-dessus de leurs troncs. Ces pierres étaient de différentes couleurs et rayonnaient, un rouge, un vert, un bleu et un jaune.

Elle posa une main sur la pierre jaune et un jet de couleur en sortit qui éclaira toute la pièce. Puis, elle regarda Robert et lui dit que c'était à son tour de répéter ce qu'elle venait de faire, en utilisant uniquement son intention. Les instructions étaient dans un rouleau dans le milieu de la table. Il devait l'étudier avant de commencer.

– Que sont-ils sensés faire ? dit Robert.

Elle lui dit que cela faisait partie de sa mission de le découvrir. Plusieurs hologrammes numériques placés à des endroits spécifiques sur la propriété percevront ses pensées et lui donneront les réponses logiques et les informations appropriées. Ces réponses sont uniques pour chaque personne. Ils répondent ou donnent de l'information qui est logique sur ce que la personne se demande, ce qui la préoccupe ou qui veut augmenter son savoir.

Tout d'abord, il se demanda pourquoi ce serait une mission de faire cela. Il pensait qu'il allait faire quelque chose de plus orthodoxe comme être testé sur sa connaissance, le mettre au défi devant ces trois tableaux dans le laboratoire principal pour l'aider à reconstituer sa planète.

Elle sentait sa pensée et lui dit :

– Vous allez voir. Avec toutes nos années d'enseignement, nous avons appris que les gens sont très visuels et qu'ils ont besoin de voir leurs pensées s'équilibrer avec les objets, les sons, la distance, la matière, l'espace, etc., chacun de ces tests a un objectif très spécifique. Vous en aurez un certain nombre à faire. Le nombre dépend de la façon dont vous les effectuez au fur et à mesure que vous avancez.

Je saurai sans aucun doute lorsque vous serez prêt à retourner à votre planète. Je vous laisse à présent, et serai de retour plus tard. Si vous terminez avant mon retour, attendez-moi. Je vais savoir quand vous avez atteint le but de cette étape.

Elle monta les escaliers silencieusement et Robert examina la table et prit le parchemin.

Il l'ouvrit. Rien ne lui semblait sensé, c'était juste une page avec beaucoup de symboles qui lui étaient inconnus. Il commença à toucher les symboles au hasard et en faisant cela, les mots apparurent dans sa langue.

Il lut : « Un cercle dans la lumière apparaîtra avec la réponse. »

C'était tout ce qui était écrit.

Il marcha autour de la table, en regardant ces Bonsaïs, leurs couleurs et tenta de comprendre ce qu'ils étaient censés faire. Il commença alors à toucher de façon aléatoire les couleurs avec sa main droite, mais rien ne se passa.

Il lut le message à plusieurs reprises jusqu'à ce qu'il comprenne qu'il devait d'abord écouter sa propre perception afin de savoir ce que ces quatre couleurs voulaient dire.

OK, il ne faut pas être si compliqué. Il est vrai ce que Mlle Zeni dit, nous les humains aimons compliquer les choses. C'est vraiment ce qui crée la plupart de nos problèmes. OK, nous allons garder les choses simples ici. Je sais que je complique les choses quand je ne le devrais pas. Mais OK, je vais essayer de garder cela simple, sans complications, jaune, puis rouge, puis vert, puis bleu.

Appuie sur le jaune : il n'a rien fait, hum... ce n'est pas aussi facile que je pensais... OK, que dirais-tu du bleu ?

Il le toucha et rien ne se passa. Il continua à observer pendant un long moment, ne sachant plus quoi penser. Il fit un aller-retour de la table au mur ; touchant les arbres puis le parchemin, s'assoyant à proximité, sur un petit banc et regarda la table et les arbres.

Qu'est-ce que c'est censé faire ? OK, je vais essayer encore.

Il commença à toucher le tronc des deux premiers arbres, avec les deux mains.

Deux arbres à la fois ! se dit-il.

Puis il toucha le bout des branches, une lumière blanche vint à l'affût accompagnée de bruits de statiques. Il essaya les deux autres arbres et ils firent la même chose. Les pierres pulsaient leur couleur individuelle de plus en plus vite.

OK, je crois que ça s'en vient...

Essayons ça...

Il toucha la pierre jaune et des couleurs blanches sortirent des branches. Et le bonsaï prenait de l'ampleur, sa couleur de pierre devenait plus opaque et des jets de lumière en sortirent, éclairant le quart de la salle.

Il fit ensuite la même chose avec les autres Bonsaïs et toucha le bout de l'arbre qui avait la pierre bleue, il fit de même :

Maintenant, je vais quelque part.

En touchant le bleu, une lueur bleue traversa la pièce et éclaira un autre quart de la salle. Même chose se produit avec le rouge et le jaune.

Lorsque les Bonsaïs furent tous éclairés, toute une pléiade de planètes, soleils, galaxies apparurent devant lui au-dessus de la table. Son système solaire apparut, et il vit sa planète.

Puis, il entendit un bruit derrière lui, un énorme hologramme apparut et il vit qu'il y avait de nombreux systèmes solaires et dans chacun d'eux, il y avait une planète tournant autour du soleil. Il y avait de nombreux systèmes solaires avec des planètes ressemblant à la Terre.

Qu'est-ce que ça veut dire ?

Il resta fixé devant le spectacle de cette réflexion stellaire pour un bon moment, essayant de figurer ce que tout cela voulait dire. Et après un certain moment, restant sans réponses, il décida de retourner à la table, car il sentait que ce n'était pas le phénomène final de ce test.

Il sentit qu'il devait trouver autre chose. Il se souvint que Mlle Zeni a touché les pierres avec ses mains. Mais rien de tel ne s'était passé quand elle l'avait fait. Il plaça la paume de sa main sur la pierre jaune et un symbole apparut sur le parchemin qui était resté ouvert. Il n'avait jamais vu ce type de symbole.

Il mit sa main à plat sur la pierre rouge, un autre symbole apparut. La même chose se produisit avec les autres pierres. Il pensa que ces symboles étaient destinés à signifier quelque chose, mais quoi ?

Tout en continuant à les regarder, ils commencèrent à briller dans leurs couleurs correspondantes. Il toucha le jaune et le symbole sortit du parchemin et se retrouva dans la pierre jaune.

Témoin de quelque chose qu'il n'avait jamais vu auparavant, il se sentit encouragé et continua le même procédé avec les trois autres.

Puis, tout est devenu noir autour de lui. Plus de lumière, plus de rayonnement, plus rien.

Mais non, ce n'est pas censé être la fin, j'en suis certain.

Il s'assit sur le banc et attendit, attendit et attendit...

Qu'est-ce que tout cela signifie, si rien ne se passe après ce que j'ai fait ? Quel est le but de tout cela ? En se grattant le dessus de la tête pour déterminer son prochain geste.

Il attendit un peu plus longtemps et décida de quitter l'endroit, pensant que c'était en vain.

En remontant l'escalier, il entendit un bruit venant du sous-sol.

Oh, peut-être que quelque chose se passe.

Il descendit l'escalier, en regardant comme un enfant, en appréciant les mystères autour de lui, à la recherche de l'instant magique à découvrir.

Il y avait une lumière rougeoyante comme hologramme, il ne pouvait pas endurer de la regarder directement, car elle était très puissante et lui faisait mal aux yeux.

À l'intérieur de cette lumière, un cercle rond noir apparut et la lumière est devenue plus douce pendant qu'il se formait. Quand il tournait, il augmentait et diminuait de taille.

Il dut comprendre ce que cela signifiait, car en regardant de nouveau le parchemin, il se souvint que la partie de la culture de l'art du Bonsaï sur Terre est : de grandir à l'intérieur et le Bonsaï représente la sagesse.

Le symbole – le cercle noir tournant sur lui-même signifie : pas de début – pas de fin.

Un cercle dans la lumière apparaîtra avec la réponse.

Comme il était assis sur une chaise et réfléchissait, il se rendit compte que cela pouvait signifier qu'il y avait continuation de la vie sans fin.

Qu'est-ce que cela signifie pour lui et sa planète ? Alors qu'il se posait cette question, Julia apparut et Robert lui demanda :

– Encore quelque chose qui m'intrigue. Comment puis-je savoir que c'est vrai, que la vie est un continuum et qu'elle ne finit jamais ?

– Vous le saurez quand il sera le temps de le savoir. Vous trouverez toutes les réponses vous-même. Je ne veux pas gâcher vos chances et le plaisir de découvrir ce dont il s'agit.

Nous allons maintenant prendre une pause et aller voir notre jardinière, Mlle Chapters. Elle est très fière de ses jardins et de ses plantes. Elle est ici avec nous depuis longtemps. Savez-vous que nous ne portons pas notre âge physiquement sur notre planète ? Devinez mon âge.

Robert fut surpris par cette question et ne se sentait pas très à l'aise en répondant que généralement les femmes de la Terre, passé un certain âge, n'aiment pas se faire poser cette question parce que si vous avez tort, vous pouvez facilement hériter d'une taloche au visage...

– Eh bien, dit Robert, je ne saurais vous dire. Peut-être 35 ou 40 ans basé sur le calcul de nos années terrestres.

– J'ai 125 ans cette année. Pas mal, hum? Vous pourrez aussi réaliser que vous-même, vous hériterez des grands avantages de ne pas vieillir du tout lorsque vous êtes ici. Nous n'avons pas ces choses (que j'ai vues dans mes informations au sujet de votre planète) – tels que des agents de conservations d'aliments.

C'est vrai, pensez-vous continuer à utiliser ces choses ? Je ne suis pas tout à faite certaine que ces parchemins donnaient l'information alimentaire récente.

– Oui, nous le faisons toujours, c'est pour s'assurer que la nourriture va durer plus longtemps. Ici vous avez de la vraie nourriture, mais sur Terre, nous n'avons pas d'autre moyen de préserver la nourriture et de la garder fraîche le plus longtemps possible avant de la consommer.

Elle lui fit signe qu'elle comprenait que dans ses conditions, il n'avait pas le choix.

Ils se dirigeaient maintenant vers le jardin de Bonsaïs.

———

Que signifie ces symboles ?

C'était une belle journée.

Julia mentionna que tout changerait bientôt puisque Hibernia prenait fin. Elle lui dit ce que cela signifiait pour la planète et lui montra des photos de ce que les prochaines saisons deviendraient sur une roche hologramme.

Pressant le seul bouton sur cette roche, les trois saisons furent décrites comme un film. Vraiment incroyable.

– Cette information est décrite dans toutes les langues possibles pour nos visiteurs. Ils comprennent ce dont il s'agit. Dans tout l'établissement, il y a beaucoup de ces hologrammes disponibles pour répondre à la curiosité des visiteurs.

Il est presque midi, et comme vous pouvez le constater, les feuilles se tournent vers les soleils et voyez, elles sont toutes de la même couleur. Cela va changer dans une heure environ.

La mer que vous voyez en face de vous est merveilleuse. Si vous voulez vous baigner, vous aurez des compagnons autour de vous en tout temps. Ce sont les Dolphinis. Sur la planète Terre, vous aviez des dauphins, si je me souviens bien.

Ils sont très sympathiques et très intelligents. Ils font, en fait, partie d'un de vos tests.

Vous aurez à vous rapprocher d'eux afin qu'ils puissent divulguer leurs secrets. Ce sera intéressant.

– Vous avez piqué ma curiosité. Oui, cela me semble très intéressant.

Julia ouvrit la porte du jardin, il y avait beaucoup de fleurs et d'arbres qui émettaient des étoiles scintillantes vers le ciel.

Robert se dit :

C'est tout simplement incroyable combien de choses se passent ici. Qu'est-ce que cela veut dire ? Est-ce un autre test que j'ai à résoudre ?

Un pitchnouk survola au-dessus de sa tête et Robert le reconnut. Il s'envola ensuite tout droit vers le ciel.

Un peu plus tard, durant leur marche dans le jardin, un autre hologramme apparut. Robert se dirigea vers un tronc d'arbre qui était vert éclatant. Il le toucha. Puis le tronc changea de couleur et devint bleu. Sur la surface, les cercles changèrent au jaune vif et leurs mouvements s'arrêtèrent.

Soudain, une pyramide de cristal sortit du tronc et se cassa en plusieurs morceaux. Pour un instant, Robert fut gêné, pensant qu'il l'avait brisé.

La surface du tronc était devenue un test. Robert décida de mettre chaque pièce de cette pyramide à la bonne place.

OK, qu'est-ce que je suis censé faire avec ça ? Cet endroit est de plus en plus mystérieux et bizarre.

Mais il décida de compléter le tableau et voir ce à quoi cela pouvait aboutir. Puis un bracelet rouge apparut à la surface du tronc. Plusieurs dessins y étaient gravés.

Robert les montra à Julia et lui demanda la signification de ces symboles ...

– Allons à la bibliothèque, nous allons savoir ce qu'ils signifient.

À leur arrivée, ils furent accueillis par deux serviteurs, l'un d'entre eux leur offrit du thé.

Ensuite, ils s'assirent et examinèrent les dossiers de la bibliothèque, cherchant toutes les définitions possibles correspondant aux symboles.

Le premier était le symbole de l'infini et il était surmonté de deux triangles.

Robert essayait de comprendre ce que signifiait ces symboles en les téléchargeant sur son Omnix.

Il essaya différents modèles, différentes positions, si elles étaient ensemble ou séparées, quelle différence cela pouvait faire. Il y avait une grande possibilité de motifs qu'il pouvait créer.

Mais un d'entre eux attira son attention. C'était comme s'il s'agissait d'une pyramide avec des triangles doubles.

– Montrez-moi ce à quoi vous êtes arrivé et je vais les comparer avec ce que j'ai trouvé. J'ai quelque chose d'intéressant ici.

Il s'agit d'un livre galactique, a-t-elle expliqué, ce qui indique le nom de chaque découverte de modèles et jusqu'à présent, nous avons une collection. Ainsi, nous pourrons peut-être trouver quelque chose d'intéressant pour vous.

Nous allons comparer ce que vous avez avec ce que j'ai dans ce livre.

En défilant les informations vers le bas, une chose attira l'attention de Robert.

– Je pense que nous avons trouvé ce que nous cherchions. Il est là : le symbole de l'infini avec une pyramide. C'est un symbole de confiance.

C'est le symbole de l'infini et le triangle est une pyramide. La pyramide est utilisée comme symbole de la Maison de l'énergie et le symbole de l'infini est pour l'illimité. Elle se réfère à plusieurs concepts distincts habituellement liés à la notion de « sans fin »...

Oui, Robert, les pyramides font partie du langage universel. Tout le monde de n'importe quelle galaxie peut les reconnaître et comprendre ce que cela signifie. Gardez ce bracelet, il vous sera utile.

Les Dolphinis

Après cette aventure, elle invita Robert à se rendre dans le jardin de bonsaïs comme ils l'avaient initialement prévu. Cependant, de voir Robert complètement abasourdi de sa dernière aventure, elle décida de reporter la visite du jardin et suggéra de faire une promenade sur la plage.

Robert accepta et ils commencèrent à parler de la dernière épreuve et comment elle était liée à son apprentissage, puis de l'approche à prendre lorsqu'il retournerait dans son pays et sur sa planète.

L'après-midi était superbe, les feuilles dansaient dans le vent, les deux soleils jumeaux élevés dans le ciel, et la mer qui était très calme, seulement des vagues lentes en allers et retours sur le sable bleu et blanc.

Robert regarda l'eau et sentit l'invitation d'aller s'y baigner. Il s'excusa auprès de Julia et décida d'aller à sa chambre pour mettre un vêtement de plage. Il retourna à la plage et Julia fut un peu timide de voir la silhouette de cet homme avec toutes ses formes musculaires.

Robert lui dit qu'il n'était pas nécessaire de l'attendre, qu'il était tout à fait à l'aise. Il ne voulait que faire quelques longueurs puis revenir sur la plage. Julia lui souhaita bien du plaisir avec les Dolphinis.

Elle le regarda entrer dans l'eau et quitta pour son bureau.

Même si les deux soleils étaient élevés dans le ciel, l'eau était très claire, pure et rafraîchissante. Il se sentit soudain entouré d'ombres mouvantes. Elles étaient très rapides et semblaient familières à ce qu'il avait vu sur sa planète.

Les Dolphinis ! Ah, je me souviens ce que Mlle Zeni m'a dit à leur sujet. Ce sont des mammifères très intelligents.

Ils nagèrent à côté de Robert et plusieurs se joignirent à lui. Un des Dolphinis s'approcha et le poussa avec son nez comme s'il lui disait de le suivre.

Robert était très détendu et avait l'esprit d'aventure. Il nagea à côté des Dolphinis. Ces Dolphinis étaient très agiles, ils lui montrèrent ce que ces maîtres de la mer pouvaient faire. Ils tournèrent autour de lui, sortirent de l'eau en ballottant leurs queues, formèrent des tourniquets sur la surface de l'eau. Il appréciait leur compagnie et nageait très vite avec eux.

Durant cet amusement avec les Dolphinis, Robert jeta un coup d'œil sur la plage et réalisa que tout ce qu'il voyait était les petites lueurs sur les feuilles des arbres, les pitchnouks dormaient, les deux soleils étaient couchés. Robert décida de nager vers la plage, mais les Dolphinis demeurèrent insistants pour qu'il continue de nager avec eux.

Pas trop sûr de ce qu'il fallait faire, il se dit qu'après tout, il ne pouvait pas être dans un endroit plus sûr qu'avec les Dolphinis. Il les suivit et arriva sur une île. L'île avait une grande caverne. Il s'y rendit pour voir à l'intérieur. Les Dolphinis étaient déjà là, dans ce qui semblait être une piscine naturelle.

La lumière jaune couvrait les murs de la caverne avec plusieurs symboles noirs engravés qui lui étaient complètement inconnus. Comme il approcha les murs, ils se mirent à rayonner et une lumière bleue se projeta sur le mur en rebondissant sur le mur opposé, comme s'ils s'échangeaient des informations.

Ensuite, plusieurs images s'animèrent. C'était très rapide, il vit sa planète, l'édifice du parlement, et une eTV décrivant la couche d'ozone grandement diminuée autour de la planète. La description de ces événements défilait sans bruit. Robert exprima sa frustration puisqu'il ne pouvait pas entendre les gens qui semblaient être des journalistes.

Pour l'amour de Dieu, merde, je ne peux pas entendre ce qui se dit !

Un Dolphinis lui éclaboussa l'eau en plein visage.

Qu'est-ce que c'est, est-ce vrai ou est-ce faux, êtes-vous en train de tester mon comportement, qu'attendez-vous de moi ?

Il se rendit ensuite au pied du mur tout en regardant ces images qui défilaient sans arrêt.

Puis, soudainement, tout disparut : aucun Dolphinis, aucun bruit, rien, et Robert resta seul dans la caverne.

Comme il décida de marcher plus profondément dans la caverne, il traversa un pont fait de pierres qui le dirigea vers une autre caverne. Il y avait une immense chute de la lumière descendant vers l'eau. En s'y approchant, la chute s'arrêta, et à nouveau les images apparurent, il vit que la planète Terre était en danger. Les images se déroulaient sans fin.

Il décida de quitter la caverne et retrouva son chemin vers la plage. Il nagea comme s'il était au plus grand marathon de sa vie.

Il courut à sa chambre et se sécha. Ensuite, assis sur le bord de son lit, il pensa à tout cela et son cœur battit très vite. Il se dirigea vers la fenêtre, regardant le ciel en se disant :

Qu'est-ce que je fais ? Je dois faire quelque chose. Ça avait l'air tellement réel, je ne peux pas penser que ce soit imaginaire. Ils étaient tellement insistants pour que je les suive, je dois en savoir plus.

Robert mit des vêtements décontractés. Il retourna à la plage et s'attendit à revoir les Dolphinis. Il se dit en lui-même :

Je vais y retourner, j'ai besoin de savoir.

Il se dirigea vers la plage à l'endroit de sa première rencontre avec les Dolphinis. Comme il avançait dans l'eau, une énorme trombe d'eau s'avança vers lui et l'engloutit complètement. Robert disparut…

Est-ce que tout est « sans temps » ?

Ascendant dans la trombe d'eau, Robert fut enveloppé de jets de lumière qui bougeaient à une vitesse stellaire, puis tout devint ralenti. La trombe était encore tourbillonnante autour de lui et des cristaux gigantesques surgissaient en différentes formes et tailles. Il les regarda avec étonnement.

Il n'y avait aucun bruit. Se déplaçant et regardant plus loin, il pouvait percevoir des images animées dans toutes les directions.

Au sommet de ces cristaux gigantesques se trouvaient des signes inconnus qui clignotaient sans arrêt. Il décida de s'y approcher et aussitôt qu'il les toucha, il sentit une sensation complètement différente, aucun sentiment de stress.

Il n'avait jamais ressenti quelque chose comme ça au cours de son existence. Il se rendit compte qu'il était en état d'apesanteur et en regardant autour, il vit son corps resté debout derrière lui. Il pouvait percevoir tout autour de lui – trois cent soixante degrés avec toutes ses perceptions.

Jamais dans ses rêves les plus fous aurait-il penser que cela puisse arriver.

Est-ce fiction, un rêve ou réalité ? Est-ce que quelqu'un peut répondre à cette question ?

Rester à flot dans cette panoplie de cristaux, les images apparaissaient l'une après les autres sans arrêt et elles n'étaient pas de son temps, il y avait différentes planètes, différents types de personnes, des temps différents.

Ensuite, les cristaux commencèrent à afficher sa vie : sa naissance, son enfance, ses parents, tous ses amis durant ses années scolaires et d'université, l'amour de sa vie durant son adolescence qui était morte dans un accident de vaisseau spatial.

« Pumpkin » ! Il se rendit compte que, même s'il avait crié son nom, ce n'était pas sa voix habituelle, mais plutôt que la puissance de son intention pour se faire entendre était sans bornes.

Il cria de nouveau « Heather », le cristal se désintégra et une forme de lumière apparut devant lui.

Intrigué par cet événement et se demandant en même temps si c'était un autre test qui lui était lancé, il devint confus.

Heather n'est plus depuis 20 ans ...

Comment se peut-il qu'il puisse sentir sa présence ?

Robert savait que c'était elle, sans aucun doute.

Heather, pourquoi es-tu ici ? Où sommes-nous ?

Son sentiment d'amour pour Heather prit le dessus dans toutes ses pensées. Bouleversé par cet événement, il ne savait plus s'il allait perdre la tête, et la suite de ce qui se présenterait à lui.

Robert n'avait aucune notion du temps, il ne savait pas combien de temps il avait senti sa présence, car tout était intemporel. Elle était si réelle et en même temps si mystique. Il ne pouvait pas s'expliquer ce qui venait de se passer.

Il se tint là, à regarder autour, en pensant à elle et se rendit compte qu'il ne s'était jamais complètement remis de cette perte... Il voulait que cet événement s'éternise pour sentir sa présence qui lui avait manquée depuis si longtemps.

À l'extérieur de son corps ?

Après un moment, toujours à l'extérieur de son corps, Robert décida de se déplacer. Il se promit de ne jamais oublier cette rencontre et il espéra qu'il allait la revoir dans un avenir rapproché.

Devant lui se trouvait l'univers, les planètes, les soleils, les étoiles, il pouvait se déplacer tout autour d'eux, sans aucune barrière existante.

L'expérience était incroyable, se déplaçant sans barrières partout où il le voulait, simplement en utilisant son intention. N'ayant aucune mauvaise sensation à propos de tout cela, il estima qu'avant de revenir « d'où il venait », il avait à se rapprocher de sa planète.

Le soleil brillait vers l'Asie et Robert savait que c'était encore la nuit dans son pays, mais vu la rapidité, de l'espace, l'aube apparut rapidement à l'est. Les nuages rouges et gris couvraient tout.

Comme il s'approchait, il vit son pays, sa ville et le parlement. Il y entra aussi rapidement que le vent à travers une fenêtre. Il vit Simon tenir une réunion avec ses députés et son adjointe parlementaire et discutait de l'agenda pour la journée. Tout semblait bien fonctionner.

Je vais revenir bientôt mes amis, je vous le promets. Je dois retourner dans mon corps et savoir ce qui m'attend...

Il retrouva son corps et pour un instant, il se demanda s'il pouvait le réintégrer. Il s'y approcha, et en un éclair, il était de retour dans son corps. Il bougea ses mains et ses bras, sentit son cœur battre à nouveau. Il put sentir tous ses sens revenir et son sang circulant à toute vitesse dans ses veines.

Restant debout, les yeux fermés, Robert réfléchit...

Le vrai vous

Comme il était confus au sujet de ce nouveau concept de l'espace et du temps, Robert essaya d'absorber et de comprendre sa rencontre avec Heather.

Le Crystal reparut, la trombe était là. Il s'y laissa plonger.

Il descendit dans le cristal, revint à la caverne sur l'île, vit la plage et les bâtiments.

Un groupe de Dolphinis le ramenèrent sur la plage. Il resta couché sur le sable pendant un certain temps, les deux soleils réchauffaient son corps endolori et cela lui faisait du bien. Il pouvait entendre les Dolphinis qui étaient au-dessus de l'eau le surveillant, et comme il ouvrit les yeux, ils plongèrent et disparurent.

Julia se tenait en face de lui.

Robert se leva lentement. Son corps lui faisait mal, il ne savait pas quoi lui dire.

A-t-elle fait cela pour lui faire peur ? Était-ce un de ses trucs pour l'impressionner ? Est-elle une sorcière ?

Je ne sais pas comment la recherche pour régler le problème de l'ozone sur ma planète a quelque chose à voir avec ce qui se passe ici. Je ne comprends plus rien.

Il se dit en lui-même qu'elle était mieux de lui donner quelques explications ; sa récente aventure l'avait vraiment secoué émotionnellement et physiquement.

– Bonjour Robert, vous êtes parti pour un bon bout de temps. Je dirais que cela fait plus de trois jours de votre temps terrestre. Je savais où vous alliez et quand vous reviendriez.

Elle l'invita ensuite à s'asseoir sur un banc.

– Trois jours ? Comment cela se peut-il ? Il me semble que c'était hier. Le temps m'a évidemment joué des tours. Il me semble que c'était des heures et non des jours.

– Robert, je dois vous dire quelque chose... Vous avez été en contact avec les Dolphinis évidemment et vous avez reçu le message qu'ils voulaient que vous obteniez.

N'hésitez pas à me demander ce que vous souhaitez savoir sur l'événement que vous venez de vivre, même si je pense que vous êtes assez intelligent pour tirer vos propres conclusions. Je ne suis pas ici pour interférer avec ce que vous choisissez de ressentir, de penser ou de dire. Je suis juste ici pour vous aider.

Tout ce que je peux vous dire, c'est que vous avez été sensibilisé à d'autres dimensions et d'autres pouvoirs. Mais je dois vous assurer que tout cela n'est pas nouveau. Dans mes laboratoires, j'ai fait la preuve de ces pouvoirs. L'existence et la perception de ces dimensions ont toujours été là et le seront toujours.

Beaucoup de scientifiques venus d'autres planètes et galaxies n'ont pas encore découvert cette entité qui est la réponse à toute créativité et connaissance. Elle n'a pas de propriétés physiques. Elle est le vrai vous et c'est tout ce qui est inhérent à tous les êtres. Que vous soyez de Etka, SN2Y, Terre ou de n'importe où, dans tous les types possibles d'univers, c'est l'entité immortelle qui est le vrai vous.

Regardez-moi ...

Robert la regarda et vit comme un éclat de couleur blanche lui entourer sa tête.

Ce que vous voyez ici, c'est ce que je suis dans mon état le plus pur. J'ai fait beaucoup de recherches pour trouver la source de la création – ce qui anime tout autour de vous, y compris votre corps – et à partir de cela, j'ai constaté qu'il n'y avait pas de propriétés biologiques ou physiques. Cette recherche a été gardée dans le secret le plus complet.

La seule chose que je pouvais percevoir était les ondes statiques. Je n'ai jamais cru sans preuve. Avec la science et les outils dont nous disposons actuellement, nous avons pu détecter cette forme de vie. Je me suis d'abord testée et ensuite fait de même avec mes assistants. C'était le même résultat avec chacun d'eux.

Vraiment surprenant pour eux, car ils n'avaient aucune idée que cette force de vie qui existait était eux. De nombreux scientifiques à travers le dernier millénaire ont toujours compté sur ce qui était palpable, sur des choses qui pouvaient être analysées physiquement. Dans leurs recherches, ils n'ont jamais soupçonné que quelque chose au-delà des lois de la physique pouvait tout animer.

Comme elle lui parlait, la lueur s'atténua.

– C'est ce que j'ai vécu alors dans la caverne avec les Dolphinis ?

– Oui, en effet. C'est la source qui anime toutes choses : vous et vous seul êtes le créateur. Le corps est comme un vaisseau spatial. Je ne suis pas le vaisseau spatial. Je suis le pilote. Et j'existe avec ou sans le vaisseau spatial.

Alors, quand on le réalise – on se rend compte que ce que l'on fait cette vie-ci a des répercussions sur les prochaines... Nous parcourons la même route. Vous savez maintenant que vous avez la possibilité de choisir votre avenir.

Lorsque vous êtes conscient que tout ne se termine pas lorsque vous quittez votre corps, cela vous rend, je dirais, plus responsable des actes que vous commettez, puisque vous avez à faire face à la musique lorsque vous revenez une fois de plus dans un nouveau corps.

Cela dure depuis très longtemps. Cette chose – vous – est éternelle. En tant qu'individu, je sais que j'ai réalisé plusieurs étapes dans mon évolution, et je sais que vous êtes assez intelligent pour recevoir ces précieux renseignements.

D'après ce que je sais maintenant sur l'histoire de votre planète, cette information a été supprimée depuis longtemps. Tout est focalisé sur l'accord que la vie est de courte durée et qu'on ne vit qu'une seule fois. Lorsque les gens découvrent malgré eux que c'est faux, il est trop tard, car ils ont déjà quitté leur corps biologique.

Par la suite, le mécanisme de l'oubli s'ajoute à la scène en une lumière blanche aveuglante et les résultats sont ce que vous voyez maintenant et quotidiennement.

Cela a délibérément été pour empêcher d'atteindre à nouveau ces états supérieurs, mais ces états sont toujours existants. Ils ne sont pas perdus puisqu'ils font partie intégrante de ce que vous êtes.

Nous avons également constaté que depuis son existence, l'ISS en a été très conscient et il a joué un rôle majeur en interdisant la connaissance de cette vérité à la majorité.

Ils ont secrètement effectué leur recherche, utilisant des victimes innocentes qui ont offert leurs services pour ce que vous appelez des expériences de vision à distance. Le plus triste, c'est qu'ils ont essayé d'empêcher ces gens de réintégrer leur corps. Ils n'ont pas réussi et ont abandonné le projet et puisqu'ils n'ont pas obtenu de résultats, le financement a été interrompu. Nous n'irons pas plus loin que cela pour le moment.

Robert exprima son étonnement en un faible sourire, étant complètement épuisé par cette aventure. Il avait à digérer tout ce qu'elle venait de lui révéler. Depuis des siècles, la seule chose qui sortit de la recherche humaine et convainquit tout le monde que la vérité ultime était « Que tout était dans le cerveau ».

– Pour l'instant, vous devez vous reposer, manger et dormir un peu. Je suis sûr que vous en avez besoin.

Lorsqu'ils se dirigèrent vers la maison des invités, Julia lui dit qu'après une étude approfondie de l'état des choses sur sa planète, qu'elle et ses scientifiques – même s'il s'avérait que c'était un projet difficile – avaient examiné des solutions possibles.

– Et une dernière chose, je ne suis ni une sorcière ni l'auteure de votre aventure.

J'ai observé, lors de mes études récentes sur les humains, que vous aviez tendance à cibler la cause ou la source des événements, bons ou mauvais, à quelqu'un ou à autre chose que vous.

Je veux avoir une discussion avec vous à ce sujet plus tard. Je souhaite en savoir davantage sur la raison pour laquelle les humains pensent de cette façon.

Robert était gêné.

Peut-elle maintenant lire dans mes pensées ? Je ferais mieux d'être prudent sur ce que je pense...

Un cadeau ?

En entrant dans sa chambre, Robert repéra un colis pour lui sur une chaise. Il utilisa la dernière partie de son énergie pour marcher vers le colis, assez surprenant, c'était des nouvelles de la Terre. Il ne pouvait pas imaginer que cela provenait d'ailleurs.

Le paquet provenait de Simon, son bras droit. Il eut un frisson de plaisir en pensant que quelqu'un pensait à lui après tout ce temps.

Il ne m'a pas oublié !

C'était une boîte métallique et il y avait un code qu'il fallait entrer pour l'ouvrir. Ce protocole s'appliquait à tout envoi à un Premier ministre et ce paquet ne faisait pas exception.

Un écran numérique se trouvait sur le devant de la boîte avec le logo d'un drapeau canadien et d'un petit clavier de symboles.

Il dut se rappeler **le** code d'accès. Appuyant son pouce contre le drapeau, un bourdonnement provenait de la boîte, ce qui signifiait que c'était la bonne. Il appuya sur deux touches et la boîte put s'ouvrir.

Il y trouva 3DVDs, sa gomme à mâcher préférée – qu'il avait demandé en plaisantant – et une photographie d'une femme qui ressemblait étrangement à Heather…

Les commentaires de Simon étaient que son assistante précédente avait déménagé à Washington DC aux États-Unis et s'était mariée à l'ambassadeur du Canada.

Cette nouvelle assistante parlementaire nommée Isabelle était une personne très professionnelle, engagée il y a de cela moins d'un mois. Simon voulut souligner le fait qu'elle était célibataire, un peu de taquinerie à propos du célibataire que

Robert était. Simon mentionna qu'elle avait hâte de rencontrer son patron...

Il trouva aussi des documents lui donnant l'état des affaires politiques, ainsi que la façon dont le pays fonctionnait économiquement. Aussi, une note que tout le monde allait bien et espérait qu'il retourne bientôt. Simon lui mentionna de visionner le contenu des 3DVDs.

Il regarda dans la boîte et il y avait un lecteur 3DVD portable. Il mit le 3DVD dans le lecteur et vit toute son équipe le saluant. Puis, individuellement, on lui donnait des nouvelles de chaque département. Robert fut ravi d'avoir des nouvelles du pays, et de la façon dont son équipe tenait le coup durant son absence.

Il leur manquait énormément. La routine quotidienne et l'interaction qu'il avait avec eux. C'était tellement excitant de travailler à construire quelque chose pour le bien de son pays.

Ah... mon chez moi – tu me manques plus que jamais.

Tandis que son personnel l'informait de leurs actions et des buts atteints, Robert put voir à l'arrière-plan, le rouge et gris foncé à travers les fenêtres. Ce qui lui rappela cruellement encore une fois la raison pour laquelle il était venu à SN2Y.

Mettre tout dans la boîte, Robert jeta un coup d'œil à la photo d'Isabelle que Simon lui avait envoyé. La ressemblance entre Heather et cette femme nommée Isabelle était incroyable, un duplicata parfait de ce que se souvenait Robert. Il regarda cette image pendant un long moment, puis s'endormit avec l'image d'Isabelle sur sa poitrine.

Communiquer

En se réveillant, allongé sur son lit, Robert ne pouvait pas s'imaginer retourner dans le passé et n'avait aucune idée comment avancer vers l'avenir. Il se rendit compte qu'il s'agissait d'une situation pas comme les autres : quitter son pays et sa planète, se diriger vers l'inconnu et aller là où personne ne l'avait précédé.

En se tournant sur le côté gauche, il se rendit compte qu'il avait l'image de cette nouvelle employée...

Il s'assit sur son lit, se gratta la tête en se demandant qu'est-ce que tout cela voulait bien dire. Il se dirigea alors vers la table au centre de la salle et plaça l'image dans la boîte de métal, puis entra dans la salle voisine.

Debout dans sa douche de jet de mousse, Robert était encore complètement stupéfié par son aventure. Le début de son voyage semblait si prometteur pour lutter contre la pollution de sa planète... et maintenant, tout était devenu quelque chose de plus grand à confronter. Un défi qu'il n'avait jamais imaginé pouvoir exister.

C'est de la folie, se dit-il, *comment se peut-il que tout ici soit tellement logique ? Il n'y a pas de mal dans quoi que ce soit, tout est harmonieux. C'est l'idéal, je voudrais voir cela chez moi et pour tout le monde. Nous sommes certainement allés trop loin dans le mauvais sens...*

Robert resta immobile dans sa douche pendant un certain temps....

En revenant dans sa chambre, il se dirigea vers la fenêtre. Un pitchnouk était là, flottant dans l'air, le regardant droit dans les yeux. Robert le regarda et le salua quand il se rapprocha de lui.

– Ne craignez pas l'avenir, lui dit-il.

Robert regarda autour pour voir si quelqu'un était présent, mais il n'y avait personne à l'exception du pitchnouk. La voix était une sorte de son métallique – il regarda le pitchnouk et réalisa que c'était lui qui communiquait.

– Quoi, vous pouvez parler maintenant ?

– Oui, je le peux. Vous savez, je vous aime bien, vous êtes unique en votre genre pour moi, je n'ai jamais vu quelqu'un comme vous sur SN2Y. Et vous avez vécu beaucoup de choses au cours des derniers jours, mais j'espère que vous et Mlle Zeni ferez de grandes choses pour votre planète.

Je peux entendre ce que vous dites et pensez, je ne suis pas très discret, je pourrais dire, mais j'ai un sens développé, donc je me dis : aussi bien l'accepter. Je ne peux pas lutter contre ce qui, pour moi, est naturel de faire.

– Oh, un autre qui a cette superpuissance, Mlle Zeni peut également percevoir ce que je pense et je crains que je ne sois pas en mesure, pour la durée de mon voyage ici, d'avoir un peu d'intimité.

– Vous devriez regarder cela d'une autre façon. Regardez, la raison pour laquelle nous pouvons percevoir ce que les gens pensent et disent, c'est parce que nous sommes libres de la présomption et des hypothèses. Nous n'assumons pas à l'avance ce que quelqu'un va dire ou penser. Toutes ces choses observées dans certaines civilisations ne sont pas nécessaires.

Nous percevons les choses comme elles sont, toujours. Quand je vois les deux soleils, je vois les deux, pas la moitié d'un, pas un et demi, je les vois tous les deux.

La seule fois que je vais vous parler à l'avenir, c'est quand vous me permettrez de le faire ; lorsque vous êtes sur cette longueur d'onde qui me permet de percevoir, comme en ce moment, vous pouvez me permettre de communiquer avec vous. Je le perçois, vous me le faites savoir. Je viendrai vous parler.

– Avez-vous un nom ? demanda Robert.

– Oui, en fait j'en ai un, mon nom est Boudjou. Je l'aime beaucoup, il m'a été donné par M. Zeni quand il m'a créé. Cela signifie être drôle.

Bon, je dois vous quitter, le ciel m'attend et je dois faire ce que je fais de mieux, nettoyer l'air. J'espère que vous n'êtes pas offensé que je vous aie parlé. J'ai attendu pendant un certain temps avant de le faire.

Rappelez-vous, ne craignez rien de l'avenir.

Il sortit par la fenêtre en un éclair et s'envola haut dans le ciel. Robert le regarda jusqu'à ce qu'il le perde de vue...

Ensuite, Robert s'habilla tout en continuant à chercher à comprendre ce qui lui arrivait. Il n'arrêta pas de penser et de penser quand il entendit une voix.

– M. Benson, j'ai un repas pour vous à la porte.

Il ouvrit la porte et Mlle Zeni tenait un plateau de nourriture. Il fut très surpris, car il n'avait pas reconnu sa voix.

– Bonjour Robert, c'est un repas qui va vous donner un peu d'énergie pour la journée. Avez-vous bien dormi ?

Aujourd'hui est un jour où vous n'avez rien d'autre à faire que de vous détendre. Je veux que vous puissiez profiter de votre journée. Je serai dans le jardin de Bonsaïs, vous pourrez me rejoindre si vous le souhaitez.

Robert vit que c'était en fait une très belle journée, comme toujours sur SN2Y.

– J'aimerais me joindre à vous, je peux apporter mon repas et manger à l'extérieur, cela vous dérangerait ?

– Pas du tout, dit-elle, suivez-moi.

Ils allèrent tous deux au jardin de Bonsaïs et s'assirent à une table que Robert n'avait pas vue auparavant. Cette table n'était pas là quand il était entré dans le jardin.

Silencieusement, Robert mangea et bu. Il avait très faim et soif.

Satisfait de son repas, il se leva et s'excusa, car il devait ramener le plateau à l'un des agents.

– Ce n'est pas nécessaire M. Benson, permettez-moi de le prendre pour vous.

Un serviteur, apparaissant de nulle part, se tenait à côté de lui. Robert n'avait jamais suspecté sa présence.

Il lui remit le plateau le remerciant et se rassis à la table. Son visage dans ses mains, Robert ne savait pas quoi dire, quoi lui dire ou comment elle allait percevoir ses commentaires.

Il ne voulait pas lui faire de mal et il savait qu'il était très humain, comme elle lui avait souligné, beaucoup de pensées pleines d'émotions et de réactions qui ne sont pas nécessairement logiques de mélanger.

Robert finalement ouvrit la bouche pour dire quelque chose, et la regarda assise à côté de lui avec un sourire.

– OK, Robert, pas besoin de me dire quoi que ce soit si vous ne le souhaitez pas. Le temps viendra où tout sera plus clair et aura une signification. Je dois partir maintenant.

Elle lui indiqua que tout ce qu'il avait besoin de faire était de prendre le temps nécessaire pour digérer, non seulement son repas, mais tout ce qui s'était passé au cours des derniers jours. Elle ne lui demanda rien. Il n'était pas nécessaire de le demander. Robert la remercia. Elle le respectait.

La Maison Verte

Toujours assis à cette table, sentant la chaleur des deux soleils, Robert regarda autour de lui, appréciant le ciel bleu sans nuages. Les pitchnouks pouvaient être vus au loin.

Tout est si beau ici.

Il n'avait jamais rien vu d'aussi beau de toute sa vie. Il regarda l'Institut et les feuilles d'arbres changeant de couleur, elles étaient toutes devenues jaunes, il devait être midi.

Devant lui, il y avait des arbres qu'il n'avait jamais vus auparavant, un vent très doux caressant son visage, pas de pollution, il pouvait respirer sans effort, son masque n'était pas nécessaire. C'était tout simplement génial de respirer et de façon tout à fait naturelle. Il était complètement libre de craintes dans cet environnement.

Il se leva et décida d'explorer le jardin Bonsaï. C'était la visite qui avait été remise à plus tard.

« C'est un jardin extraordinaire », lui avait dit Julia.

Dans le jardin, et uniquement dans ce jardin, il y avait des arbres avec des formes spéciales. Nulle part ailleurs sur la planète, il n'y avait des arbres semblables à ceux-ci. Ces géants se touchaient l'un et l'autre avec un mouvement statique qui les traversait.

Aux extrémités de chaque branche, des éclairs miniatures s'étincelaient comme s'ils communiquaient entre eux. Alors que Robert regardait, il se rendit compte qu'il se trouvait sur un chemin entre deux rangées de ces géants.

Ces arbres étaient couverts de mousse. Ils avaient au-dessus de leurs troncs des pierres de couleur, semblables aux bonsaïs qu'il avait vus dans le sous-sol galactique de la bibliothèque.

En marchant le long de ce chemin, il aperçut un arc qui

aboutissait à une serre. Il trouva étrange que cette petite maison ressemblât à ce qu'il avait déjà vu dans un livre d'histoire lorsqu'il était enfant.

Elle avait des formes rondes et semblait être faite de gingembre. Il n'y avait pas de fenêtre, juste une porte. Il décida d'entrer et vit la jardinière s'occuper des plantes sur les deux rangées de présentoirs.

Robert n'avait jamais vu des plantes comme celles-ci, leur couleur, leur vert était d'un vert luxuriant, pas comme sur Terre. Leurs fleurs sentaient bon et le choix était vaste.

– Bonjour.

– Bonjour.

– Je suis Robert, le visiteur de la planète Terre, quel est votre nom ?

– Mon nom est Élisa Chapters. Heureuse de vous rencontrer. Comme vous pouvez le constater, je suis la jardinière de l'Institut. Nous faisons beaucoup d'études et de recherches avec mes plantes.

Nous avons fait de grandes études et percées sur la manière dont les plantes se comportent, ce qu'elles peuvent nous apprendre sur l'atmosphère et ses changements, ce que nous pouvons leur donner afin qu'elles aient toujours un pH équilibré.

Comme vous pouvez le constater, il n'y a pas de fenêtres ici, mais nous nourrissons quand même les plantes avec les deux soleils. Nous filtrons les rayons des soleils et les amenons aux plantes, comme vous le voyez ici (c'était quelque chose Robert ne pouvait pas identifier), un écran d'où émanait une lumière rougeoyante vers les plantes dans toute la salle ; cette lumière se déplaçait à un rythme régulier.

Regardant au-dessus de lui, Robert vit comment l'avenir pourrait être pour sa planète. Le plafond était recouvert de grandes feuilles vertes, semblables aux photos de palmiers qu'il avait vues. Le mouvement de la lumière rougeoyante attirait ces feuilles vers elle.

– Ah, vous vous demandez ce que c'est ? Elles sont les

créatrices de l'air.

Nous n'avons pas de pitchnouks qui peuvent voler ici, puisqu'ils ont besoin de beaucoup plus d'espace. Alors nous avons conçu ces feuilles pour créer le mélange d'azote, l'oxygène, le dioxyde de carbone qui sont les bases nécessaires pour nourrir les habitants de nos serres.

D'après ce que je sais, vous avez les mêmes composants sur Terre. Je suis allée à la bibliothèque pour obtenir les informations quand il a été annoncé que vous viendriez à SN2Y pour en savoir plus sur notre technologie et notre assistance afin d'aider votre civilisation.

Je suis très heureuse que vous soyez venu voir mon jardin. J'aime prendre soin de tout ce qui est ici, il a fallu de nombreuses années de dur labeur pour le rendre à cet état. Toutes ces plantes que vous voyez ici seront données aux planètes que nous avons assistées. Ces plantes vont partir dans quelques jours.

Elles sont la nouvelle génération de récoltes de leurs planètes, elles s'adaptent aux composantes de leur sol. Les sols deviendront fertiles là où les plantes et les arbres vont pouvoir croître.

Ces plantes sont les gardiennes de toutes les autres plantes. Elles nourrissent le sol et permettent aux autres plantes de pousser. Elles sont si puissantes qu'elles peuvent permettre la croissance sur n'importe quels rochers, pierres, sable et même sur de la poussière.

Alors, vous pouvez imaginer ce que cela signifie pour les gens qui veulent obtenir leur nourriture, et ça ne leur coûte rien. Cela fait partie de nos remerciements aux personnes à qui nous les envoyons. Elles sont les rappels tangibles qu'il faut toujours prendre soin de sa planète.

Ces plantes ne nécessitent pas une grande source solaire, peu importe les petits rayons qu'elles absorbent, même artificiellement émis, elles vont faire le travail. Donc, c'est une grande percée scientifique que nous avons faite. Je suis une scientifique aussi. Je ne porte pas de vêtements officiels comme les autres. Je préfère me mélanger à mes plantes.

Elle lui jeta un sourire lors de cette dernière phrase.

– Depuis combien de temps êtes-vous la jardinière de l'institut ?

– Oh, et bien, il y a quelques années, je ne regarde jamais cela, mais je dirais au moins une centaine... Je faisais partie de l'équipe originale lorsque nous nous sommes établis sur SN2Y.

Nous avons commencé tout cela et nous en sommes très fiers. Je suis la scientifique en botanique de SN2Y et je suis toujours aussi passionnée !

Haussant les sourcils, Robert essaya de ne pas montrer son étonnement face à une femme qui avait l'air d'être dans la trentaine parler de son âge, comme si ce n'était rien. Jamais sur Terre n'aurait-il rêvé être témoin d'entendre une femme parler de son âge avec une telle indifférence...

Robert poursuivit sa visite dans la serre. Il était curieux de savoir comment ces plantes pourraient profiter à sa planète. Il souhaita silencieusement qu'elles fussent déjà là en train de faire leur travail. Enfin, il décida de quitter les jardins et remercia la jardinière pour le temps qu'elle lui avait accordé.

Cette dernière visite le rendit plus relaxe. Il était plus détendu, car il n'avait pas d'attention sur autre chose que ce qui se présentait devant lui. Il était juste là, dans le temps présent, savourant le moment et ne se préoccupait pas du passé ni de l'avenir.

Comme le temps passait, Robert se dirigea vers l'Institut et vit la mer avec ses vagues lisses dansant sur le sable bleu et blanc. Il décida de se rapprocher, mais se tint sur ses gardes, ne voulant pas se faire submerger à nouveau avec les Dolphinis.

Il s'assit sur le sable et regarda les deux soleils jumeaux descendant à l'horizon.

Tout est tellement magique ici. J'aime cet endroit. Ce sera très difficile de quitter cette place. Je souhaite que ce lieu se nomme planète Terre...

Le rêve

Robert retourna dans sa chambre pour faire une courte sieste. Il regarda dehors et tout était encore très calme...

Comme il s'était éloigné de la réalité, Robert fit un rêve : il était de retour sur Terre avec Julia, ils portaient tous leurs vêtements spéciaux et dispositifs de respiration et faisaient la tentative de régler le problème de la pollution avec des pitchnouks.

Le ciel était rouge et gris, mais ils étaient localisés dans la zone la moins polluée de son pays. Les pitchnouks faisant partie de cette expérience ont tous été biologiquement modifiés pour s'adapter à cette pollution, Boudjou faisait partie du premier groupe à tenter l'expérience.

De nombreux dignitaires et certains membres de l'ISS allaient assister au miracle des pitchnouks comme Robert leur avait promis. Après son grand périple sur SN2Y, il ramena avec lui non seulement les pitchnouks, mais toute une équipe de scientifiques participant à cette expérience.

Au préalable, il avait obtenu l'accord de tous les pays qu'ils ne pollueraient plus et qu'ils travailleraient pour défaire ce qui avait été considéré comme une tâche impossible.

Alors que tous les pitchnouks s'envolaient vers le ciel, beaucoup d'acclamations et d'applaudissements se faisaient entendre.

C'était l'espoir et la réponse au long drame de sa planète, se disait Robert.

Regardant vers le ciel, il semblait que les pitchnouks ne pouvaient pas aller assez haut, ils pivotaient de façon incontrôlable vers la terre. Ils ne pouvaient pas soutenir la quantité de pollution. Boudjou redescendit aussi, à bout de souffle. Quand il atterrit près de Robert, il lui dit qu'il allait mourir.

Robert observa que, derrière la scène, certains membres du personnel de sécurité ISS complotaient. Les membres de l'élite étaient soudainement tous pressés de se rendre à leurs voitures et de fuir la scène. Robert soupçonna qu'ils étaient la cause de cet échec.

Julia prit le petit pitchnouk dans ses mains et à l'aide d'un instrument inconnu de Robert, tenta de le ranimer.

Comme ce n'était pas temps d'être curieux sur cet instrument, il observa ce que Julia faisait au Boudjou. Ensuite, il commença à bouger sa première aile, puis la deuxième, la troisième et la quatrième. Elle dit que c'était un bon signe, que si les ailes se réaniment, le reste suit.

Enfin, après quelques minutes qui semblaient sans fin pour Robert, Boudjou ouvrit les yeux. Tous les gens coururent pour ramasser délicatement les autres pitchnouks et les amenèrent dans le vaisseau spatial. Julia leur donna le traitement avec son instrument de miracle, ils retrouvèrent tous leur pleine force.

Quand elle testa Boudjou pour trouver ce qui n'allait pas avec lui, elle découvrit qu'il y avait eu un afflux supplémentaire de gaz mortel et d'autres toxines qui n'y étaient pas auparavant quand elle avait fait le test initial des composants de l'air. Ceux-ci furent rajoutés, d'après son analyse.

Robert se réveilla soudainement, s'assit bien droit sur son lit, son corps transpirant à profusion, et il essaya de reprendre son souffle ...

Une planète si près ?

Encore haletant, Robert regarda autour comme s'il voulait s'assurer qu'il n'avait pas été transporté sur Terre pour assister à cette journée vouée à l'échec, voyant les pitchnouks mourir et sans espérance pour son pays et sa planète.

Il marcha à côté du lit et regarda les étoiles qui descendaient du plafond. Il était reconnaissant que ce fut juste un mauvais rêve.

Je ne veux jamais voir ce jour-là !

Mais tout était si réel, il sentait encore les ailes fragiles de Boudjou dans ses mains, ses grands yeux qui le regardaient en le suppliant de lui sauver la vie. Robert ne pouvant plus garder ses émotions à l'intérieur, se mit à pleurer comme un enfant.

Puis, s'essuyant les yeux avec sa manche de chemise, Robert alla à la fenêtre pour regarder le calme du soir. Les étoiles et les planètes étaient si lumineuses, et le calme entourant les locaux était ce dont il avait besoin.

Robert décida de sortir et se dirigea vers le parc au-dessus de la bibliothèque Galactique, Julia lui avait dit que quand il le voulait, il pouvait avoir du temps pour lui-même. En se dirigeant vers la bibliothèque, il n'y avait personne en vue, tout était calme, juste les vagues de l'océan se déplaçant à un rythme très lent.

Il entra dans la bibliothèque et se dirigea vers les escaliers de pierre calcaire, se rappelant qu'il devait toucher le côté de la cage d'escalier et gravir les échelons.

Est-ce que ça va marcher ? se demanda-t-il, *Julia n'est pas avec moi.*

Mais Robert monta les escaliers en peu de temps et se

retrouva dans le parc de rêve, comme il l'appelait.

La galaxie entière était au rendez-vous, Robert s'assis sur un banc et regarda le ciel. Tout était si calme, silencieux et paisible. Son rythme cardiaque devint plus régulier, la ruée du cauchemar était en train de disparaître.

Ensuite, un hologramme apparut de nulle part. Robert sentit le bracelet rouge qu'il avait sur son poignet émettre des sons.

Il se souvenait que Julia lui avait dit de le garder sur lui, car il serait utile pour une future utilisation. Tenant le bracelet rouge dans sa main droite, il sentit des picotements sur ses doigts. Cela dura un moment puis se transforma en un rayon de blanc sur son bracelet.

Le bracelet rouge s'élargit en une carte numérique. Comme il était devenu plus grand, il quitta les mains de Robert et descendit sur le sol pour afficher sa galaxie. Beaucoup de planètes et de soleils se déplaçaient de haut en bas, dans toute leur splendeur.

Ensuite, ce qui semblait être une planète devint plus grande. Elle ressemblait à la Terre, mais c'était un peu différent, les continents se touchaient les uns les autres, entourés d'une mer bleue.

Il semblait y avoir une atmosphère similaire à la Terre, une bande bleue l'entourait. Robert fixa cet écran qui s'amplifiait vers cette planète.

La planète étant devenue plus grande, il put voir les nuages, les rivières, les montagnes, l'herbe verte partout, les grands océans, les oiseaux et les animaux qu'il reconnut et certains qu'il n'avait jamais vu auparavant, de grands arbres qui atteignaient le ciel, ils semblaient qu'ils étaient hauts de 10 à 20 étages. Il y vit des cascades cristallines qui se jetaient dans des lacs gigantesques, les fleuves se déplaçaient rapidement vers les océans, il y avait une grande quantité d'espèces de poissons. Il en vit des plus gros qui ressemblaient à des baleines. Cette planète avait deux lunes tournant autour d'elle et un soleil. Non loin de là, une énorme planète ressemblait à Saturne avec son anneau autour.

Tout est bleu ! remarqua Robert.

Il ne vit aucun humain ou tout ce qui pouvait ressembler à des refuges ou à des bâtiments. Cela ressemblait à une planète intacte.

Il fut vraiment abasourdi de tout ce spectacle, une immense carte de la galaxie sortit de son bracelet numérique lui montrant la distance entre cette planète et la Terre.

Essayant de comprendre, Robert se dit à lui-même que cela ne se pouvait pas.

Comment pouvait-elle être si proche et que nous ne l'ayons jamais localisée ? Y aurait-il un moyen d'y arriver ? Serait-ce la nouvelle maison de mon peuple ? La distance entre la Terre et cette nouvelle terre semble être très courte. Nous n'avons jamais localisé une planète comme la nôtre, après toutes ces années de recherche. Comment pouvait-elle être si près ?

Je pense que c'est inexact, nous avons la meilleure technologie avec laquelle localiser d'autres planètes. Comment est-ce possible ?

Ensuite, un jet de laser cibla le centre de la galaxie. Toute l'image devint alors une représentation courbée de la galaxie et c'était pour cela que la distance devint plus courte, a-t-il observé.

Robert trouva que c'était à la fois génial et mystérieux. Courber des angles était à la fois génial et mystérieux. Comment pouvez-vous réduire la distance entre deux points ? Il avait étudié l'astrophysique et cela défiait les règles de la distance. De ce qu'il comprit, la distance peut être diminuée en courbant l'espace. C'était incroyable...

Ensuite, tout revint à sa forme originale : un petit bracelet rouge.

Il tint le bracelet dans ses mains, il le regarda et fut reconnaissant de voir qu'il y avait probablement une possibilité pour l'avenir de sa planète. Était-ce ce à quoi ressemblerait la planète Terre lorsque la pollution de l'humanité aurait complètement disparu, ou s'agissait-il d'une autre Terre attendant d'accueillir l'humanité ?

Robert resta assis pendant un long moment à contempler les énormes possibilités d'un avenir meilleur.

C'était certainement très intéressant et cela contribua à ouvrir sa conscience sur tout le potentiel et possibilité. Mais une ultime question restait toujours sans réponse. Il n'avait aucune idée où il se dirigeait et ce que son séjour sur SN2Y lui apporterait. Il anticipait les réponses.

Quelque chose à faire pour cette planète ?

Plus tard, Robert reprit les escaliers, y descendit rapidement, tout en réalisant que peut-être, cet hologramme le conduisait enfin à la réponse. Il entra dans la bibliothèque Galactique et Julia était là, assise à la table principale et le regardait.

Robert se dirigea vers elle et lui dit qu'il ne s'était jamais imaginé avoir une aventure de ce genre dans sa vie. Surpris par tout ce qu'il touche et voit, rien d'ennuyeux ne s'était passé depuis son arrivée sur SN2Y.

– Quelle est la réponse à tout cela ? J'ai une formation scientifique et n'en ai pas eu recours une seule fois jusqu'ici. Je sens que vous ne me dites pas ce que j'ai besoin de savoir.

Il se leva alors devant elle et dit :

– Est-ce que je peux faire quelque chose pour cette planète ou pas ? Je veux savoir s'il y a quelque chose que je peux faire pour aborder l'état de la planète Terre. C'est pourquoi je suis venu ici et même si je suis totalement reconnaissant d'avoir l'occasion d'y venir, je veux savoir si quelque chose peut être fait.

J'ai reçu un autre tour de magie holographique dans le jardin de la bibliothèque galactique et il m'a montré que non loin de la Terre, il y a une planète similaire à la Terre où nous pourrions déménager.

Pendant qu'il parlait d'elle, Julia le regardait avec beaucoup d'intérêt.

Je n'ai jamais vu quelqu'un d'aussi passionné que lui de

toute ma vie.

– Robert, il faudra du temps, mais je suis convaincu que vous pouvez faire quelque chose de très positif pour votre planète. Cela ne sera pas facile, car la moitié de votre planète ne peut plus supporter la vie. Nous avons passé au crible chaque partie de celle-ci.

Vous disposez de plusieurs espèces d'animaux qui sont en train de disparaître et ils ne reviendront pas. J'ai vu que vous gardiez quelques spécimens d'entre eux dans ce que vous appelez des zoos, mais le déséquilibre de l'ozone est tellement énorme, vous devez maintenant regarder ce qui est encore faisable et ce qui doit être fait pour sauver ce qui reste.

La même chose vaut pour votre peuple. Beaucoup de gens ont perdu la vie parce qu'ils ne peuvent pas respirer et manger correctement.

En plus de cela, vous avez des choses étranges qui se passent entre ce que vous appelez les pays qui ont une incidence sur nous tous, même ici.

– Qu'est-ce que c'est ? demanda Robert.

– La cupidité, le racisme, l'inégalité des femmes. Dans de nombreux pays, on considère la femme comme un objet et la possession des hommes. Les dossiers de l'histoire de la Terre ici me disent que les hommes sur cette planète sont très assoiffés de pouvoir, plus que les femmes.

Il y a beaucoup de choses que vous ne partagez pas, c'est-à-dire les valeurs, la morale, l'éthique. Les guerres et les batailles servent à des fins religieuses. Les langues sont, pour la plupart, difficiles à apprendre. Elles sont différentes d'un endroit à l'autre.

Il y a aussi beaucoup de choses qui sont fondées uniquement sur la croyance. Il n'y a pas de preuve scientifique ou d'observation. Les sciences appartiennent très peu à votre population, mais surtout à ceux qui contrôlent votre planète. Je pense que cela l'affecte grandement, ce qui fait que cela la rend difficile à aborder.

126

En fait, j'ai envoyé quelqu'un incognito sur votre planète. Nous avons appris beaucoup de choses.

Vous aurez une chance de le rencontrer, son nom est Yentil Yatoman. Il est un scientifique qui travaille avec moi depuis très longtemps. Il va vous parler de ses observations, de ce qu'il a conclu et ce qui peut être fait. La pollution est certainement la priorité à régler, mais cela ne veut pas dire que les autres points dont je vous ai parlé n'ont pas besoin d'être traités rapidement.

Jouant avec un Omnix

Julia se demandait d'où provenait cette façon de penser chez les humains. Elle avait envoyé Yentil sur Terre pour savoir pourquoi il y avait tant de problèmes sur cette planète. Plus précisément, elle voulait savoir comment et pourquoi les humains pensent et se comportent d'une telle façon les uns envers les autres, et cela, à travers l'histoire.

– Venez avec moi Robert, je vais vous présenter Yentil. Il est revenu avec de précieuses informations sur votre pays et ses habitants. Il a également visité la planète entière. Ce qui veut dire qu'il a vraiment une vue d'ensemble de la situation.

Tous deux se dirigèrent vers les laboratoires à proximité du jardin de Bonsaïs. Yentil était assis à son bureau et jouait avec un gadget qu'il avait dans les mains. Il ressemblait à un enfant, en essayant de résoudre quelque chose avec beaucoup d'intérêt, s'exclamant avec des ah et ah non, déçu d'avoir échoué.

Quand ils arrivèrent à son cubicule, ils purent observer que Yentil avait toute son attention sur ce gadget et ne se rendait pas compte de leur présence.

Un homme aux cheveux roux, grand et mince, portant ce qui semblait être une chemise en denim et des jeans. Il posa finalement son gadget et sursauta de sa chaise en les apercevant.

– Excusez-moi pour ce comportement, je suis très intrigué par cette chose que j'ai ramenée de la Terre. C'est vraiment excitant de jouer avec ce gadget.

Robert se rendit compte que Yentil jouait avec un Omnix.

– C'est l'un des jeux électroniques les plus populaires dans mon pays.

– Robert, laissez-moi vous présenter Yentil. Il est un scientifique qui a fait de grandes percées pour la science depuis qu'il est avec nous. Il a fait partie des équipes qui ont visité la Galaxie afin de résoudre les grands problèmes planétaires tels que la pollution, la reproduction, la santé des personnes, etc.

Yentil, je voudrais que vous donniez un sommaire à Robert de ce que vous avez observé pendant que vous étiez sur la planète Terre. Quel serait le temps opportun de le faire ?

– Je peux le faire dès maintenant si vous le souhaitez. Veuillez me suivre, nous allons passer à une pièce voisine. Je dois juste prendre ma banque de données où je stocke toutes les informations pour le visionnement.

Ils s'assirent à une table, Yentil regarda Robert et commença son exposé :

– Tout d'abord, je veux vous dire ce que j'aime au sujet de votre pays : 80% de votre population est très agréable, elle démontre qu'elle est très sociable et elle démontre que la paix est possible puisqu'elle a tendance à aider et à contribuer à la survie de tous.

Je suis même devenu accro à votre café Java. Je souhaitais en rapporter en énorme quantité avec moi, mais je n'avais pas le droit d'en « faire trop ». Cependant, j'ai eu ce gadget appelé Omnix et je l'adore. Les jeux sont vraiment quelque chose. J'ai réussi à en faire quelques-uns, mais plus j'avance sur la 3D Sudoku, et plus ces chiffres me rendent dingue.

Ayant bien ri de cette dernière remarque, ils étaient maintenant à l'aise, et Robert devint encore plus réceptif à ce que Yentil allait lui dire.

J'ai quitté pour la Terre le lendemain de votre arrivée sur SN2Y. Cela signifie que j'ai eu beaucoup de temps pour observer et c'était bien intéressant.

Votre planète a un grand potentiel et selon mes calculs, elle peut survivre sur beaucoup de choses, avec ou sans les humains. C'est-à-dire que votre planète survivra de tout ce que vous lui lancez.

Elle a le potentiel pour défaire ce que vous avez été si occupé à faire : à savoir la pollution, gâcher les ressources naturelles telles que l'eau – le sang de la vie pour tous les êtres vivants sur cette planète. Ce serait – disons que cette planète se débarrasse de tous les êtres humains, une affaire de quelques milliers d'années pour revenir à son état naturel – une merveilleuse planète généreuse.

En fait, comme vous le savez déjà, ce n'est pas seulement la planète qui est en jeu ici, c'est tout ce qui reste de l'humanité et de la vie. Les animaux ne peuvent rien faire et ils ont dû endurer ce que vous avez fait et ce que vous faites encore tous les jours.

Franchement, cette planète serait mieux sans les humains. Vous n'êtes pas une race qui aime survivre.

Julia jeta un coup d'œil à Robert. Elle ne fut pas du tout surprise de la façon dont Yentil abordait directement le sujet avec lui. Elle savait qu'il n'était pas la personne à choisir ses mots avant d'expliquer ce qu'il voulait dire, à qui que ce soit, en aucune circonstance. Chose certaine, elle avait toujours apprécié son honnêteté.

Les révélations de Yentil

Robert fixait Yentil quand il décrivait l'état des choses ; Yentil lui, exposa les faits observés. Quelqu'un qui n'était pas de la race humaine allait lui donner ses critiques.

– D'abord, je voudrais revenir sur quelque chose qui devait faire partie de l'étude. Plusieurs raisons peuvent être à l'origine de la situation dans laquelle vous êtes, mais j'ai trouvé quelques informations troublantes. Et j'ai vérifié plusieurs fois pour vérifier si cela était un fait réel ou non.

Rappelez-vous, je suis allé sur votre planète à la demande de Mlle Zeni et je n'avais aucune idée à quoi m'attendre. Je n'étais pas influencé par quoi que ce soit, ni n'ai consulté la documentation disponible de la bibliothèque galactique.

Votre planète a connu une véritable catastrophe au milieu des années 1900. J'ai mesuré le temps où tout a commencé et c'est au cours de ces années.

Ce n'est pas un événement catastrophique physique que vous pouvez facilement observer, il était très subtil, vicieux et il était difficile de le percevoir même si vous y prêtiez attention.

Votre société s'est fait tromper par des mensonges à plusieurs reprises et je suis très préoccupé sur le fait que personne n'ait fait quoi que ce soit d'efficace pour éradiquer cette folie. Vous souhaitez sans doute en savoir davantage sur ce qui s'est passé, oui ?

– S'il vous plaît. Je veux savoir.

– Votre planète a totalement et complètement été envahie par ce que je peux appeler le pire virus jamais trouvé dans cet univers. Il n'est ni biologique ni chimique – vous ne pouvez pas le toucher, mais il mortel. Il traîne partout, infecte tout sur son passage.

Vous avez tout perdu depuis ce temps, vous avez perdu votre capacité à faire de l'observation objective, faire des différenciations entre les faits, la réalité et les mensonges et même entre le bien et le mal.

Les sciences ont pris une autre tournure. Le résultat est ce que vous voyez sur une base quotidienne. C'est la façon dont les humains agissent et cela provient des fausses informations et des mensonges. J'ai ici quelque chose à vous montrer et vous comprendrez mieux ce que je veux dire.

Yentil se dirigea vers un panneau numérique et le toucha. Plusieurs photos commencèrent à défiler.

– Ici, c'est le QI de votre société qui était bien supérieur à celui de beaucoup de civilisations que j'ai connues – c'était avant cet ISS, comme vous l'appelez – ce virus a commencé à infiltrer tous les niveaux de votre société. Les gens s'occupaient de leurs propres affaires, pas grand-chose ne se produisit en terme de violence, il n'y avait pratiquement pas de guerre. La société en général se partageait la planète et semblait heureuse de le faire.

D'autres photos s'ajoutaient et montraient à quel point la surface de la planète était verte. L'eau était abondante, et on pouvait voir le ciel bleu et le soleil. Robert était émerveillé de voir comment la Terre était belle. Yentil continua son exposé :

– Les personnes et tous les animaux vivaient dans toutes les régions de la planète. Tout semblait être bon pour tout le monde. La planète Terre était très généreuse et la population semblait bien survivre.

Votre société n'a jamais été parfaite, mais elle s'est dégradée à partir de ce point. À un moment donné, il y a même eu une guerre dans la région orientale de la planète où les homosexuels se battaient pour leur survie contre les groupes religieux homophobes qui voulait conquérir la planète et les éradiquer.

J'ai même regardé plus loin sur cette question et constaté que cela s'appelle la loi de « Pure Living ». L'ISS n'a jamais empêché leur tuerie, n'ayant pas réussi eux-mêmes à « équilibrer » la population qu'ils trouvaient trop abondante. Oui, ils avaient créé un virus qui n'a pas donné les résultats attendus.

Cet événement s'est produit il y a plusieurs siècles. Ces groupes religieux homophobes n'ont pas réussi non plus, et ils ont aussi disparu dans le vent de la pollution. La maladie les a atteints selon mes observations, plus rapidement parce qu'il est prouvé qu'ils finissent toujours par devenir les victimes de leurs propres actions.

Ensuite, un changement d'affichage survint.

– Maintenant. Quel est ce changement ?

Davantage de photos apparurent sur l'écran numérique...

On se dirige vers la modification de la pensée : personne n'est responsable de ses actes – c'est la faute de leurs parents ou de la société ou du système d'éducation ou Dieu, ou je ne sais quoi.

Ce raisonnement a été poussé dans la société à travers les systèmes éducatifs et juridiques et aussi à travers diverses religions. À un point tel que les gens ne croient plus qu'ils sont responsables de leurs propres vies. Ils se sentent ainsi incapables de provoquer quoi que ce soit. La raison et la source de toute chose n'a rien à voir avec eux. C'est toujours à cause de quelque chose ou de quelqu'un d'autre.

Ils ont même œuvré dans le domaine de la chimie et du cerveau de l'homme pour réglementer des produits chimiques créés pour ce qu'ils appellent un meilleur comportement.

Tout scientifique qui se respecte ne peut s'imaginer que cela pourrait exister. De mon analyse, le corps humain a tout un ensemble de pièces parfaites dès la pré-naissance, à la naissance jusqu'à la mort. Seuls les humains peuvent faire quelque chose pour modifier ses propriétés et ses fonctions.

Mais avec ces produits, vous récoltez toutes sortes de maladies et des choses bizarres se passent. Cette tournure dans l'histoire a entraîné de très graves modifications de l'ADN pour les prochaines générations.

Ensuite, ils ont introduit les médicaments et les implants de drogue à vos gens – là, vous avez perdu votre sens de l'humanité pour de bon. Vous êtes manipulés jour après jour, 24 heures sur 24. Il s'agit des années qui coïncident au déclin de votre société.

Il s'agit de la tumeur que vous avez à irradier avant qu'il ne soit trop tard. Si vous ne vous en débarrassez pas, vous ferez partie de l'histoire !

Je suis vraiment très surpris de voir que vous avez survécu pendant une si longue période et, encore pire, que personne ne les ait détectés comme étant une espèce différente de tous les autres êtres vivants sur cette planète. Ils sont pourtant faciles à différencier des autres.

Ils sont l'ISS. Hommes et femmes, je suis certainement enclin à les classer comme une espèce différente, et pour prouver ce que je dis, c'est qu'ils n'ont jamais évolué. Ils ne se soucient pas des gens – ils se soucient de leur propre ordre du jour.

Ils classent les gens avec leurs propres idées de ce que cette personne est et de ce médicament dont elle a besoin pour un meilleur contrôle. J'ai découvert qu'ils sont associés avec des gens qui produisent ce poison abondamment, les composants chimiques qui rendent les gens malades et qui peuvent même les tuer.

Il est également mentionné qu'ils ont étudié au cours des siècles des types primitifs d'espèces d'animaux comme les rats et les lézards et les comparent à vous. Votre gouvernement finance leurs travaux de recherche – recherche qui n'a jamais servi, selon mes observations, à l'amélioration de quoi que ce soit.

Cette histoire de la recherche dure depuis 1500 de vos années, vous avez également un autre type de chercheurs qui « travaillent dur » pour guérir les cancers de tous types.

Robert, le cancer ne devrait pas exister. La solution a été trouvée il y a longtemps. Mais il n'était pas bénéfique pour eux de publier la découverte et le plus important de sauver des vies.

Ces personnes qui ont trouvé le remède se sont fait acheter par les entreprises qui font des drogues et qui sont sous le contrôle de l'ISS. Par ailleurs, il y a eu de nombreuses découvertes qui auraient grandement aidé la population qui ont également été achetée par ceux qui contrôlaient les différents secteurs tels que le transport, les ressources et la nourriture.

L'autre chose est que cela a permis de toucher toutes les générations, des nouveaux-nés aux personnes âgées et plus tard, au cours des siècles, ils ont ciblé des animaux, en commençant par les animaux domestiques.

Dans votre système, je comprends que les détenteurs de parts d'entreprises aiment faire de l'argent, beaucoup d'argent, peu importe ce qu'il faut faire. Ceux qui bénéficient de cette situation sont les alliés de l'ISS qui est responsable de réglementer toutes ces drogues. L'ISS obtient en échange beaucoup d'argent.

Je pourrais continuer à vous en parler pendant un bon bout de temps et je peux vous certifier que ces gens ne sont pas là pour servir la population. Malgré le fait qu'il n'y a pas de résultat réel, il y a davantage de médicaments introduits dans la société. Ces « remèdes » aux maladies sont cotés dans vos marchés boursiers, comme vous les appelez.

Tout le financement est entre leurs mains. Plus de recherches sont nécessaires. Des siècles ont passé et il n'a n'y a jamais eu de vrai remède... Depuis le 20ᵉ siècle jusqu'à maintenant, vous avez obtenu toute une liste de tous les types de maladies du corps, de maladies mentales, comme ils les appellent, qui ont été littéralement créées pour les aider à remplir leurs poches et à contrôler les populations. Il n'y a absolument pas de science ou de fondement scientifique ni pour les maladies ni pour ces supposés traitements miracles.

Ce groupe qui se dit expert en matière du comportement humain est entièrement acheté et payé par ceux qui perpétuent cette conspiration. Ils se servent de leurs positions comme « experts » pour réduire l'intelligence et la sensibilisation de la population, en particulier les jeunes générations.

Ceci se fait majoritairement par l'utilisation de médicaments. Tout jeune esprit démontrant la moindre individualité ou de la conscience est « traité » au moyen de médicaments pour obtenir le contrôle de celui-ci. De nombreux maux imaginaires ont été inventés pour répondre à ces comportements.

Toute la question de cet exercice est d'assurer que la population soit maintenue docile et ignorante, ce qui permettra à la conspiration de continuer sans interruption.

J'ai vu ce genre de choses auparavant sur d'autres planètes, mais jamais dans la mesure où elle existe sur votre planète.

Les groupes qui aident majoritairement l'ISS sont les dirigeants des grandes religions et ils ont trouvé une façon d'imposer leurs croyances spirituelles et morales.

Ensuite, un groupe supposé d'experts en santé mentale pousse sa propre idée qui ne repose sur aucune preuve scientifique que l'homme est juste un animal. Il peut donc justifier toutes ses actions contre l'humanité pour accroître son contrôle.

Leur but est le contrôle absolu et total de la planète, de toutes ses ressources et de ce qui reste de la population. Il n'y a aucune autre raison autre que celle-là.

Il est maintenant acceptable de penser que même lorsqu'une personne fait quelque chose de complètement non-survie, elle n'est pas à blâmer. Elle n'a effectivement aucune responsabilité à prendre pour son action parce que c'est à cause d'un dieu ou d'un certain type de déséquilibre chimique dans son cerveau. Cela a conduit vers le chaos absolu du système judiciaire et encore plus, la désintégration du tissu social de la planète.

Je trouve cela très complexe et difficile à comprendre. Cette croyance a créé des guerres au cours des siècles et sont toujours en cours dans certaines parties de votre planète. Pourquoi cela ne s'est-il pas arrêté ? J'ai vu ce genre de choses avant où des groupes responsables avaient utilisé le même type de mécanismes de contrôle.

Montrant davantage de photos numériques de son voyage sur la Terre, Yentil déclara :

J'ai aussi découvert que l'ISS a le plein contrôle des plus abondantes et grandes sources d'eau souterraines dans le monde. Elles contiennent suffisamment d'eau pour satisfaire pleinement les besoins de ce qui reste de toute la population de votre planète.

Il y en a tellement qu'elle peut suffire à la demande pour les cinq prochains millions de vos années. Elle est située entre votre pays et ce qu'on a appelé les États-Unis d'Amérique, sur la côte ouest dans les montagnes Rocheuses, comme vous les appelez. Elle est sans doute inconnue, même par vous. Oui, ils en ont le contrôle total et elle est fortement gardée.

Dans ces lieux, vous avez également ce qu'ils appellent l'île paradisiaque là où vous avez les membres de l'élite ISS et leurs associés ainsi que leurs familles qui nagent dans des vagues artificielles, une abondance de plages avec un sable blanc. Le temps est toujours beau et il y a beaucoup d'oxygène pour tout le monde.

Il s'agit d'une zone de 10,000 miles carrés, créée artificiellement par vos scientifiques les plus doués – achetés et payés par l'ISS. Ces lieux existent depuis plus de trente ans.

Selon mes calculs, il ne profite qu'à un très petit pourcentage de la population de la planète. Ce pourcentage est constitué de personnes provenant de chaque partie de votre monde, chaque race est représentée et tous les grands chefs religieux appartiennent à ce groupe.

Le comité interne de l'ISS existant jusqu'à aujourd'hui, est constitué par les sociétés pharmaceutiques, les chefs religieux, les grands pollueurs de l'énergie et ceux du corps médical spécialisés au contrôle des comportements des individus et de la programmation de la population.

Ce sont eux qui mènent le spectacle, et ces gars-là évidemment ne veulent rien changer. Ils utilisent l'ISS parce qu'ils en obtiennent le support en retour de quelques faveurs monétaires.

Alors qu'ils ne sont que quelques-uns, en comparant le nombre de la population de votre planète, ils ont acquis des points de gouvernance leur donnant le pouvoir de décider qui peut vivre et qui ne le devrait pas. Pour faire partie de cette « élite », ils ont prêté secrètement un serment d'allégeance à l'ISS. Tant qu'ils demeurent bouche bée, on leur fournit ce que les autres ne peuvent même pas rêver : de l'eau potable et de la vraie nourriture…

Bien que ce soit horrible à confronter, ce n'est pas la dernière chose que l'ISS a en tête. J'ai découvert qu'il existe une très grande base pour l'ISS déjà établie sur la face cachée de la lune. Cet endroit servira de refuge aux membres choisis de l'ISS. Ils ont l'intention de fuir dans un avenir très rapproché et laisser le reste du monde dans le désarroi.

Tous leurs locaux sont prêts à les recevoir. C'est juste une question de temps quant au départ. Merci à mon slentemist que j'ai programmé pour passer inaperçu. Notre technologie nous permet de faire face à ces types de situations et de contourner le danger. Je vous expliquerai plus tard ce que j'ai fait, si vous êtes intéressé.

Ils ont des détecteurs électroniques d'une technologie très avancée. Ceux-ci sont installés partout sur les lieux et ils peuvent percevoir un millionième d'un micro grain de poussière se déplaçant dans les locaux. Comme ils les détectent, il y a une panoplie de robots humanoïdes qui le pourchassent et le détruisent immédiatement.

Ainsi, vous pouvez imaginer ce que je dû faire pour ne pas être détecté. Ces humanoïdes robots ont été achetés par l'ISS par les plus grands consommateurs d'eau que vous avez, ce sont les Bachers.

Ce sont eux qui vous donnent les bons vaisseaux spatiaux qui transportent tout le monde à grande vitesse. Ces vaisseaux spatiaux crachent plus de pollution que tout autre type de transport jamais inventé sur votre planète. Ce qui les alimente, c'est un gaz qui est inodore, léger, incolore, mais très puissant. Lors de sa consommation, c'est là que se produit le danger, il est composé de particules qui dévorent ce qu'il vous reste de la couche d'ozone. Le gaz ainsi créé s'appelle : monosteanosic.

Ses composants ne doivent pas être encore connus par l'ISS qui se fouterait, de toute façon, de cette information scientifique. Pourvu que tout fonctionne et conduise les gens vers leur destination sans problème, c'est ce qui les satisfait – aussi longtemps que tout le monde apprécie leur vitesse de croisière, c'est ce qui compte.

Ces appareils n'ont pas été utilisés depuis des décennies sur la planète des Bachers et il fallait s'en débarrasser à cause des gaz qu'ils émettaient. La Terre est devenue le dépotoir pour tout ce dont ils n'avaient pas besoin. Avec un simple test, je ne pouvais pas comprendre ce que ces vaisseaux projetaient à chaque envolée. Ce qui se produit est en fait la destruction de chaque noyau d'oxygène. Pourquoi cette information vous est-elle inconnue ? Sincèrement, je ne sais pas.

Ces vaisseaux ont accéléré l'accumulation de la pollution autour de votre planète. Vous les utilisez depuis longtemps et l'ISS s'est assuré que tout autre moyen de transport soit détruit. Vous êtes restés avec cette seule source de transport aérien.

Donc, aussi longtemps que les Bachers peuvent fournir les robots humanoïdes, l'ISS s'acquiert de ces vaisseaux monosteanosic. La garde des locaux sous les Rocheuses demande une énorme quantité de ces robots humanoïdes... Les Bachers obtiennent bien sûr beaucoup d'eau en échange.

Il en résulte que les affaires sont très bonnes et chacun

semble content de la situation ; le goût de l'eau, propre et claire, potable et abondante bien protégée…

En le regardant dans les yeux, Yentil expliqua à Robert qu'il ne pouvait pas considérer ce briefing complet sans ces informations. Car elles font partie intégrale de toutes les catastrophes auxquelles Robert devait faire face et il n'avait pas l'intention de s'excuser sur la façon dont il lui avait présentée.

Robert resta silencieux tout au long du reste du briefing, ressentant qu'un frisson glacial avait parcouru sa colonne vertébrale. Ce fut une révélation tout à fait choquante, mais véritable. Il savait que l'ISS était la source des problèmes, mais il avait complètement raté le ciblage des groupes qui sont entrés dans la chaîne de l'ISS ainsi que les réclamations de la rareté de financement que l'ISS dramatisait pour « ses recherches ».

– OK, assez de cela. Je me dois de vous dire que je suis heureux que SN2Y existe. Je ne serais pas capable de vivre sur votre planète, dans ces circonstances, trop de mensonges et trop de perversion de la réalité.

Une chose dont je suis très étonné par votre planète est de voir comment les gens peuvent être si facilement dupés. Tout est dû au manque d'éducation et de connaissances. La superstition et la croyance sans faits existent depuis fort longtemps et la cupidité continue. Je pourrais continuer jusqu'à demain. Il est vraiment choquant de voir ça.

En tant qu'observateur, je voulais avoir une vue d'ensemble de ce qui se passait, alors je suis allé autour de votre planète plus d'une fois. Il m'a fallu un certain temps pour comprendre quelle était la source du problème jusqu'à ce que je me rende au siège ISS en Extrême-Orient... je vous dis que c'est la source de tous vos problèmes – ce qui m'amène à la véritable raison pour laquelle nous sommes ici....

Une solution ?

– Cela dit, nous allons continuer avec les autres choses que j'ai remarquées sur votre planète :

La couche d'ozone ne peut plus s'agrandir puisque le taux de dioxyde de carbone est, en ce moment, un trillion de fois plus grand que l'oxygène généré.

Yentil continua à dire que, malgré ces faits, il y avait une solution et que Robert devait décider soigneusement ce qui était le meilleur pour son peuple et pas seulement pour son pays. Yentil lui présenta les différentes options :

Option 1. Vous ignorez tout ce que je viens de vous dire et vous restez sur cette planète, continuant d'agir comme vous le faites maintenant et mourir tranquillement dans votre petit coin de la galaxie.

Option 2. Vous bénéficiez d'une autre planète qui peut soutenir la vie. En fait, elle est juste ici.

Yentil montra exactement où elle se trouvait sur une carte galactique. Robert se rendit compte que c'était exactement la même planète qu'il avait vue il n'y a pas longtemps avec le bracelet rouge.

Vous pouvez déplacer les gens qui en valent la peine pour y venir avec vous. Cela signifie que vous ne tolérerez pas quelqu'un qui a une mauvaise intention de détruire son peuple ou une autre planète.

D'après ce que je sais, vous avez tant de personnes différentes avec une attitude différente envers tout, cela me donne presque la sensation de vertige rien qu'en y pensant. Donc, vous devez être très prudent sur votre choix.

Je ne prendrais aucune personne connectée à l'ISS. Ce serait catastrophique. Nous pouvons vous aider à vous organiser, visiter la nouvelle planète que nous avons trouvée qui soutient la vie comme vous la comprenez, vous, vos gens et vos animaux. Nous pouvons vous aider à quitter la Terre en toute sécurité.

Nos physiciens et astronomes nous ont prouvé que vous pouvez aller vivre sur cette planète d'ici peu. Le temps mesuré est près de quelques années terrestres.

Mais d'abord, il vous faudra venir avec une équipe scientifique de SN2Y afin d'arpenter la planète entière que je vais appeler Terre 2 pour le moment.

À partir de là, il faudra planifier en détail les prochaines étapes. Mon conseil pour vous est de le faire dès que possible. Vous avez dépassé le point de non-retour pour la planète Terre. Elle est très endommagée et elle ne pourra pas se guérir de ses blessures si elle continue sur cette trajectoire.

Option 3. Il y aura, j'en suis sûr, des gens qui ne voudront pas quitter la planète, peu importe ce que vous leur dites. Ils peuvent donc y rester, mais je vous dis qu'ils vont devoir cesser la pollution.

La probabilité de voir le prochain siècle est mince, mais ça peut être fait. Mon estimation est que si vous laissez un quart de la population là-bas, vous avez une chance. Nous pourrions envoyer certains de nos pitchnouks là, mais ils vont avoir beaucoup à faire.

Il nous faudrait attendre au moins mille ans de votre temps sans création de CO_2 supplémentaire pour qu'il y ait une chance qu'ils soient en mesure d'irradier la quantité restante de pollution.

Alors, vous avez à examiner toutes ces options. Nous avons une équipe qui fera tout son possible pour vous aider et j'aimerais faire partie de cette aventure qui prendra environ un an de votre temps pour vraiment tout explorer, y compris les conditions météorologiques de chaque saison et ce qu'elles impliquent.

Ma demande de trouver une autre planète a été immédiatement placée lorsque j'ai envoyé mes conclusions sur l'état de votre planète à Mlle Zeni. Nous pouvons certifier qu'elle serait l'endroit idéal pour recommencer, grandir et vous diriger vers une meilleure évolution.

Vous n'avez pas d'autres choix que ce que je viens de dire. C'est maintenant à vous de décider ce qui est le meilleur pour votre peuple. Tous mes rapports et observations sont à votre disposition à la bibliothèque Galactique. Vous pouvez venir me voir quand vous le désirez pour parler des options et comment nous irons sur Terre 2. J'espère honnêtement que cela va vous aider. C'est une grosse décision à prendre, mais d'après ce que Mlle Zeni m'a dit de vous, je suis sûr que vous prendrez la meilleure.

Julia le remercia pour le briefing et invita Robert à quitter les lieux et à aller à l'extérieur. Elle estima qu'il fallait absolument que Robert prenne son temps pour réfléchir sur les choix.

– Je veux aller voir cette planète, quand pouvons-nous partir ? Pouvez-vous me dire quand ce sera possible ? Qu'est-ce que je dois faire ?

Julia demeura surprise par sa question. Même si elle connaissait déjà toute l'histoire après en avoir été informée dès le retour de Yentil, elle vit que Robert paraissait moins ébranlé par l'information qu'elle ne l'était.

Elle était contente qu'il demeure le Robert qu'elle connaissait. Il voulait trouver des solutions. Il ne voulait pas faire partie du problème.

Julia lui répondit que c'était une question d'obtenir les coordonnées de navigation pour cette planète, faire tous les préparatifs nécessaires, plier bagage et de s'y rendre.

Robert se sentit en extase en entendant cela.

Terre 2 ?

Robert regarda Julia :

– Bien, je ne devrais plus être surpris depuis tout le temps que je suis ici. Je suppose qu'il y a plus à découvrir.

Je voudrais aller à la bibliothèque Galactique dès que possible et commencer à étudier Terre 2. Yentil a été très explicite que je devais m'empresser de prendre ma décision. Il y a beaucoup de choses à couvrir. Je veux m'assurer d'avoir toute la connaissance disponible avant d'y aller.

Marchant vers la bibliothèque, Julia l'invita à continuer, qu'elle le rejoindrait un peu plus tard dans la journée.

Rendu à la bibliothèque, Robert vit beaucoup de manuscrits sur la table centrale et plusieurs échantillons de sachets de café Java. Il sourit puisque Yentil avait évidemment trompé tout le monde pour apporter ce café sur SN2Y.

Il prit un sachet dans ses mains, se souvenant de son arôme qu'il appelait la boisson des dieux.

Quel grand produit, ça fait longtemps que j'en ai pris un. Que ça sent bon ! OK, maintenant, par quoi dois-je commencer cette recherche ?

Ah, voici l'exposé de Yentil sur toute la scène. Il en avait vu assez de ce gâchis sur Terre. Il fut davantage curieux de tout connaître à propos de cette nouvelle planète.

Il regarda un manuscrit qu'il mit dans la fente du mur. Devant lui, se défilait toute l'information sur la nouvelle planète.

Tout d'abord, Yentil mentionna que même s'il y a beaucoup de similitudes qu'avait la Terre avant la pollution en termes de biologie, le pH semble cependant meilleur, L'air et l'eau sont complètement purs. La couche d'ozone est le double d'épaisseur de ce que la Terre a déjà eue.

Puis Yentil ajouta :

« Voici ce à quoi la planète ressemble. Le ciel est bleu. La nuit, elle est entourée d'un lit d'étoiles et de galaxies visibles à l'œil nu. »

Sur cet écran, tout est si clair. Quelle joie ce serait pour tout le monde d'être en mesure de voir les étoiles, comme le faisaient nos ancêtres.

Il se souvint qu'il avait toujours souhaité voir le vrai ciel comme on lui avait décrit quand il était enfant. C'est sur SN2Y qu'il put le voir pour la première fois.

« Cette planète a deux lunes. Elle est deux fois plus grande que la Terre. Son noyau est composé des mêmes matériaux que l'énergie au coeur de la Terre. C'est ce qui la garde au chaud pour maintenir la vie, mais n'entre pas en conflit avec la chaleur fournie par le soleil.

Elle a plusieurs composants semblables à ceux de la Terre dont beaucoup de minéraux, certains qui ne sont pas connus. Une étude plus approfondie est nécessaire pour déterminer les composants de ceux-ci. En prêtant une attention particulière à la partie gauche de l'écran, il y a ce qui semble être un type particulier de pierre poreuse et qui semble respirer. Je n'ai pas d'autres moyens pour l'expliquer, pour le moment.

Vous pouvez voir que ces pierres attirent les plantes voisines et ensuite, elles sont libérées sans les détruire. Je ne sais pas ce que cela signifie ou quel est le rôle de ce type de pierre, mais encore une fois, l'observation sur place est nécessaire. Ces pierres sont partout, quel que soit le continent où vous vous trouvez. Certaines d'entre elles existent même sur chacune des calottes glaciaires, les deux pôles nord et sud.

L'eau provient d'astéroïdes et les comètes qui l'ont bombardée pendant des millions d'années ont créé l'abondance. En fait, l'eau recouvre les deux tiers de la planète.

Nous avons aussi observé qu'il y a d'innombrables sources d'eau souterraines. L'eau des océans est salé, mais en proportion légèrement différente de celle qu'avait la Terre. De nombreuses espèces de poissons y vivent, certains d'entre eux semblables à ceux qui ont déjà vécu sur Terre. Il y a de nombreuses espèces d'oiseaux. »

Robert n'avait jamais vu autant d'oiseaux colorés. Certains étaient différents des autres selon l'endroit où ils se situaient sur la planète.

À chaque pôle, il y avait ce qui lui semblait être des pingouins. Ils sont couverts de plumes et ont leurs bébés comme les humains et non en forme d'œufs comme ceux qui ont déjà existé sur la Terre.

« La température varie de dix à trente de vos degrés Celsius. Il n'y a pas beaucoup de variation dans la température jusqu'à ce que vous atteigniez les pôles. Là, c'est beaucoup plus froid. Je dirais de moins cinq à moins quarante et encore plus. On peut observer que les deux pôles sont couverts par ce qui semble être de la glace.

Les composants du sol semblent être à peu près comme sur votre Terre à son état primitif. L'abondance de la végétation prouve qu'il est très riche et peut nourrir les plantes pour votre consommation comme il se fait actuellement pour les animaux et les insectes. »

En continuant à visionner l'exposé de Yentil, il observa différents types d'arbres, de plantes et de champignons géants qui l'étonnèrent. Yentil indiqua que ces champignons sont une source de nourriture pour plusieurs animaux et insectes. Il pouvait voir les images de différents animaux et insectes s'y nourrir.

Il souligna ensuite qu'il souhaitait connaitre les propriétés exactes de cette végétation. Cela ressemble à des champignons, mais ça pourrait être une sorte de végétation tout à fait différente.

Il y a aussi différents types de montagnes, tout en vert et

dynamique avec de nombreuses variantes de bleu vert et jaune. Leur formation particulière est due à l'érosion créée par les cascades d'eau poursuivant leur cours vers les grottes et rivières souterraines. De nombreux arbres sont de la taille de l'Empire State Building, ces géants semblent être les gardiens des forêts.

Plus Robert regardait cette planète, plus il devint excité en pensant à un nouveau départ pour toute l'humanité.

Yentil continua :

« Pour ce qui est de la nourriture, une étude individuelle de toutes les espèces végétales doit être faite pour éviter les empoisonnements.

Il y a aussi une panoplie d'insectes, mais ils semblent être dans un état primitif ou au début de leur développement. Ceux similaires à la Terre sont ce que vous appelez les papillons et les abeilles. Tout le reste est à découvrir. »

Robert vit que cela serait un véritable défi d'aller observer ce qui se passe là-bas.

Ce n'est pas comme la Terre, où des milliers d'années ont apporté la connaissance à l'humanité de ce qu'il fallait pour survivre.

Désormais, il n'y a plus de recherches effectuées sur les légumes, les fruits et les animaux pour savoir ce qui est bon à manger ou ce qui ne l'est pas.

Toutes ces connaissances ne peuvent pas servir pour cette nouvelle planète. C'est l'inconnu complet. Est-ce que tout ce qui existe pourra répondre à la consommation ou développer des allergies ou même amener la mort ?

Est-ce que ce sera possible d'amener les grains rares sécurisés dans nos laboratoires pour récolter cette nourriture là-bas ? Est-ce que le sol acceptera ces grains de la Terre ? Ce ne sera pas une mince tâche, mais il comprit que c'était le prix à payer.

« Comme je l'ai mentionné plus tôt, la planète est entourée de ces deux lunes. Mon calcul s'avère qu'il n'y a aucune possibilité qu'elles s'effondrent l'une sur l'autre. Il y a suffisamment d'espace pour les garder à l'intérieur de leurs orbites. Les océans sont influencés par les lunes. Les vagues sont plus calmes que celles qu'il y avait sur la Terre. La source de la vie, c'est le soleil.

Cela signifie que le temps de lumière sur cette planète est approximativement 24 heures, ce qui mesure sa rotation autour du soleil. Sa gravité est semblable à celle de la terre. Pour ce qui est de la longévité pour les humains, mon estimation, si je mesure avec les années terrestres, ils peuvent facilement vivre entre 100 et 200 ans.

Il semble que la végétation, les animaux et les poissons vivent tous au même rythme et en très bonne santé. Il y a plusieurs espèces d'animaux et une étude approfondie est nécessaire. »

Son étude de la planète fut faite sur une courte période, mais elle était nécessaire afin de répondre au besoin des futurs habitants. Un point était assez clair – cette planète pouvait supporter la vie telle que celle de la Terre et c'est ce dont rêvait Robert. Cette planète était la réponse à toutes ses inquiétudes.

Ce serait certainement le moyen de mettre un terme à la misère humaine. On doit continuer à étudier et à comprendre, mais pour ce qui est de la composition de cette planète, les besoins fondamentaux y sont certainement.

La priorité est maintenant d'accumuler le plus d'information scientifique possible pour garantir que c'est, en fait, l'endroit où aller. Robert est persuadé qu'il a les qualifications pour faire des analyses et pour l'assistance qu'il peut apporter.

Robert a toujours su, depuis son jeune âge que rien n'est gagné d'avance. Ça prend un travail acharné et de la persévérance, et que pour obtenir le succès dans la vie, il faut y travailler et se consacrer vers l'objectif.

« Personne ne le fera pour toi. » Comme ses parents, eux-mêmes scientifiques, avaient l'habitude de lui dire lorsqu'il était aux études.

Il devra choisir entre la bonne technologie pour la nouvelle planète et celle qu'il devait laisser sur terre.

Il s'interrogea ensuite sur les questions d'éthique telles que le type de personnes qui viendront sur cette nouvelle planète. Comment il devra faire pour éviter les émeutes et révoltes contre lui et le gouvernement.

Comment cela sera-t-il reçu lorsque j'annoncerai cette nouvelle planète ? Quelle sera la réaction des gens lorsque je leur dirai que nous avons une autre planète que l'on peut habiter ?

À qui puis-je faire confiance pour que cette planète soit respectée ?Qui sont les scientifiques qui souhaitent joindre ceux de SN2Y pour y aller avant qu'on arrive ? Et si personne ne veut venir ? Je suis certain que j'aurai une méga objection de l'ISS. Comment vais-je aborder tout ça ?

En regardant le futur sous un nouveau regard, Robert se promit que l'histoire ne se répèterait pas sur cette nouvelle planète.

Je vais y arriver coûte que coûte !

C'était quelque chose qu'il voulut absolument discuter davantage avec Julia, la femme en qui il avait très confiance.

L'exposé terminé, il resta assis à la table, étant à la fois sur les deux planètes. La préparation du départ et la création d'un nouveau chez soi. Ses émotions se mélangeaient.

Les questions à répondre

Toutes ces questions sont très importantes – mais elles étaient loin d'être la priorité en ce moment. Robert voulut s'informer sur le voyage vers la Terre 2.

Il alla voir Yentil pour obtenir le plus d'informations possible. Il se dirigea vers le laboratoire, Robert le trouva juste à l'entrée jouant avec son Omnix. Julia le regardait jouer et ils essayaient de résoudre le mystère du jeu.

Quand Robert avait utilisé son Omnix sur Terre, il ne l'avait jamais apprécié autant que Yentil et Julia. Cet instrument était, pensait-il, très primitif par rapport à la technologie sur SN2Y. Pourquoi Yentil était-il aussi intrigué par ce « gadget » ?

– Bonjour Julia et Yentil. Je me demandais si je pouvais avoir un moment avec vous. J'aimerais quitter SN2Y dès que possible et aller à la Terre 2. Que dois-je faire ? Qui viendra avec moi ? Dois-je demander à certains de mes scientifiques de se joindre à ce voyage ?

J'ai encore beaucoup de questions à poser et je serais très heureux de partir dès que possible. Yentil, je vous invite personnellement, je veux vraiment que vous fassiez partie de cette équipe, vos connaissances sont inestimables.

Yentil accepta immédiatement. Julia comprit à quel point cette nouvelle planète signifiait être LA solution pour Robert.

– Notre départ se fera dans les prochaines heures, Robert. Yentil et moi avons préparé un questionnaire que vous devez remplir. Donc, pas de temps à perdre, Robert, je vous conseille de vous rendre à la bibliothèque dès que possible.

Vous devrez répondre correctement à ces questions pour

obtenir l'approbation de quitter SN2Y pour cette expédition.

Il est de coutume que lorsque quelqu'un quitte SN2Y pour retourner à leur planète, avec ou sans une équipe de scientifiques, peu importe la raison, il doit répondre honnêtement à ces questions.

Lorsque ce sera terminé, vous êtes invité à un bon repas, sur le toit de la maison des invités. Nous vous attendons dans deux heures. Il est grand temps de célébrer ce qui sera, nous l'espérons tous, votre nouvel habitat.

Elle lui tendit le questionnaire et Robert se dirigea vers la bibliothèque.

Tout en marchant, il essaya de le lire, mais il y avait des mots ou des symboles qui lui étaient inconnus.

Ah non, encore une fois, je me retrouve devant un test de mystère. Est-ce que je peux avoir quelque chose dans mon langage ?

Puis, il se dit :

Eh bien, je ne suis pas sur terre mais toujours sur SN2Y. Ces symboles sont conçus pour tous les types de gens ou d'identités qui viennent ici... et maintenant, je crois que je vais devoir traduire ces scripts dans ma propre langue.

Comment ça marche ?

Robert regarda autour et se dirigea vers quelque chose qui ressemblait à un ordinateur. Il y avait un miroir juste au-dessus. Tenant la liste devant le miroir, il vit que tout ce qu'il voyait était la même chose que sur le questionnaire. Évidemment, cela ne fonctionnait pas.

Ensuite, il regarda l'ordinateur et vit, disposé sur les touches du clavier, les mêmes symboles que sur le questionnaire. Il toucha une clé et une voix se fit entendre lui demandant l'origine du visiteur : quelle planète et quelle galaxie ? Le miroir montrait plusieurs galaxies et systèmes solaires. Robert identifia la Voie lactée et son système solaire en le grossissant, puis il mit le doigt sur la planète Terre, et toutes les langues disponibles s'affichèrent.

C'est vraiment quelque chose ! Comment peut-on avoir autant de langues sur notre si petite planète ? Je ne veux pas que cela arrive où nous irons. Je ne veux plus voir de complication relative à la compréhension. Nous avons eu un tas d'ennuis en ne nous comprenant pas les uns les autres.

Des lettres apparurent à côté de chaque symbole. Robert continua à placer les lettres et réussit à les associer aux mots correspondant aux symboles. Avec une simple pression sur la clé de son langage, un bras robotisé jaillit verticalement de l'ordinateur et le questionnaire changea dans son langage.

À mesure qu'il avançait dans la traduction du questionnaire, Robert conclut qu'il avait fait la bonne association entre les lettres et les symboles. Il vit aussi que chacun des symboles disparaissait.

Lorsque qu'il eut terminé, le miroir se désintégra et un groupe d'hommes et de femmes apparurent.

Ils étaient tous assis à une table en forme de demi-lune. Ils étaient tous d'âges différents, et Robert reconnut le père de Julia, Julia et Yentil. Julia se leva et lui dit :

– Bonjour Robert, nous sommes le groupe du conseil de SN2Y et aujourd'hui, c'est un honneur pour nous de vous avoir comme invité.

Nous avons toujours gardé secret le fait que nous composions le conseil de SN2Y. Maintenant, vous êtes informé que nous formons ce conseil.

Elle l'introduit aux autres membres du conseil et poursuivit en disant :

Ce conseil est inconnu à quiconque jusqu'à ce qu'ils viennent répondre au questionnaire. Nous nous soucions d'une chose, d'une seule chose : dès le premier jour où quelqu'un arrive sur SN2Y et qu'il reste honnête, peu importe la mauvaise influence des autres. Notre seul but, tout en vous faisant confiance, est de faire en sorte que vous utilisiez la connaissance que vous avez acquise depuis que vous êtes ici, à bon escient.

Nous avons travaillé très fort pour trouver cette nouvelle planète. Ce projet est très important et nous voulons voir si vous êtes à la hauteur des défis qui nous attendent. Jusqu'à présent, vous ne nous avez pas déçus.

Le projet demandant votre participation est l'exploration d'une nouvelle planète pour les habitants de la Terre.

Répondez à ces questions honnêtement. C'est tout ce que nous cherchons. Si vous n'êtes pas complètement honnête, ce sera immédiatement détecté par les ondes qui émanent de votre corps.

Un homme honnête

Robert répondit à une panoplie de questions, exposant son véritable motif. Il passa deux heures à raconter et décrire ce qu'était son but depuis son arrivée sur SN2Y, ce qu'il voulait faire de la planète nouvellement découverte, quelle était la solution s'il ne pouvait pas continuer le projet (exploration de la nouvelle planète et l'immigration des habitants). Quelle était la plus grande barrière qui empêcherait le succès de l'immigration. Qui il nommerait comme remplaçant officiel si un événement catastrophique se produisait lors de son retour sur Terre, etc.

Lorsque Robert termina le questionnaire, l'ordinateur émit un son et lui indiqua d'attendre puisque la vérification suivait son cours. Aucun membre du comité ne fut déçu.

Robert regarda le miroir et le comité réapparut. Le félicitant pour son honnêteté, Julia lui dit :

– Robert, ce que vous avez mentionné de l'ISS sera traité au bon moment. Pour l'instant, ce qui compte c'est que vous ayez passé le test. Vous êtes invité à dîner en notre compagnie.

Robert se joint à eux dans le dôme merveilleux où il avait rencontré Julia et son père le premier jour de son arrivée. Alors qu'il était assis à la table, ses pensées voyagèrent sur tous les jours qu'il avait passés sur SN2Y.

C'était comme un film, toute sa quête pour une réponse, les tests qu'il avait effectués, qu'il trouvait maintenant plus logiques qu'au début. L'arrivée idiote de ses gardes de sécurité à la recherche de tout ce qui pouvait le mettre en danger... La douche moussante et le rince-bouche qui avait bon goût... le jardin de Bonsaïs, les Dolphinis avec leurs tours... Sa rencontre avec le pitchnouk... Il se rendit compte aussi que le questionnaire n'était pas le premier test auquel il avait été soumis.

Durant tout ce temps, Robert avait été testé physiquement, émotionnellement et spirituellement. Il vit que SN2Y était le modèle idéal pour une grande civilisation où la science sert à l'amélioration des personnes, pas pour leur égoïsme ou leur profit.

Il possédait la certitude d'avoir la force nécessaire pour confronter tout ce qui pouvait être entrepris. Il avait gagné beaucoup plus qu'aucun n'aurait pu s'attendre et cela, dès qu'il posa le pied sur SN2Y.

Bien qu'il soit fatigué physiquement, Robert était de bonne humeur et tout devenait de plus en plus clair, quelque chose allait se produire qui allait transformer son monde pour toujours, littéralement. Alors qu'il était dans sa bulle, Julia le regarda et sourit.

Robert a vraiment compris. Maintenant, il est prêt pour le projet. Je suis très heureuse qu'il n'ait pas failli son questionnaire.

Toute la soirée, ils apprécièrent une conversation informelle, rien de sérieux. Le lendemain, il fallait gérer l'équipement et s'assurer que toute l'équipe soit prête pour le départ vers la Terre 2.

Après le repas, Julia remercia le comité et invita Robert à aller à la Bibliothèque Galactique.

Elle voulait lui donner son exposé personnel sur les préparatifs techniques du voyage.

– Robert, nous partons dans quelques heures et voici ce que nous allons faire sur cette nouvelle planète. D'abord, pour la sécurité de l'équipe, vous ne travaillerez jamais seul. Nous aurons l'équipement de communication adéquat pour nous permettre d'échanger nos recherches et constatations.

Nous ne savons pas s'il y a des gens de différents types là-bas. Il semble qu'il n'y en ait pas, mais je ne peux pas vous promettre que ce soit le cas. Il pourrait y avoir une intelligence qui se manifeste dans une autre forme. Une que nous n'avons pas détectée lors de notre exploration à distance ou que nous ne connaissons pas.

Ainsi, il est vital que nous restions en groupe en tout temps. Je ne dis pas qu'il n'y a pas de grands dangers, mais il vaut mieux être préparé à n'importe quelle éventualité.

Voici une capsule que vous garderez autour de votre cou. Il s'agit d'un *télex porter*. S'il advenait que nous soyons exposés à un danger, tout ce que vous aurez à faire est d'appuyer sur ce bouton et cela vous ramènera ici. Il est déjà programmé pour localiser SN2Y et vous permettre d'être ici en un éclair.

Pour quelqu'un qui n'a jamais vécu cette expérience, ce sera surprenant que ça aille plus vite qu'un clin d'œil. Il est utilisé comme dernier recours, bien sûr. Il s'agit de la technologie la plus récente que nous avons inventée.

Bien qu'il fonctionne chaque fois à 100 %, nous ne l'avons jamais promu, car nous voulons garder le bon contrôle de son utilisation et empêcher que cette technologie se retrouve à des fins destructrices.

Je suis sûr que vous comprenez cela. Nous utiliserons l'ancienne façon de voyager, c'est-à-dire un vaisseau spatial qui nous transportera vers cette planète. J'ai une équipe qui s'occupe de tout l'équipement, la nourriture, les vêtements, etc.

Je suggère que vous preniez un bon repos ce soir. Votre petit déjeuner sera servi à votre chambre. Je dois partir, car je dois aller au laboratoire, Yentil m'attend.

En lui souriant, elle lui dit :

Je sais que pour vous, le *télex porter* est un nouveau concept de transport et je ne veux pas vous accabler avec ça. Yentil pourra vous montrer plus en détail son fonctionnement au cas où nous ne nous retrouvions pas tous au même endroit…

Les yeux de Robert s'agrandirent tout en jetant un nouveau coup d'œil sur ce petit objet qui pouvait le pulvériser dans l'espace et le ramener en toute sécurité sur SN2Y.

Incroyable ! se dit-il. *Il y a toujours des surprises qui m'attendent depuis que je suis ici. Ça n'arrêtera jamais.*

– Avez-vous des questions ?

– Eh bien, je crois que c'est le moment opportun d'envoyer un message à mon équipe sur terre pour leur dire ce qui se passe présentement et où je vais aller.

– Pour l'instant, Robert, je ne crois pas que ce soit une bonne idée. Je préférerais que vous le fassiez lorsque vous reviendrez sur SN2Y avec toute l'information. Je pense que ce sera alors plus réel pour eux d'accepter ces faits et saurons que votre voyage à SN2Y était bien la réponse que vous recherchiez.

Quand était-ce la dernière fois que vous avez eu des nouvelles de votre équipe sur Terre ?

– Ça fait des mois. J'avais reçu le 3DVD et les photos qui me m'informaient de ce qui se passait, mais depuis, je n'ai rien reçu.

Je ne sais pas ce qui se passe, mais j'ai le sentiment que tout se passe bien. Je n'ai pas reçu d'appels me demandant un retour immédiat sur Terre. Donc, je suppose que tout va bien.

– Si vous avez besoin d'une assurance de plus, vous pouvez toujours prendre un des parchemins ici, c'est le dernier ajout à propos de votre planète. Sentez-vous libre de le faire.

Robert estima que ce n'était pas nécessaire. Il préféra quitter la bibliothèque, aller dans sa chambre et se préparer pour le jour le plus excitant de sa vie !

Il lui souhaita bonne soirée et la remercia pour tout ce qu'elle avait fait pour lui depuis son arrivée.

Elle lui sourit et quitta la bibliothèque.

Tenant le gadget dans ses mains, il poussa un petit bouton et l'explication de son fonctionnement apparut : il s'agissait d'une petite boîte métallique qui s'attache au cou.

L'instruction fournie lui montrait qu'il n'avait pas besoin de le porter à sa bouche pour communiquer, la perception ne serait jamais atténuée. Donc, même s'il y avait du bruit autour de lui, ça ne pouvait pas interférer dans sa communication.

Une communication provenant de Terre

Robert était très enthousiaste de son voyage vers la nouvelle planète et décida d'aller dans le jardin sur le toit de la bibliothèque pour un moment de détente.

Il monta en peu de temps, sachant que le secret était de toucher les murs autour des escaliers. Ce fut une soirée magnifique, tout était illuminé de la douceur des étoiles, des planètes et des arbres.

Assis sur un banc, levant les yeux, il vit que l'univers était en parfaite harmonie. En dépit du défi qui l'attendait sur Terre, il était content que la réponse ne tarderait pas à être livrée à son peuple et que cela mettrait fin à la misère dans laquelle ils avaient été plongés depuis des siècles.

Personne, se jura-t-il, *ne va détruire cette nouvelle planète et tous devront la respecter pour ce qu'elle leur donnera.*

Il regarda tout ce qui l'avait amené à cette planète, lorsqu'il devait comprendre les tests avec les hologrammes, sa rencontre avec Heather, l'amour de sa vie, les Dolphinis avec leur pouvoir le guidant vers une autre dimension qu'il ne connaissait pas.

Julia ne l'avait jamais jugé. Elle était le pilier de sa recherche d'un meilleur endroit pour l'humanité et il était toujours resté bouche bée quand elle lui donnait des conseils, au point de lui donner des frissons dans le dos chaque fois qu'elle ouvrait la bouche pour lui dire ce à quoi il devait faire face.

L'ISS était sa principale préoccupation, comment aborder une société qui contrôlait et gouvernait la planète depuis des siècles. Comment pourrait-il briser le cercle des « procédures d'exploitation standard » qui menaient le monde à genoux en acceptant qu'il ne peut pas changer.

Robert avait un énorme défi devant lui. Il espéra que ses amis Simon et son équipe puissent comprendre le chemin et accepter cette responsabilité avec le dévouement et le courage que cela exigera.

Le ciel continua à dévoiler les plus beaux spectacles habituels dans le parc. Robert apprécia ce temps de réflexion. Il était déterminé à faire le travail, peu importe ce que ça lui demanderait.

Puis, comme la nuit avançait, il quitta le parc, prêt pour sa grande aventure. Il décida de faire ses bagages, excité par la grande aventure.

En chemin vers son immeuble, il vit Yentil et un couple, occupés avec des bagages, qui chargeaient des boîtes métalliques dans un transporteur flottant contenant tous les outils pour leur recherche. Il leur fit signe de la main et leur dit qu'il allait les voir dans quelques heures...

Entrant dans sa chambre, il vit que ses bagages étaient déjà faits. Il y avait des vêtements sur son lit. Il semble que c'était la taille correcte, une combinaison en un seul morceau. Il était bleu marin avec une étoile blanche de chaque côté du col. Il y avait un dessin imprimé en blanc sur la manche gauche. La signification n'était pas claire pour lui. Il présuma une langue étrangère, représentant le symbole d'un noyau avec plusieurs flèches pointant dans toutes les directions.

Robert n'avait rien à faire, tout avait été préparé pour lui. Il s'assit sur le bord du lit et remarqua qu'il y avait une boîte de métal pour lui. Quand il l'ouvrit, il vit qu'elle provenait de ses amis de la Terre.

Robert avait un message de Simon qui était scellé et mis à part des autres documents de la boîte. En l'ouvrant, il entra le code gardé secret entre lui et Simon. Il y était inscrit : « Pour vos yeux seulement, ce document s'auto-détruira lorsque vous aurez terminé le visionnement. »

Il poussa le 3VD dans la fente, Simon apparut.

« Bonjour Robert, j'espère que vous allez bien et qu'une solution apparaîtra bientôt à l'horizon. Ici, nous tenons le fort comme promis, mais quelque chose s'est passé dernièrement qui a fait que notre travail est devenu difficile. Il n'était jamais arrivé auparavant que l'ISS impose ce type de décision, je dois dire une décision dictatoriale d'une certaine sorte, et ce n'est pas un régime démocratique.

Les États dirigeants ne peuvent rien faire sans son approbation. Aucune loi ne peut être votée au Parlement sans leur consentement. Je pense qu'ils se doutent de votre voyage sur SN2Y et ils veulent saisir autant de contrôle que possible avant que vous reveniez. J'ai tenu le coup sur ma position et il n'y a pas eu de réunions avec l'ISS depuis votre départ.

Votre assistante parlementaire a été absente pendant un certain temps, elle est maintenant à Washington et elle n'a jamais mentionné quoi que ce soit à quiconque. Elle a tenu sa parole. J'ai cette nouvelle assistante parlementaire à qui j'ai dû parler de nos engagements. Elle aussi garde le secret.

J'ai besoin de vos conseils sur ce que je dois faire en attendant votre retour. Je suis hors de solutions. J'ai essayé de toutes mes forces, mais ils ont une grande influence sur les gens. Ils font paraître des annonces disant qu'il s'agit d'une nouvelle façon de « protéger » chaque citoyen. Ils veulent détourner les lois en place et tout imposer.

J'ai décidé de mettre l'ensemble de la législature en pause. Cela signifie que personne ne sera de retour devant la législature pour les nouvelles affaires ou pour passer des lois. Nous allons continuer à nous occuper des affaires comme d'habitude, mais aucune réunion avec l'ISS jusqu'à votre retour.

Nous espérons que tout va bien pour vous. Vous nous manquez beaucoup mon ami. Quand prévoyez-vous votre retour ? Nous avons certainement besoin de votre source d'inspiration pour continuer. À bientôt. Simon.»

Regardant le 3DVD, Robert décida de lui envoyer un message pour l'encourager sur sa décision. Poussant sur un bouton de la boîte métallique, un nouveau 3DVD sortit, il était prêt pour la réponse.

« Simon, je suis si heureux que vous ayez pris le temps de me faire parvenir les données sur les affaires courantes de notre grand pays. Je suis très heureux et reconnaissant d'avoir un ami comme vous.

J'ai aussi obtenu l'information que vous m'avez donnée à propos de l'ISS. Continuez ce que vous faites. C'est la bonne décision. Mon voyage ici est tout simplement incroyable, j'ai tellement appris ici.

Ce que je m'apprête à dire doit rester entre nous, l'équipe et personne d'autre. Assurez-vous que ceci est détruit rapidement après que vous ayez vu ce message. Personne ne peut mettre la main sur ce que je m'apprête à vous dire. »

Prenant une profonde inspiration et souriant comme à l'ouverture du cadeau de Noël désiré par un enfant, avec un grand sourire dit :

« Nous avons une nouvelle planète où nous pourrons habiter. Je suis sur le point d'embarquer dans un vaisseau qui va m'amener là-bas demain matin. J'y vais avec un groupe de scientifiques afin de l'explorer. Jusqu'à présent, elle semble très semblable à la Terre et l'air est pur.

Simon, pouvez-vous le croire ? Je pars dans quelques heures et je vais faire le travail approprié de sorte que je sois entièrement confiant que c'est l'endroit où nous pourrons tous aller.

Les gens d'ici sont incroyables, je voudrais que vous soyez ici avec moi pour assister à tout ça. J'aurai beaucoup de choses à vous dire quand je serai de retour.

OK, je ne vous donne pas plus d'informations, pour vous

laisser digérer. Tenez le coup et ne transigez pas quoi que ce soit avec ce que l'ISS veut nous imposer. Ils sont sur le point de faire face à quelque chose qui éliminera leur pouvoir pour de bon. Ils ne feront pas partie de l'évolution pour la planète 2, je le promets ! »

Il plaça le 3DVD dans une section sécurisée de la boîte métallique, alla voir un des serviteurs dans le hall pour lui donner. Il mit immédiatement la boîte dans le service d'expédition de gamma galactique disant que c'était un bon synchronisme, car il serait envoyé à la Terre en quelques heures.

Convaincu que son message pouvait se rendre rapidement à Simon, Robert retourna dans sa chambre et s'allongea sur le lit pour se reposer. Il ne sentait pas qu'il avait trahi Julia puisque de son jugement, la situation avait changée. Il n'avait pas dit trop de choses dans son message, mais tenait à rassurer et encourager Simon à tenir bon jusqu'à son retour.

L'arrivée sur Terre 2

Prêt à tout, Robert arriva à l'entrée de l'immeuble tôt le matin, en bonne forme. Après tout, il était venu ici pour obtenir des réponses. Les choses furent réalisées au-delà de ses rêves les plus fous.

Je suis si heureux, se dit-il, *sur la façon dont c'est arrivé. Après tout ce temps ici, où je trouvais difficile de croire que ce qui se passait avait à voir avec la solution que je cherchais, et maintenant, cela fait non seulement plus de sens, mais il y a une nouvelle maison pour nous !*

– Bonjour Robert ! Julia apparut en compagnie de Yentil et d'autres scientifiques qu'elle lui présenta.

C'étaient des gens très gentils et il remarqua qu'ils avaient de bonnes poignées de main. Ils se dirigèrent vers le jardin de Bonsaïs et droit devant lui, se trouvait un vaisseau spatial entouré de fumée blanche, qui était bien sûr non polluante. C'était juste de la vapeur.

Quand l'entrée du vaisseau principal s'ouvrit, un homme, qui semblait être responsable de celui-ci, sourit et fit signe à l'équipe de monter à bord.

C'est le vaisseau spatial dans lequel Robert et ses gardes de sécurité avaient pris pour le port galactique.

– Bienvenue à tous, je m'appelle Igor et je serai votre capitaine pour le voyage. Tout d'abord, je dois vous dire que nous avons quelques préparatifs à effectuer et quelques règles de sécurité à observer. Ensuite nous partirons pour l'aventure.

Décrivant à l'équipe ce que c'est que de voyager dans une autre dimension, il expliqua, à l'aide d'une carte semblable à l'hologramme rouge que Robert avait vue dans le parc au-dessus de la bibliothèque galactique, comment ils allaient se déplacer dans le temps et dans l'espace à une vitesse stellaire pour se rendre à la planète.

La durée du voyage sera de trois heures terrestres utilisant cette technologie d'accélération à travers le Worm Hole utilisé depuis des siècles dans cette galaxie.

Le temps sera très court s'ils ne rencontraient pas de problèmes le long de leur chemin. Après le briefing, il leur montra leurs sièges assignés. Robert sourit et alla s'asseoir sur son siège, comme indiqué par le capitaine.

– Attachez-vous, nous allons partir dans un moment...

Durant la montée en flèche vers le ciel, Robert regarda les bâtiments, la plage, et quelques Dolphinis nageant et sortant de l'eau. Et en une fraction de seconde, rien d'autre que l'univers tout autour, des millions d'étoiles qui passaient, les couleurs des multiples galaxies, des lunes et des soleils sans cesse en mouvement dans l'espace.

Alors que le vaisseau spatial avançait, Robert regarda par la fenêtre et apprécia la vue.

– Robert, voulez-vous quelque chose à manger ou à boire ?

– Oui, bien sûr, pourquoi pas ?

– Yentil a une surprise pour vous, cela vous donnera un peu du réconfort et vous rappellera la Terre. Le voici ! Il l'a apporté pour vous. Il s'agit d'un Java chaud comme vous l'appelez.

Robert savoura chaque gorgée de ce liquide magique qu'il n'avait pas bu depuis très longtemps, lui semblait-il...

En chemin, Robert discuta avec Julia et l'équipe de ce qu'il avait appris lors de la collecte des informations de la bibliothèque galactique et qu'il était persuadé que c'était l'endroit pour son peuple.

Ensuite, Yentil passa en revue les procédures, puisqu'ils s'approchaient de la planète. Tout le monde se dirigea aux fenêtres regardant cette merveilleuse boule bleue.

Yentil fit remarquer que la couche de l'atmosphère était

beaucoup plus grande et plus épaisse que ce qu'il avait prévu. Il y avait quelques nuages dans l'hémisphère sud et tout était bleu et vert tout autour. Sirotant son café avec une grande satisfaction du moment, cette planète ressemblait à ce qu'était la Terre...

Ils survolèrent toute la planète deux fois sous différents axes, les deux pôles, l'équateur, le nord, le sud, l'est et l'ouest. Tout semblait être parfait pour leur atterrissage, aucune perturbation majeure détectée.

Le capitaine annonça, après avoir sondé la carte de la planète, que le meilleur endroit où atterrir était la plus grande superficie sur la côte est de l'hémisphère nord.

Selon les calculs que Yentil avait faits, tout en faisant ces rotations complètes autour de cette planète, la certitude de la similarité à celle de la Terre grandissait.

Robert acquiesça que oui, le temps était aussi semblable à celui de la terre, les jours en moyenne près de 24 heures et présentement, c'était ensoleillé avec quelques nuages, les vents de l'est à 10 km/heure.

Robert sourit puisqu'en décrivant la température, il vivait un vieil enregistrement de l'histoire des réseaux météo de la télévision qui avaient disparu des ondes, car il n'y avait pas plus de temps à prévoir avec la situation présente de la Terre. Mais avant, c'était ce que les gens utilisaient pour prédire la météo.

Descendant lentement, malgré quelques poches d'air frappant le vaisseau en entrant dans l'atmosphère, le cœur de Robert battait d'excitation, il ne pouvait pas garder en dedans la joie qu'il ressentait en regardant cette belle planète si prometteuse.

Lorsque le vaisseau vola à plus basse altitude, une vaste plaine apparut à l'horizon, le meilleur endroit pour atterrir. Tout le monde applaudit et ils remercièrent le pilote.

Enfin, le vaisseau toucha le sol.

– Nous sommes arrivés à notre destination. Bienvenue sur... On devra lui trouver un nom, mais pour l'instant, disons que c'est Terre 2.

Plus d'acclamations se firent entendre et tout le monde déboucla et s'apprêta à débarquer.

Quand tout le monde fut prêt à quitter le vaisseau avec leurs bagages qu'ils devaient porter sur leur dos, le capitaine annonça :

– C'est le moment ! Ouvrons la porte...

Alors qu'ils approchèrent de la porte, Julia attira l'attention de tout le monde.

– Je voudrais dédier ce voyage à tout le genre humain représenté par Robert. Il a été, pour nous, un véritable honneur de découvrir cette planète et pour cette raison, en lui montrant la poignée de la porte :

Robert, je vous invite à être le premier à marcher sur cette nouvelle planète.

Robert était sans voix, ne s'attendait pas que cela se produise, même dans ses rêves les plus fous, être le premier à marcher sur cette planète !

Mais avant de le faire, une panoplie de résultats de tests apparurent sur l'écran principal du pilote et Igor donna le feu vert pour ouvrir la porte du vaisseau.

La porte s'ouvrit sans bruit. Robert gela devant la porte, il ne pouvait pas bouger et ne pouvait rien dire, seulement des frissons qui descendaient le long de sa colonne vertébrale.

Avec ses yeux larmoyants, il ne pouvait pas croire ce qui se présentait devant lui. Julia dut lui taper sur l'épaule pour qu'il sorte du vaisseau...

– Robert, s'il vous plait, avancez et descendez du vaisseau, nous voulons également voir ce que vous voyez.

Toute l'équipe descendirent sur la planète et firent une pause afin de regarder tout autour pendant un moment. La description à distance de celle-ci n'avait pas donné tout le crédit de ce qu'ils observaient.

Ils étaient juste là, contemplant la vue. C'était un beau ciel bleu, des arbres géants, de l'herbe luxuriante partout, l'air était si bon à respirer. Du vent et l'eau tombant sur le flanc des montagnes était le seul bruit qu'ils entendaient. La diversité des plantes et les champignons géants que Yentil avait décrits à Robert étaient vraiment là, posant comme des gardiens de la planète.

Il n'y avait pas de mots pour décrire ce qu'ils voyaient ...

Les premiers échantillons

Après ce long moment d'admiration du paysage, tous souriaient, car tout était réel : un paradis pour la population de la Terre. Cette planète semblait parfaite pour eux.

– Comment n'avons-nous pas vu cette planète depuis la Terre ? Comment avons-nous pu la manquer ?

Ayant visité la Terre, Yentil s'approcha de lui et lui dit la raison : la technologie de la Terre, bien qu'avancée en conséquence de son évolution, ne pouvait pas voir les planètes en temps réel, mais à des millions et des milliards d'années.

– Cela laisse vos scientifiques avec une connaissance du passé se répétant. Donc, fondamentalement, ce que vous voyez en tant que planètes, systèmes solaires et galaxies ne sont probablement plus où vous les avez observés.

Beaucoup de choses peuvent se produire entre votre observation de l'univers et ses conditions en temps réel. Par vos efforts déployés, vous vous rapprochez du présent, mais plus de progrès sera nécessaire avant que vous puissiez voir, en toute réalité, les univers, les planètes et les systèmes solaires.

Pour observer ce qui est réel, vous devez utiliser le bracelet rouge, car il illustre exactement comment vous pouvez atteindre tous les points d'une carte et comment vous déplacer dans l'univers. Cette planète, je pense, est ce que vous avez vu quand vous l'avez utilisé.

– Hum, dit Robert, oui, je me souviens de cette nuit-là, j'en suis resté bouche bée.

Julia était debout à côté Yentil et sourit à Robert. Elle lui dit de ne pas s'inquiéter de la science sur Terre en ce moment, que la priorité était de faire une évaluation complète de cette planète et de confirmer que c'était véritablement l'endroit où les humains pourraient évoluer et avoir une vie meilleure.

– Cet endroit me semble approprié, dit Julia. Il commence à faire sombre et nous avons besoin de nous installer ici, nous avons besoin d'un bon sommeil et devrons être prêts à explorer dès le lever du soleil.

Ils déchargèrent le vaisseau, déballèrent le laboratoire, les maisons gonflables, tous les bagages et la nourriture.

Avec son équipe de scientifiques, elle prit quelques minutes pour évaluer l'environnement. L'équipement numérique était inconnu de Robert. Rien de tel n'existait sur Terre. Pas plus grand que ce qu'il pouvait comparer à un iPad. Julia pouvait faire l'analyse complète en quelques secondes, et les résultats se présentaient instantanément devant elle.

Aucune menace dans la région, pas de changement soudain du temps, la température était normale pour la sphère de la planète, le grondement des chutes à proximité était la même que lorsqu'ils étaient arrivés et aucun mouvement sismique de la Terre ne fut détecté.

Après les résultats de ces tests, elle invita tout le monde à venir à sa maison gonflable pour planifier l'expédition : prélèvement d'échantillons des plantes, des arbres, de l'eau, de l'air, des composants du sol pour les soumettre à différents tests au laboratoire afin de confirmer toutes les observations faites sur SN2Y.

Elle espéra que cette planète soit sûre pour aller de l'avant avec le plan. Elle mentionna ensuite que si tout se montre positif dans la première expédition, qu'ils iraient plus loin pour obtenir le plus d'information possible. Analyser à nouveau, explorer à nouveau, encore et encore jusqu'à ce qu'ils soient 100 % satisfaits.

Une liste complète avait été faite pour cette exploration et chaque point sera vérifié et devra être marqué comme étant fait. Les trois étapes sont les suivantes : échantillonnage, analyse et confirmation que tout est sans danger pour les futurs habitants de la planète. Pour garantir leur survie, les scientifiques devaient certifier que des bactéries similaires à celles de la Terre existaient : les acides aminés.

Cette planète semblait être la sœur de la Terre.

Depuis des millions d'années, durant la formation des planètes et des systèmes solaires, il pourrait y avoir une raison pour laquelle cette planète était similaire à la Terre.

Yentil avait tiré ses propres conclusions quant à une raison possible. Tout au long de l'évolution des systèmes planétaires, ces bactéries provenaient de l'espace et se développèrent sur la Terre et sur cette planète. Ça devait être prouvé, mais jusqu'à présent, c'est ce qui semblait être le plus logique pour expliquer le phénomène.

– Pendant la durée de notre séjour, nous avons besoin de faire toutes les recherches nécessaires. Il est vital que nous ne perdions pas de temps.

Puis, elle invita l'équipe à aller à leurs maisons gonflables et de profiter d'une bonne nuit de sommeil.

Tout le monde partit ensuite dans leurs quartiers, un peu de repos fut bien accueilli et bien mérité.

Robert entra dans sa maison avec Yentil. Assis sur son lit, il était dans un état d'esthétique, ne pouvant pas croire que c'était vrai : il était sur une autre planète semblable à la Terre et pouvait respirer librement comme sur SN2Y.

Robert ne savait pas s'il pouvait dormir en pensant à sa future maison. Il avait encore du mal à comprendre si c'était toujours la réalité ou un long rêve sans fin. Allongé sur son lit, les yeux grands ouverts, Robert savoura chaque instant de la nuit.

– Vous devriez prendre un peu de sommeil Robert, vous en aurez besoin. Nous avons une grosse journée demain. Je vais avoir besoin de votre expertise pour la recherche que nous allons faire.

– Vous avez raison, dit Robert, je ferais mieux de dormir.

Il faudra des mois à l'équipe pour évaluer l'ensemble de la planète. Comment respecter l'environnement, les animaux, les échantillons des nouvelles plantes. Voir si Mlle Chapters devait modifier génétiquement certaines plantes, afin de s'assurer que les cultures nécessaires soient appropriées pour nourrir les humains, puisque leurs structures différaient un peu de celle des habitants de SN2Y.

Cela signifiait qu'ils auraient besoin de rester sur la planète près d'un an pour confirmer que la planète correspondait à tous les besoins humains.

Ils auraient à voyager d'est en ouest, puis si quelque chose était détecté comme étant différent de leur échantillonnage déjà recueilli, ils iraient dans les zones du sud du nord pour examiner davantage.

Simon sur Terre

Sur Terre, Simon venait de recevoir le message de Robert. Il fut complètement estomaqué par les bonnes nouvelles ! Il estima que les jours meilleurs, dont il avait lui aussi rêvé, devenaient réalité et cela l'encouragea énormément.

Cela lui donna vraiment l'élan dont il avait besoin puisqu'il y avait eu un nombre incroyable de demandes de renseignements de l'ISS. Simon avait toujours gardé le voyage de Robert ultra-secret et l'ISS fut incapable d'obtenir l'information. Simon et son équipe tinrent leur parole.

Il avait reçu à maintes reprises des menaces de l'ISS. Ceux-ci avaient aboyé fort lorsque le Parlement avait été prorogé, pour une période de temps indéfinie. N'obtenant plus d'argent des coffres du gouvernement, les investisseurs de l'ISS commencèrent à manifester à l'ISS leur déception sur le rendement de leurs profits.

Ces investisseurs exprimèrent bruyamment leur déception puisque le financement de la production pour les nouveaux produits devait leur rapporter des milliards de dollars. Ils étaient destinés à tout le monde, pour qu'ils « se sentent mieux ».

Plusieurs fois, l'ISS avait tenté de contacter Simon pour une réunion concernant les abus et la violation des règles établies envers l'ISS. Ils perdaient le contrôle. Simon ignora complètement cette demande de réunion, en raison des tâches plus urgentes.

N'ayant pu obtenir ce qu'il voulait, l'ISS commença une propagande noire sur le gouvernement, son premier ministre. Ces campagnes de propagande noire frappèrent les médias dans toutes les directions.

Ces attaques étaient variées, Robert Benson avait

soudainement une très mauvaise image, un monstre aux yeux de l'ISS : il ne se souciait pas du bien de son pays, le scandale qu'il avait plusieurs maîtresses, sa disparition, qu'il avait été enlevé et trouvé mort, qu'il était en exil et déprimé, qu'il avait utilisé illégalement tous les fonds destinés à l'ISS, qu'il avait déserté son pays.

Ces propagandes n'avaient jamais cessé depuis son départ pour SN2Y. Robert Benson, aimé par tout le monde, était devenu un monstre qui ne se souciait plus de rien et avait négligé ses devoirs en tant que « top gun » de son pays.

Ensuite, ce fut au tour de Simon puisqu'il refusait toujours de communiquer avec l'ISS. L'ISS paya de fortes sommes aux médias pour le forcer à une entrevue qui serait diffusée partout au pays.

Puisqu'il « refusait toujours » de se présenter et de dire « la vérité », les médias alléguèrent ensuite qu'il n'y avait plus de pouvoir à la tête du gouvernement.

Ensuite, les médias utilisèrent une autre stratégie d'attaques : des propagandes très similaires à celles utilisées contre le Premier ministre.

Cette propagande se répandit dans tous les médias pendant des mois. Malgré leurs nombreuses tentatives, directes et indirectes de communiquer avec lui, malgré toute la pression de ces médias, Simon n'avait jamais répondu à un seul de leur appel.

La propagande continua avec le fait que « tout était complètement hors de contrôle » et il était temps pour l'ISS d'en prendre le contrôle. Le Parlement ne pouvait plus exister et personne ne contrôlait la législation du pays.

L'ISS était en train d'ignorer complètement le gouvernement en place. L'ISS voulait réclamer son pouvoir sur le système démocratique entier pour ses propres intérêts. Tous devaient ignorer ce semblant de Parlement gouvernemental, une fois pour toute. L'ISS utilisa avec force, toutes sortes de tactiques et de pression pour obtenir de l'argent afin d'avancer son plan.

L'exploration prend fin

Tôt le lendemain matin, tout le monde se réunit pour planifier la journée. La nuit fut un repos bienvenu et ensemble, ils s'assirent au centre du camp, avec tout leur équipement. Ils étaient prêts à découvrir ce que cette planète avait en réserve. Tous avaient leurs packs avec leur équipement de tests, kits médicaux d'urgence, de la nourriture et le plus intéressant une paire de gants et les visionneuses. Il n'y avait rien d'autre que cela.

En passant par la liste de contrôle, Julia Zeni divisa les équipes afin de rendre le processus de recherche efficace. Certains pour analyser l'eau, le sol et l'air, alors que d'autres allaient s'occuper de la végétation. Un autre groupe devait regarder les espèces animales, les poissons et les insectes, les filmer en montrant ce qu'ils faisaient, ce qu'ils mangeaient et leur contribution à l'écosystème, ils pouvaient les toucher avec leurs gants pour obtenir instantanément toutes les propriétés et informations.

Robert fut très surpris, puisqu'il s'attendait à un équipement plus compliqué pour tout examiner.

Yentil lui expliqua que les gants percevaient les composantes et les propriétés de tout ce qu'ils touchaient. C'était un dispositif très sensible. Juste par l'action tactile, il pouvait visionner la description complète. Cette information était ensuite transmise au laboratoire mobile du camp.

C'était une belle journée ensoleillée, à 25 degrés Celsius, une douce brise venant de l'est et les chutes étaient toujours aussi spectaculaires.

Ils entrèrent plus profondément dans la forêt, surpris qu'il y ait très peu de bruit. Robert réalisa qu'il n'y avait pas beaucoup de différence entre ce qui était autrefois la Terre et cette planète. La végétation était très similaire, les arbres et les plantes, certains étaient un peu différents dans les formes, mais il était soulagé de voir les similitudes.

En équipe séparée, ils se dirigèrent en lignes droites afin de ne pas perdre contact. Toutes les quinze minutes, ils devaient s'arrêter et signaler que tout allait comme prévu. Ce fut l'accord avant leur départ.

Alors que la journée avançait, beaucoup d'informations furent recueillies sur la végétation, les insectes et les arbres qu'ils avaient observés. En avançant, il n'y eut pas de changement majeur.

Robert était dans le groupe de Yentil et apprécia les résultats et les rapports instantanés. Des volcans sous-terrains ont été détectés, et tracés pour référence ultérieure. Le mouvement sismique des plaques n'était pas violent et ne posait pas de problèmes. Yentil indiqua que toutes les planètes avaient des mouvements sismiques et sur celle-ci, ils ne présentaient aucun danger.

Toute l'équipe était très occupée à l'échantillonnage et les informations furent transférées simultanément au laboratoire mobile du camp et aux laboratoires de SN2Y. Un scientifique sur SN2Y était responsable de confirmer que toute l'information était bien reçue.

Cette deuxième action fut faite au cas où il y aurait une perturbation de rayonnement cosmique durant leur voyage de retour à SN2Y. Malgré le fait que ce ne soit jamais arrivé, ce plan faisait toujours partie de la liste.

Plusieurs heures après l'expédition, Julia signala à tout le monde qu'il était temps de retourner au camp et de partager leurs découvertes.

Pendant qu'ils échangèrent leurs observations et les analyses de chacun, les catégorisant pour référence future, des oiseaux et des animaux se rapprochèrent d'eux, mais ils gardèrent une certaine distance.

— Personne ne bouge. Il suffit de s'asseoir et de les

regarder. Ne pas les provoquer ou faire un mouvement qui leur ferait peur.

Robert demeura silencieux, mais il aurait pu s'exclamer qu'ils étaient très semblables aux animaux et aux oiseaux que la Terre avait ! La seule différence, c'est qu'ils ne semblaient pas avoir peur d'eux et ils ne démontraient aucune agressivité envers le groupe.

Robert reconnut plusieurs d'entre eux, des renards, des cerfs, des loups, des écureuils et des hiboux. Contrairement à ce que Robert avait observé sur Terre, aucun des animaux ne manifestait d'hostilité les uns envers les autres. C'était difficile à comprendre d'un point de vue humain. Les animaux attaquent et tuent pour pourvoir à leur survie. C'est ce que Robert connaissait de ses livres scolaires.

Les animaux encerclèrent le groupe et commencèrent à se rapprocher. On entendait un peu de respirations et le battement des ailes.

– Restons calmes, murmura Julia.

Ils ne montrèrent pas un comportement agressif envers eux. Tout le monde était complètement extatique par l'événement. Ils restèrent tous là, à les regarder pendant un certain temps et puis, un par un, chaque animal disparut vers la forêt.

Après leur départ, Julia rompit le silence en pointant une caméra 360 degrés perchée au toit du laboratoire, heureuse de leur dire que tout avait été filmé.

– Ils ressemblent tous énormément à ceux qui existaient sur Terre ! s'exclama Robert avec enthousiasme.

– Nous sommes très heureux que vous aimiez votre nouvelle maison ! C'est un grand moment pour tous. Les animaux n'ont montré aucune animosité envers nous, ils étaient tout simplement curieux et le plus important, ils n'ont pas hésité à se rapprocher. Ce fut un moment à couper le souffle.

Les mois passèrent et tout, de la végétation aux microbes détectés, analysés sur la planète ont répondu à toutes les exigences nécessaires pour maintenir la vie. Plusieurs nouveaux types d'animaux, d'insectes et de végétation furent également découverts. En tout et partout, il n'y avait rien pour affecter la migration des êtres humains sur cette planète. L'équipe fit des tests sur tout durant chacune des saisons.

Une chose intéressante était que les énormes champignons vus durant les premières observations en train de nourrir les animaux avaient une autre propriété intéressante : ils contribuaient à la création d'ozone en énorme quantité. Ils étaient abondamment répartis sur toute la planète. Ils sont d'un très grand support pour la création de l'atmosphère.

Yentil souligna qu'étant donné que ces champignons faisaient partie de l'équilibre naturel de la planète, qu'aucun pitchnouk ne serait nécessaire.

Satisfaits de leur exploration et de leurs informations recueillies, après près d'un an d'absence, tous étaient heureux de revenir à SN2Y et de planifier le prochain déplacement de Robert.

Comme il n'y avait pas d'autres espèces supérieures aux animaux sur la planète, tout l'espace leur était disponible.

L'aube d'une nouvelle ère devenait réalité pour l'humanité.

Ils rassemblèrent leurs équipements, convaincus qu'ils avaient obtenu l'assurance, par toutes leurs évaluations, que cette nouvelle planète était en fait, sécuritaire.

Avant d'entrer dans le vaisseau spatial, Robert prit un échantillon de sol et le stocka dans un flacon pour le montrer à son équipe quand il retournerait à la Terre. Robert était à court de mots pour exprimer ce qu'il ressentait.

Son cœur battait la chamade, il n'avait jamais cru que quelqu'un d'autre que l'homme pouvait lui donner un vrai coup de main sans rien demander en retour comme tant d'autres qu'il connaissait sur Terre. Cette annonce publicitaire de l'Institut ZN2Y était vraie...

Le moteur du vaisseau se fit entendre et le capitaine rappela les règles de sécurité avant le départ.

Tout le monde était assis et échangeait leurs données individuelles. Ils profitèrent de la vue lorsque le vaisseau s'envola dans l'espace. Le capitaine leur paya la traite en orbitant toute la planète une dernière fois. Tout le monde regardait les fenêtres, admirant la vue.

– N'est-ce pas qu'elle est belle ? dit le capitaine.

Puis, 360° plus tard, le vaisseau mit le cap vers SN2Y. Robert n'avait pas arrêté de regarder la planète jusqu'à ce qu'elle s'évanouisse dans le cosmos. Elle était devenue aussi petite qu'un point parmi des milliers et des milliers d'étoiles. Cet événement restera toujours imprimé dans ses pensées.

On retourne sur SN2Y

Leur retour à SN2Y fut très agréable. Robert et le reste de l'équipe avaient finalement somnoler à mi-chemin, étant vidés de leur énergie. Le voyage se termina sans incident, juste un mouvement en douceur à travers le cosmos.

Ensuite, le capitaine les réveilla, annonçant que le Port Intergalactique était en vue et que la descente se ferait dans quelques minutes et qu'ils seraient transférés à un autre vaisseau qui les transporterait à l'Institut.

En quittant le vaisseau spatial, chacun remercia le capitaine pour le voyage et ils se rendirent sur l'autre vaisseau afin de poursuivre leur voyage qui ne prendrait que quelques minutes.

Ils avaient dû prendre un autre vaisseau puisque celui-ci demandait des modifications pour son prochain voyage – vers la Terre. Des dispositifs spéciaux devaient être installés et des logiciels à programmer et à ajouter au vaisseau.

Yentil avait informé lors de son retour de la Terre que les débris spatiaux tournaient sans cesse autour de la Terre à cause de sa gravité. Le vaisseau qu'il utiliserait devait être à la hauteur du défi qui les attendait.

Ils arrivèrent tous à leur destination, vidèrent le vaisseau de tout l'équipement. Ils étaient heureux de leur expédition.

Julia dit à tout le monde avec un sourire de satisfaction qu'ils devaient prendre le reste de la journée pour se reposer et profiter de leur retour à la maison.

Robert se tenait là, à côté du vaisseau et la regarda quitter ses quartiers. Il voulait exprimer sa gratitude à cette femme qu'il admirait plus que jamais.

SN2Y avait un nouveau visage pour Robert. Maintenant, il

était temps de retourner sur la Terre.

On tint une dernière réunion avant le départ pour planifier la construction qui aura lieu sur Terre 2 immédiatement après le départ de Robert vers la Terre.

Tous travaillèrent sur les plans avec une grande efficacité, les plans numériques, les modèles de construction de tous les bâtiments qui devaient être construits, etc. Rien n'était laissé au hasard.

Ces ingénieurs et scientifiques de SN2Y savaient comment faire leur travail. Ils étaient très fiers de montrer le travail à Robert. Ils s'attendaient aussi, que les scientifiques et ingénieurs de la Terre les rejoignent pour la construction.

De bonnes nouvelles à la Terre

Pour Robert, la tâche qui l'attendait était énorme, très exigeante : déplacer toute l'humanité, la mettre hors de danger, une fois pour toutes. C'était le plan.

Après une nuit qu'il apprécia beaucoup, puisque très reposante. Les deux soleils furent au rendez-vous et tout le monde se réunirent à la bibliothèque Galactique pour planifier le retour sur Terre.

Julia s'approchant de Robert lui dit :

– Avant de prendre toute action sur l'immigration de votre peuple, je veux savoir votre plan d'action. Ce que je veux dire par là, c'est que vous devez avoir une stratégie, étape par étape, sur la façon dont vous aborderez une partie du problème avec l'ISS.

Comment vous allez convaincre les gens que c'est la bonne chose à faire. Comment vous allez la présenter à votre peuple. Comment vous allez gagner leur accord. Comment vous allez faire tout cela sans créer d'injustice.

Qui allez-vous d'abord choisir pour la construction nécessaire afin que votre civilisation puisse survivre. Vous aurez toute notre technologie à votre disposition.

Utilisez toutes les informations de notre bibliothèque, posez toutes les questions que vous désirez. Nous sommes ici pour vous aider. La tâche étant grande, nous avons décidé de venir avec vous, moi-même, Yentil et deux de mes scientifiques. Ce sera l'équipe.

Cependant, je ne désire pas partir sans connaître et comprendre entièrement ce que vous comptez faire. Le taux de réussite doit être de 100 %, pas moins.

Alors, Robert, vous nous le faites savoir lorsque vous serez prêt à nous donner ces informations. Prenez votre temps, nous voulons que vous regardiez l'ensemble de ce que cela implique. C'est vital.

Nous allons ajouter notre contribution, si nécessaire. Pour l'instant, c'est à vous de créer une planification complète et de nous revenir là-dessus.

Robert était un peu craintif qu'on lui ait confié toute la responsabilité.

Tous les gens quittèrent les lieux et le silence l'entoura.

OK, par où commencer ? D'abord, je dois...

Une semaine s'écoula avant que Robert ne fût prêt à divulguer son plan. Julia n'avait jamais essayé de l'interrompre en aucune façon. Et Yentil, juste lui, lui parla quand l'occasion s'était présentée, mais aucune intervention n'eut lieu pendant cette période.

Robert était maintenant prêt à les informer et à leur faire savoir qu'il était temps de partir. Comme il désirait que cette information soit un moment des plus extraordinaires, il décida que l'endroit idéal pour le faire était sous le dôme au-dessus de la bibliothèque.

Tout le monde prit son siège et s'assit en silence. Tout était beau comme au premier jour lorsque Robert entra dans ce dôme, le ciel était clair avec ses étoiles brillant au-dessus de leurs têtes.

Après une heure de briefing, tous furent bouche bée quant à sa présentation.

– Génial ! s'exclama Julia.

Je ne pouvais pas demander mieux. Il n'y a aucun point qui n'a pas été couvert. Vos plans A et B sont très bien élaborés. Notre prochaine étape consiste à décider de la date de départ. Nous devons y aller dès que possible.

Nous quitterons SN2Y dans les vingt-quatre prochaines heures. Alors, profitez de votre dernière journée sur SN2Y.

Une dernière chose avant de vous quitter, vous devez

transmettre un message à vos gens pour les informer de votre retour et que nous venons avec vous.

Robert était complètement extatique.

Je dois me pincer parce que j'ai encore de la difficulté à réaliser que ce qui se passe présentement n'est pas qu'un rêve.

Après avoir obtenu l'heure exacte du départ et de l'arrivée approximative sur Terre, Robert s'empressa de se diriger vers sa chambre. Il prit un 3DVD et commença à dicter les mots qui allaient changer l'avenir de tous :

« Simon, je serai de retour sur la Terre dans les vingt-quatre prochaines heures. Des scientifiques seront avec moi pour superviser la mise en œuvre du plan que je vais vous présenter à propos de cette nouvelle planète que nous avons découverte.

S'il vous plaît, n'alertez personne encore, je préfère être sur le terrain et le faire moi-même, preuve à l'appui. J'ai élaboré un plan stratégique et je veux faire chaque étape dans l'ordre que j'ai établi. Donc, gardez le secret.

Nous nous rencontrerons à l'aéroport d'Ottawa. J'aurai quatre personnes avec moi. Ce sont Mlle Julia Zeni et Yentil Yatoman avec deux des meilleurs scientifiques dont ils disposent pour le projet. Ils vont demeurer chez moi, question de sécurité. Alors, s.v.p., prenez les moyens nécessaires pour leur hébergement.

J'ai très hâte de vous revoir. Vous avez tenu le fort pendant près de deux ans et n'avez jamais renoncé à quoi que ce soit. Pour cela, je vous suis éternellement reconnaissant. »

Robert s'empressa d'envoyer son message via le Gamma galactique pour diffusion immédiate. Ce message était garanti d'atteindre Simon en quelques minutes.

Satisfait de voir que son message avait été envoyé et bien reçu, c'était maintenant à son tour de dire à Julia ce qu'il avait l'intention de faire pour la construction et l'assistance de ses scientifiques qui s'ajouterait à l'équipe de SN2Y.

Alors qu'ils iraient sur Terre pour la préparation de l'immigration vers Terre 2, une équipe de scientifiques et de constructeurs de SN2Y allait commencer la construction des villes, des installations standards de SN2Y dans le transport afin de leur donner un bon départ sur leur nouvelle planète.

Il est compréhensible qu'il y ait beaucoup de choses à régler sur Terre, mais en attendant, la construction devait avoir lieu immédiatement sur Terre 2.

– Une énorme contribution est nécessaire et doit être donnée, dit Julia.

Elle et son conseil savaient que de faire autrement ne sauverait jamais les humains. De nombreux scientifiques avaient également hâte d'échanger la technologie avec leurs homologues terriens.

Amis pour la vie

Simon en avait plein les bras avec les demandes de preuves exigées par l'ISS que son gouvernement demeurait toujours responsable de toutes les mesures prises depuis les deux dernières années, coupant l'envoi de l'argent à l'ISS qui n'arrêtait pas de demander d'où provenait la source de cet ordre.

Il ne pouvait rien dire à propos du dernier message que Robert lui avait envoyé il y avait plusieurs mois de cela. Il dut utiliser toute son habileté et ingéniosité pour éviter les contacts avec les médias.

L'ISS était partout, répandant sans cesse les nouvelles que Robert Benson avait disparu de ses fonctions et n'avait pas l'intention de retourner pour gouverner le pays.

De sources « fiables et expertes », l'ISS avait déclaré aux médias que Robert Benson avait annoncé à quelques-uns de ses députés qu'il ne reviendrait pas à ses fonctions en raison d'une maladie en phase terminale et qu'il était destiné à mourir paisiblement à son domicile à Ottawa.

Fortement sécurisé, le personnel de sa maison jouissait d'un environnement qui empêchait les médias de « trouver et prouver d'autres histoires ». Personne n'était autorisé à communiquer et à les contacter. L'ISS n'avait jamais cessé d'insister pour que Simon divulgue « la vérité » quant à la localisation de Robert Benson depuis les deux dernières années.

Après toute cette pression médiatique, l'ISS s'attendait que Simon se plie finalement à leur demande. Mais cela ne s'était jamais produit. Ayant reçu cette nouvelle de Robert, Simon convoqua son personnel pour une réunion secrète dans sa maison.

Tout fut vérifié pour les mouchards dans toute sa maison. Tout le monde fut fouillé pour les mouchards attachés à leurs vêtements, dans leurs porte-documents, sous leur peau, puisque la technologie permettait à l'ISS d'implanter un mouchard dans un seul cheveu ou sous la peau, et personne n'était en mesure de s'en apercevoir sans leurs détecteurs.

Simon fut très heureux d'annoncer la nouvelle à tous ceux et celles qui étaient restés fidèles à Robert, beau temps mauvais temps. Cela leur donnerait le coup de pouce dont ils avaient besoin jusqu'à ce qu'il sache que Robert revienne. Ce n'était plus qu'une question d'heures.

Alors qu'ils étaient tous rassemblés, Simon leur lut le message de Robert. Ils eurent de la difficulté à contenir leur joie, car ils ne pouvaient, en aucun cas, montrer un indice d'émotion sortant de l'ordinaire, que l'ISS suspecterait immédiatement.

Ils planifièrent alors le retour de Robert avec les scientifiques de SN2Y. Ce qui incluait bien sûr toutes les mesures de sécurité à prendre. Rien ne pouvait être laissé sans surveillance, dès leur arrivée, à la maison de Robert. Et que personne en dehors du groupe ne devait être informé de leur présence.

La date et l'heure d'arrivée à l'aéroport national étaient fixées au lendemain, le 15 juin à 14 h 00. Personne n'avait le droit de le dire. Et Simon, avec huit agents de sécurité non identifiés, attendraient à la porte de sortie du vaisseau spatial de SN2Y.

Ce serait considéré comme une arrivée routinière. Comme il y avait toujours un grand volume de trafic pendant la journée et la nuit, cela n'attirerait pas l'attention des gardes de l'ISS.

Simon ne connaissait pas quelle serait la réaction de Robert à son arrivée à l'aéroport, mais il savait qu'il ne serait pas déçu. Amis pour la vie, peu importe les difficultés, Simon n'avait jamais hésité à prendre des mesures pour protéger la législature et il le prouva brillamment.

Père - Fille

À la veille de son départ, à son bureau, Julia et son père discutaient du nouveau voyage vers la Terre. Son père ne faisait pas partie de l'équipe qui y allait, et il assumerait ses fonctions pendant son absence.

– Père, je veux juste que vous sachiez que tout est bien planifié. Notre implication sera d'ordre technique et Robert sait ce qu'il a à faire pour que tous les humains le joignent.

– Eh bien, ma Julia, je suis sûr que vous ferez tout pour le succès. Tout semble correct. Je vois que Robert est un être décent et je ne vois rien d'autre que la réussite.

Prenez soin de vous, vous n'aurez pas un ciel bleu pendant longtemps et l'air n'est pas très bonne. Alors, apportez votre trousse de santé, y compris votre *télex porter* au cas où quelque chose arrive. Je veux vous voir de retour ici en un rien de temps. Ce sera certainement utile pour vous et l'équipe.

Son père était préoccupé, car il savait depuis ce qu'il avait observé de l'humanité, que ce ne serait pas une tâche facile. En mettant ses mains sur ses épaules :

– Écoutez, si vous avez besoin de mon aide, vous savez où me trouver. Je peux y arriver rapidement.

– Ne vous inquiétez pas Père, tout se passera bien. Il vous suffit de prendre soin de l'endroit durant mon absence. Ça ne devrait pas prendre trop de temps avant que je revienne.

Je voudrais que vous me fassiez une faveur si je ne reviens pas. S'il vous plaît, donnez cette lettre à Peter Malgrani pour moi.

Son père la regarda ne sachant pas comment réagir à sa déclaration. Il répondit :

— Je vais le faire, je le promets, mais je préférerais que tu lui donnes ce message en personne.

— C'est juste au cas où... mais ne vous inquiétez pas, je vais revenir. Le but de toute cette histoire sera la réalisation la plus grande jamais réalisée pour l'Institut, et je suis très heureuse d'en faire partie.

Sur cette note, Julia étreignit son père et alla marcher sur la plage, regardant le coucher des deux soleils.

On part de SN2Y

15 juin 3012

Le moteur du vaisseau se fit entendre, indiquant que le départ était imminent.

Tous étaient à bord à l'exception de Robert qui, pour une dernière fois, regarda tout autour de lui et prit le temps de respirer l'air, regarder les soleils et la mer en face de l'Institut.

La journée était très claire, peut-être le plus beau jour de sa vie. SN2Y lui avait donné ce qu'il cherchait et à sa satisfaction. Après un dernier coup d'œil, il dit au revoir et monta à bord du vaisseau.

– Je vous souhaite la bienvenue à bord, nous quitterons dans un instant, s'il vous plaît prenez le temps de visionner toutes les fonctions de sécurité du vaisseau. Il est différent de celui que nous avons utilisé lors de notre voyage à la planète Terre 2, mais il est aussi confortable.

Notre voyage vers la Terre ne prendra que quelques heures, le cosmos est clair et peu de turbulence météoritique n'est prévue, juste un ciel clair.

Alors, profitez du voyage. Vous aurez une vue magnifique sur SN2Y et ses deux soleils dans quelques secondes.

Le vaisseau décolla silencieusement, ascendant dans le ciel et autour de SN2Y. Robert était heureux que le pilote puisse lui donner cette occasion de la voir une dernière fois dans sa totalité. Il était collé à la fenêtre, SN2Y disparaissait devant ses yeux. Tout était maintenant le re-bobinage du retour sur Terre, des lunes, des galaxies, des soleils, tout l'infini de l'univers affichant sa beauté une fois de plus.

– Ça va, j'espère ! dit Julia.

– Oui, ça va, cet endroit va certainement me manquer.

L'arrivée sur Terre

Le vaisseau avançait rapidement. Après quelques heures, Robert aperçut son système solaire et la panoplie d'étoiles qui l'entouraient. Son cœur se mit à battre plus rapidement. Son adrénaline commença à se sécréter de plus en plus rapidement puisque plus le vaisseau avançait, plus il lui venait à l'esprit qu'il verrait bientôt la couche de pollution entourant la Terre.

Julia ressentit son sentiment d'inquiétude et le rejoignit.

– Eh bien Robert, nous sommes ici, nous rapprochant de plus en plus. Comment vous sentez-vous en ce moment ?

– Je ne suis pas sûr, toute cette aventure est exceptionnelle, ce que j'ai vécu est tellement irréel pour beaucoup de gens, j'ai à peine digéré ce qui s'est passé sur SN2Y. Plusieurs incidents sont encore un mystère pour moi. La perspective d'être obligé de tout expliquer est au-delà de mes capacités en ce moment.

– Vous n'avez pas à le faire. Si vous vous sentez mieux de tout garder pour vous-même, vous avez la liberté de le faire. Vous n'êtes pas obligé de parler de quoi que ce soit, si vous ne le souhaitez pas. Chaque être dans cet univers a le pouvoir de choisir et personne ne peut vous enlever ce droit.

Elle lui donna une tape sur les épaules et le laissa dans ses pensées. Il avait certainement besoin de ce moment avant l'atterrissage.

– Nous sommes sur le point de descendre, retournez à vos sièges ou demeurez assis, s'il vous plaît, ce ne sera pas très long. Je vérifie la météo et mesure la puissance des rayons UV, Je vais vous donner les résultats dès que je les aurai reçus.

Les manœuvres du pilote montrèrent la lune, ensuite la

Terre, enveloppée dans les nuages gris et rouge. Des débris spatiaux passèrent rapidement sous le vaisseau. Le pilote dut effectuer une diversion pour éviter d'être frappé par ces déchets.

Pendant que le vaisseau descendait à l'aéroport, les cracheurs de monasteononic – les vaisseaux appartenant à l'ISS que les Bachers leur avaient fourni – s'envolaient et atterrissaient, les panneaux publicitaires faisant la promotion des services de l'ISS à l'humanité. Les épais nuages de rouge et gris se déplaçaient sans cesse autour des villes couvertes de dômes. Peu de lumière des bâtiments traversait vers le ciel.

Ces images créèrent un mélange d'émotions pour Robert. Il était, bien sûr heureux de revenir, mais même après son voyage sur SN2Y, il observa que rien n'avait vraiment changé.

Julia, Yentil et les deux autres scientifiques, regardaient par les fenêtres et gardaient le silence pendant toute la durée de la descente. Bien sûr, ils étaient tous excités de faire partie d'une autre affectation. Pour Julia, c'était la première fois, depuis sa retraite, qu'elle y participait.

Ils virent l'état de la planète au fur et à mesure qu'ils s'en approchaient. Ils constatèrent à nouveau ce qu'est une planète mourante. Yentil regardait Julia et il n'avait pas besoin de dire quoi que ce soit.

C'est pire que ce que je pensais et je ferais mieux de garder cela pour moi-même, pensa Julia.

– Voici une mise à jour de la météo ici, à Ottawa, 50 degrés Celsius avec le facteur d'humidité de 100 %, les UV à leur taux le plus élevé, le pourcentage de pollution par mètre carré Veta est 1,000,000,000,000 par unité, qui est plus ou moins la surface de l'ongle de votre pouce.

Alors s'il vous plaît, comme il est annoncé par les autorités aéroportuaires, mettez vos vêtements de protection et portez votre masque respiratoire avant d'ouvrir les portes de sécurité. Vous ne pouvez, en aucun cas vous défaire de ceux-ci lorsque vous êtes exposés à l'extérieur des dômes, car ce serait fatal.

J'espère que vous avez apprécié le voyage. Contactez-moi lorsque vous serez prêts à revenir sur SN2Y. Je suis d'accord avec vous que cette planète et sa population ont besoin d'aide.

Je dois retourner tout de suite afin d'éviter une tempête de débris spatiaux qui est prévue au cours de la prochaine heure.

Je dois quitter l'aéroport immédiatement.

Bonne chance à tous !

Sécurité

Après s'être revêtus de leurs vêtements de protection et dispositif de respiration, les portes de sécurité furent ouvertes, Simon parut. Il les attendait. Il dut se restreindre de les accueillir chaleureusement comme il l'aurait tant souhaité. Il essaya plutôt de rester le plus prudent possible pour ne pas attirer les soupçons des gardes de sécurité de l'ISS.

C'est certain qu'il avait souhaité pouvoir recevoir Robert comme il le méritait, soit avec une cérémonie de grande classe pour un homme de grande classe qui avait tout quitté pour deux ans, ne sachant pas ce que le futur lui réservait.

– Bienvenue Robert, dit-il d'une voix basse de tonalités. Vous comprendrez que nous allons être très discrets, il y a des gardes ISS partout ici. Donc, plus vite nous quitterons, mieux ce sera.

Robert comprit et d'un simple geste à ses hôtes, invita tout le monde à monter à bord d'un vaisseau non identifié pour se rendre à la demeure de Robert. Tout le monde fut informé de rester silencieux jusqu'à ce qu'ils embarquent dans les deux véhicules qui les sépareraient. Cela, par mesure de sécurité.

Le premier vaisseau était pour Julia Zeni, Robert et Simon avec quatre gardes de sécurité. Puis Yentil et les deux autres scientifiques avec quatre autres gardes prendraient une route différente.

Bien qu'il n'y avait pas d'apparence évidente d'armes, ses gardes de sécurité avaient les dispositifs appropriés dans leurs poches, plus petits qu'un stylo qui donneraient le signe d'une position de tir au ministère de la Défense, avec une précision laser.

Toutes les cibles menaçantes, en une fraction de seconde,

seraient fragmentées sans explosion et sans bruit. Cela se faisait tout simplement à un taux de décibel impossible à percevoir. Aucune trace ne serait détectée pour indiquer ce qui venait de se passer.

Les rayons détruisent et désintègrent instantanément au contact. Que ce soit des robots ou des humains, la réponse est immédiate et précise.

Robert n'était pas au courant de ce type d'armement et à sa grande surprise, découvrit plus tard que c'était Simon qui avait mis en place ce moyen de défense. Simon n'avait pas eu d'autre choix de se protéger de l'ISS.

Après son enquête sur l'ISS, il savait qu'il n'y avait pas d'autre alternative que de renforcer la protection de son équipe parlementaire. Trop de menaces avaient été faites pendant l'absence de Robert. Il avait dû les prendre au sérieux.

Aucun autre pays n'était au courant de cette technologie et l'ISS l'ignora aussi. Alors qu'il n'avait jamais eu à l'utiliser, il était heureux qu'il eût ce moyen à leur portée si quelque chose se passait. Simon appela ce moyen de défense *Far West*. C'était le secret le mieux gardé dans tout le pays.

Pendant le voyage, Robert regarda par la fenêtre et vit à quel point la planète était en plein chaos. Le fait de sentir ses vêtements et son dispositif de respiration sur son corps était tout à fait explicite. Revenir sur la Terre portant cette tenue était un cruel rappel.

Il n'avait pas eu à les porter pendant deux ans. Il pouvait respirer librement et ses poumons étaient complètement exempts de poussière. Et pas de chambres de décontamination à traverser tous les jours. C'était la vraie liberté. Ayant vu mieux maintenant, il savait que ce serait bientôt la fin de ce triste état pour tous.

Simon était en contact avec les autres gardes du vaisseau et fut rassuré que le voyage se passait comme prévu, sans interférence. Ils se parlaient en codes, ce qui paraissait être une conversation sans importance, les e-nouvelles, les publicités, mais chaque mot était un code très spécifique.

Il n'y avait pas de conversation supplémentaire, elle était au minimum. Ils savaient qu'ils seraient retracés en peu de temps pour une conversation suspecte.

En gardant tout pour elle-même, Julia sentit un malaise de tristesse de voir ces mesures de sécurité. Elle avait maintenant une meilleure compréhension du comportement des gardes de sécurité de Robert à leur arrivée sur SN2Y.

Elle fut triste de voir ces mesures de sécurité pour leur survie. Il ne restait certainement pas beaucoup de liberté sur cette planète.

Encore de la sécurité

Robert commença à se sentir claustrophobe dans ses vêtements. Il éprouvait beaucoup de difficulté à supporter l'idée de se revêtir de tout ça encore une fois. Ce fut plus difficile qu'il ne l'avait pensé, ne pas être capable de respirer aussi facilement qu'il l'avait fait pendant deux ans.

Finalement le vaisseau atterrit dans un bâtiment des forces aériennes. Il avait le logo du Canada sur les portes, indiquant qu'il appartenait aux Forces armées canadiennes mais totalement inconnu de Robert. Il devait avoir été construit pendant son absence. Ce fut la seule réponse logique.

Sans bruit, les deux grandes portes s'ouvrirent pour laisser le vaisseau entrer. Une autre correspondance les attendait. Sur roues, cette fois.

– Robert, dit Simon, c'est le dernier transfert, vous serez bientôt chez vous.

Ils entrèrent dans une voiture antimissile qui se trouvait à l'arrière du bâtiment. En sortant, il se tourna en arrière pour voir le bâtiment qu'il quittait, il n'y avait rien de visible. C'était juste un terrain plat avec plusieurs arbres morts et des maisons abandonnées. Le paysage s'était soudainement transformé en autre chose en quelques minutes. Le bâtiment extraordinaire « high-tech » avait disparu.

Robert put constater que Simon en avait eu, non seulement plein les bras en refusant toutes les demandes de l'ISS, mais il avait vraiment été à la hauteur, en créant ce système de défense.

Poursuivant leur chemin avec Simon, tout se déroula comme prévu. L'autre équipe était déjà à la maison et fut accueillie cordialement par l'équipe de Robert. On leur montra leurs nouveaux quartiers.

C'était déjà presque le soir, la visibilité était très faible. C'était idéal pour que Robert et Julia se rendent à son domicile.

Au lieu de prendre trente minutes, le trajet vers la maison prit plus de deux heures. En changeant le parcours par les avenues, les rues et les boulevards, ils arrivèrent finalement en toute sécurité et inaperçus.

L'ISS se prépare à quitter

Sous les Rocheuses, dans l'une des chambres secrètes mises en place par l'ISS, une réunion était en cours avec la hiérarchie supérieure. Brendon McPherson, ex-banquier international et descendant direct de la famille la plus riche au monde donnait un discours louant les réalisations de l'ISS de la dernière année.

Les dix personnes présentes à cette réunion étaient 5 hommes et 5 femmes. Ils ont en moyenne trente ans. Ces gens lui étaient très chers puisque depuis leur naissance, ils avaient été choisis pour devenir les élus, afin de créer ce qui devait être « le meilleur type de civilisation pour tous », comme l'ISS l'a toujours mentionné dans plusieurs de ses publicités.

Ces dix personnes avaient été élevées et instruites par les meilleurs spécialistes de la Terre. Ils étaient très lettrés, savaient tout sur les diverses sciences et technologies. Ils faisaient partie intégrale du projet de l'ISS pour trouver des personnes qu'ils jujeraient aptes à répondre à leurs besoins pour une société nouvelle.

Pour que cela devienne réalité, chaque enfant de la planète âgé de un à quatre ans avait été testé. Leur QI avait été enregistré et ils se trouvaient à bord de l'ISS s'ils répondaient aux critères.

Leurs parents leur ont cédé leurs enfants pour une somme forfaitaire. Ils avaient reçu la garantie qu'ils serviraient pour un meilleur avenir de l'humanité et ce, malgré le fait qu'ils ne les verraient plus jamais. Les conditions exigeaient de ne jamais demander où ils étaient, ni ce qu'ils faisaient. C'était le prix à payer pour la promotion sociale.

Ils avaient été programmés, sous plusieurs sessions de

DH, (drogues et hypnose) pour faire le travail. Leur formation fut commencée à un très jeune âge. Ils reçurent le meilleur du meilleur en matière de santé et de nutrition afin de devenir fort. Ils avaient finalement, tous été soumis à ces nouvelles façons de penser. Ils étaient apparus, venus de nulle part, dans plusieurs positions d'influence dans la société. Personne ne soupçonnait qu'ils étaient plus que des gens très brillants.

Ils devaient réaliser uniquement ce qu'on leur avait assigné à faire. Rien ne pouvait les influencer à agir autrement. Ils avaient été totalement protégés contre tout ce qui pourrait affecter leur mission, physiquement et mentalement. Malheureusement, tout au long du chemin, ils avaient aussi perdu leur humanité et la capacité de voir le vrai du faux.

McPherson applaudissait leur réalisation et dit :

— Mesdames et Messieurs, après toutes ces années de dur labeur, nous avons finalement réussi.

Nous avons réussi l'impossible et je suis heureux d'annoncer que, malgré toutes les chances contre nous, nous avons abattu ces barrières. Nous serons prêts dans moins d'un an vers notre but ultime que nous chérissons tant.

Nous avons, poursuivit-il, tous les moyens pour fonctionner à distance. Nous serons dans une meilleure position pour contrôler la terre une fois pour toutes.

Personne ne saura ce qui les frappera une fois qu'on aura quitté la Terre et comment notre technologie nous permettra de contrôler chacun d'entre eux.

C'est la première phase comme vous le savez et à partir de là, nous serons en mesure de créer une société qui va servir notre but. Il n'est plus nécessaire que la démocratie existe. Ce mot sera banni de toutes les bibliothèques du monde entier. Cela sera fait en moins d'un mois. Beaucoup de nos « serviteurs » croient en la réalisation d'un monde meilleur.

Ils vont nous servir pour transporter toute l'eau à nos nouveaux locaux, travailler dans les laboratoires et la recherche continue pour raffiner la technologie nécessaire à notre survie. Nous allons en prendre environ 1,000, ceux et celles catégorisés supérieurs au reste, y compris tous les scientifiques.

Il se mit à rire sauvagement lorsque le groupe l'acclama.

– Qu'est-ce qui va se passer pour les gens de l'élite que nous avons mis en cage sous les Rocheuses, sont-ils au courant de notre réalisation ?

– Pas un seul d'entre eux !

– Ils profitent tout simplement de toute l'eau qu'ils veulent, toute la nourriture qu'ils veulent, les quartiers qu'ils veulent tant qu'ils gardent le secret en échange de leur financement. Ils continueront à jouir de leurs quartiers et la société Bachers pourra également profiter de notre eau jusqu'à ce que nous partions.

Ensuite, il va y avoir un de ces ravages pendant un certain temps, mais ils devront s'habituer aux rations comme les autres : nous n'aurons plus besoin de leur argent ni des robots. Ah ! Ah ! Les pauvres idiots !

Le but de la réunion était de tout coordonner pour le départ, décider du moment approprié d'après les évaluations des scientifiques.

Ces scientifiques, forcés de se conformer aux recherches, auraient bientôt à dire au revoir à leurs familles et à leurs proches. Ils n'avaient pas le choix puisqu'ayant donné leur allégeance, l'ISS leur avait donné la richesse et la protection de leurs familles.

C'était un coût très élevé pour leur engagement à l'ISS. Côté sécurité, pour le départ de l'élite de l'ISS, les gardes étaient moitié humain et moitié machine, ils étaient programmés pour réussir à n'importe quel prix.

Il n'avait jamais été question, lors de la création de ces robots par les programmeurs, que l'empathie et l'émotion humaine en fassent partie. Ils avaient programmé pour faire arriver les choses, peu importe les obstacles qui leur seraient présentés.

Le mot de passe pour éviter toute interférence à l'objectif de tout détruire immédiatement : aucune question à poser. Les jours avançaient plus rapidement que prévu : l'ISS devait partir dans un mois.

Tout avait été sérieusement étudié et l'intention de quitter les bailleurs de fonds de la finance dans la boue avait été finalisée. L'ISS leur lancerait une invitation très spéciale pour une excursion dans les montagnes de l'Himalaya, qui devait être le prochain endroit où ils vivraient.

Il leur serait présenté un visionnement de leurs nouveaux locaux, les quartiers, les écoles, les centres commerciaux, encore plus luxueux que ceux qu'ils occupaient présentement. Tout était soigneusement planifié pour les sortir des Rocheuses rapidement.

De cette façon, l'élite pourrait rassembler tout ce qui leur était nécessaire et quitter la Terre. La mort n'était pas ce qui mettrait fin à ce voyage à l'Himalaya, mais la misère, sans aucun moyen de communication vers l'extérieur depuis ces montagnes. Ils seraient laissés là avec des rations d'eau et de la nourriture synthétique comme le reste de la planète. Ce serait la fin pour eux. L'ISS choisit cette voie pour leur faire terminer leur vie luxueuse.

Les Bachers étaient également en lice pour un grand étonnement, car l'eau fournie devrait se tarir brusquement. Ils seront tellement surpris, car cela mettra fin à leurs services qui ne seront plus nécessaires. Ils devront quitter la terre, car il n'y aura plus une seule goutte d'eau restante dans les Rocheuses. Tout sera vidé et téléporté vers la Lune.

Chaque goutte était nécessaire et les Bachers ne seraient pas en mesure de se rendre à la lune pour en obtenir. Une explosion de rayons cosmiques les attendrait. Cela, grâce à des scientifiques qui avait aussi créé le mécanisme de défense pour attaquer quiconque non autorisé tentant de s'y rendre. Leurs vaisseaux spatiaux seraient désintégrés en micro secondes, sans une trace de leur existence dans l'univers.

Simon transmet les informations

Se félicitant du succès de l'arrivée de Julia et Robert, Simon était complètement ravi de le revoir. En regardant plus attentivement son visage, il se rendit compte que Robert avait l'air beaucoup plus jeune qu'avant. Il se dit que son séjour à SN2Y avait certainement dû augmenter son niveau d'énergie.

Comme il ne pouvait pas attendre plus longtemps, Robert invita Simon à se rendre à son bureau avec Julia, Yentil et les deux scientifiques. Robert leur présenta Simon et l'informa que ces scientifiques de SN2Y n'étaient pas ici pour s'ingérer dans les affaires politiques. Ils devaient plutôt les aider de quelque façon nécessaire afin d'atteindre l'objectif d'immigration vers la nouvelle planète en toute sécurité.

– Vous ne voulez pas prendre un peu de repos avant de commencer à vous dire ce qui s'est passé depuis les deux dernières années ?

– Non, je ne peux pas attendre. Simon, débriefing, s'il vous plaît.

– Très bien Robert, je dois d'abord vous dire que depuis mon dernier rapport, la même situation demeure avec l'ISS...

Simon continua avec les données durant plusieurs heures. Robert et ses amis de SN2Y étaient très soigneusement à l'écoute de ce que Simon avait à dire. En dépit de ce qui se passait Simon avait gardé son sang-froid et fait un excellent travail pour garder le secret sur tout, en fermant la porte à l'ISS. Ce que Simon leur mentionna était exactement la même chose que Yentil lui avait dit à son retour sur SN2Y.

Ses enquêteurs et détectives furent très précis dans leurs

observations et rapports. Il était maintenant grand temps que l'ISS affronte ce que Robert avait préparé.

Après le débriefing de Simon, Robert les informa de ce que serait l'étape à prendre avant de mettre en œuvre son plan A. Et qu'il y aurait aussi un plan B au cas où le plan A devienne impossible à exécuter.

– Simon, nous ouvrons le parlement et la législature, convoquez tous les membres puisque je vais faire un exposé de la situation et la façon dont nous allons procéder. Cela doit avoir lieu d'ici les 24 prochaines heures.

Ce sera une journée très excitante. Je ne peux pas attendre pour vous informer à propos de mon séjour sur SN2Y, de tout ce que j'ai appris et de la meilleure vie qui nous attend !

Tout en les remerciant, Robert invita ses invités à aller prendre un bon repos, que les prochains jours allaient prendre un tournant tout à fait remarquable pour tous. Sur ce point, tous se dirigèrent vers leurs quartiers pour une bonne, mais courte nuit de sommeil.

Le briefing de Robert

Ayant travaillé le reste de la nuit sur son exposé, Robert en était satisfait. Il regarda dehors, c'était comme d'habitude, gris et rouge, pas de chants d'oiseaux, le vent ne pouvait pas caresser son visage, il n'y avait pas de levers ni de couchers de soleil comme sur SN2Y.

Cette sombre image dont il avait été témoin toute sa vie allait bientôt se dissiper pour de bon.

Tôt le matin, ils avaient tous quitté la maison pour le parlement.

Julia demanda à Robert s'il était prêt.

– Plus que jamais, répondit-il sans hésitation.

Tout le monde avait été convoqué au Parlement à 13 h 00. Les gardiens de sécurité étaient aux portes et autour du périmètre du bâtiment où la réunion devait avoir lieu. Ce fut la politique adoptée par Simon au cours des deux dernières années et elle devait rester en place.

Tous les gens prirent leur place. Personne ne s'attendait à ce que la raison de cette réunion spéciale serait le retour de Robert Benson.

Robert se présenta à l'entrée principale avec Simon, Julia, Yentil et les deux autres scientifiques de SN2Y. Tous étaient très surpris de le revoir.

– Robert !

– Le Premier ministre !

– M. Benson, comment.... Quoi ... etc. etc.

Tout le monde était debout, stupéfié.

– Mes amis, oui je suis de retour. S'il vous plaît, assoyez-vous. Je dois vous informer de quelque chose de très spécial aujourd'hui. Il ne portera pas sur le budget qui a été très bien géré en mon absence –toujours dans le noir, c'est ce qui compte, dit-il en souriant à Simon.

Il s'agit de quelque chose au-delà de vos rêves les plus fous. Je ne vais pas répondre à vos questions après la séance d'information. Vous allez comprendre pourquoi. S'il vous plaît, ne m'interrompez pas, car il est très important que vous écoutiez tout ce que je vais dire. Je ne suis pas allé en congé de maladie ni envolé dans l'espace pour de longues vacances, je n'ai jamais déserté mon pays et je ne suis pas sur le point de le faire.

Alors, comme on dit, c'est la fin du mystère de mes allées et venues.

Je ne vais pas vous faire attendre plus longtemps. Tamisez les lumières, s'il vous plaît.

Et puis, il commença. En un clic de son ordinateur, un hologramme de la nouvelle planète apparut tournant dans un ciel bleu.

– Comme vous le savez, nous vivons sur une planète qui a été détruite par notre ignorance et notre cupidité. Notre soif de technologie a joué un rôle majeur pour la détruire.

Nous sommes les coupables, nous avons détruit l'écosystème, et tout ce qui était nécessaire pour qu'elle puisse respirer. Maintenant, nous payons pour cela, et nous avons été ses auteurs pendant des siècles.

Le pire de tout, c'est que nous n'avons pas la technologie de pointe suffisante pour renverser ce que nous avons fait. Comme nous sommes au-delà du point de non-retour, j'ai décidé de regarder à l'extérieur de notre système solaire pour trouver une réponse et voilà ce que j'ai trouvé.

Vous allez être d'accord avec moi, si nous ne faisons rien, nous ferons partie de l'histoire, car en ce moment, aucun humain ne peut survivre longtemps comme ça. Il est inutile d'essayer, nous avons dépassé les limites de ce que la planète peut supporter. Notre planète peut survivre sans nous – mais nous, nous ne survivrons pas.

Maintenant, nous aurions pu nous rendre vers l'apathie

complète à ce sujet ou encore tenter de trouver un moyen de remédier à cette situation. Vous êtes sur le point de découvrir la raison pour laquelle j'ai été absent pendant les deux dernières années.

L'image de la planète devenant plus grande, Robert commença à la décrire :

– Cette planète ne possède pas encore de nom. Elle fait deux fois la taille de la planète Terre, elle a deux fois plus d'océans et d'atmosphère. Il n'y a pas de population, et nous serions les premiers à marcher dessus.

Vous serez, j'en suis sûr, surpris dans les secondes qui suivent, de voir la variété d'animaux et d'oiseaux qui sont similaires à ceux que la Terre a déjà eus. Je ne sais pas si cette planète est née en même temps que la Terre, mais vous verrez qu'il y a beaucoup de similitudes.

Il y a beaucoup d'eau douce, le sol est cultivable, beaucoup d'espace et l'air est ce qu'il y a de plus pur. La durée des jours et des nuits est à peu près la même que sur la Terre.

En fait – je vous invite à votre nouvelle maison !

Tout a été étudié, ce n'est pas de la fiction. Elle existe...

Je l'ai visitée !

Le silence complet suivit le dernier commentaire de Robert. Personne ne disait un mot, tous les yeux fixés sur l'image de la planète.

Puis, il poursuivit :

J'ai avec moi des invités spéciaux, Mlle Julia Zeni, M. Yentil Yatoman, Mme et M. Pen qui sont de SN2Y, la planète où j'ai vécu pendant les deux dernières années. Grâce à leur expertise et leurs connaissances, j'ai obtenu une meilleure compréhension de ce qu'il faut faire pour empêcher une planète de se détruire, ce que nous pouvons faire et comment nous pouvons immigrer vers cette planète en toute sécurité.

Ce sont eux qui ont découvert cette planète et je vous assure que nous pouvons faire la transition vers cette planète très bientôt. Cela va nous demander beaucoup de courage et de persistance. Nous pouvons avoir quelque chose de mieux. Je n'irai pas dans les détails puisque nous serions ici pour une semaine.

Nous devons contacter tous les médias qui contacteront l'ensemble de la population. Je sais que ce ne sera pas facile, car tout est censuré par l'ISS et je suis sûr qu'ils ne vont pas aimer ça.

Comme vous le savez, je ne m'inquiète pas à ce point de ce qu'ils peuvent penser. Nous avons une solution et elle profitera à toute l'humanité.

Écoutez, dit Robert, ce n'est pas de la fiction. Tout ce dont j'ai besoin maintenant, c'est votre volonté et votre accord que cela se produise. J'ai besoin de l'ensemble des domaines spécialisés, des scientifiques pour créer les plans, étapes par étape pour notre immigration.

Donc, ce que j'attends est que chaque ministre avec ses collaborateurs et les représentants se réunissent et créent exactement les plans selon leur expertise. Ils contribueront ainsi à cette grande évolution.

Il y a des scientifiques qui ont quitté SN2Y pour se rendre sur la nouvelle planète et nous devons aussi envoyer une équipe d'ici pour les rejoindre. Les villes, l'infrastructure nécessaire pour notre civilisation, les maisons doivent être immédiatement en train de se construire.

Un dernier point, c'est qu'à partir de maintenant, il faut grandement publier cette découverte à l'aide es médias pour que le message soit passé dans les vingt-quatre prochaines heures. Il faut qu'on leur dise qu'il y a maintenant une solution à notre problème. Je peux vous assurer d'une chose, l'histoire ne se répétera pas sur cette nouvelle planète.

Tout ce qui ne contribue pas aux plans est annulé. Vous prenez soin des affaires comme d'habitude, mais l'accent est désormais mis sur ce projet.

Cela nécessitera le meilleur du meilleur et je ne vais pas m'attendre à moins que cela. Je vous ai apporté toutes les données sur cette planète et elle est étonnamment très semblable à la Terre, c'est ahurissant. Mlle Zeni et M. Yatoman seront là pour vous assister avec leur expertise, vous comprendrez très rapidement qu'il n'y a rien de trop compliqué pour eux.

Ces scientifiques ont également une grande connaissance de la planète. Tout le travail doit être fait ici, au Parlement, vous contactez les personnes que vous souhaitez voir ici. Tout se fera d'ici.

Nous allons nous réunir dans une semaine et je m'attends à voir les progrès réalisés dans la construction, les systèmes de santé sociaux, financiers, etc. Chacun de vous est responsable de planifier le meilleur système pour la mise en œuvre de cette nouvelle planète.

Qui mettra en œuvre les projets ? Je suis sûr que beaucoup de gens voudront s'y joindre, libre à vous de contacter qui vous voulez sur cette planète et de les amener ici pour réaliser ce projet. C'est la fin des frontières et des pays, comme nous les appelons. Ceci est désormais l'affaire de tout le monde !

Sur ce point, Robert quitta avec Simon et son assistante parlementaire et alla à son bureau en laissant le reste des ministres et députés se réunir avec leurs assistants pour faire leurs plans. Ce fut une période très excitante pour eux bien sûr, mais ça ne semblait pas être tout à fait réel pour chacun, il y avait encore un certain scepticisme dans l'air, mais il se dissipait au fur et à mesure que les plans prenaient forme.

Julia, Yentil et leurs scientifiques décidèrent de rester avec le groupe pour répondre à toutes les questions.

Une avalanche de questions suivirent, et une par une, ils obtinrent les réponses avec des graphiques, des cartes, beaucoup de visualisation de chaque végétation, des arbres, des animaux, des poissons, des sources d'eau douce tout autour de la planète.

Tout fut expliqué et exposé clairement pour tous.

Robert contredit l'ISS

– Simon, nous avons besoin de communiquer avec les médias et programmer un temps pour annoncer les bonnes nouvelles.

Robert remit le discours écrit, à son assistante parlementaire et lui dit de contacter tous les médias et leur dire qu'il y aura d'excellentes nouvelles qui doivent être diffusées le plus tôt possible.

Il fallait contacter tous les médias nationaux et internationaux et les informer que cette présentation par le Premier ministre du Canada était de la plus haute importance et qu'elle devait être diffusée le plus tôt possible.

Tout dans le Parlement devint comme une ruche d'abeilles, tous très occupés, tout le monde se déplaçait, en communiquant avec les gens à l'aide de leur Omnix, la recherche sur le web de scientifiques et d'ingénieurs qui ont prouvé leurs talents par les résultats, etc. Plus ça avançait, plus il y avait de l'enthousiasme puisqu'il y avait enfin une sortie. Ce n'était plus de la fiction.

Comme les nouvelles sortirent rapidement, Robert reçut un appel du président de l'ISS, McPherson, insistant sur le fait qu'il voulait le voir immédiatement en privé. Robert savait ce que lui et ses gars tentaient de faire, et refusa la réunion puisqu'il était très occupé avec un nouveau projet.

– Qu'est-ce qui se passe ? Vous ne respectez pas le protocole de l'ISS puisque tout doit être rapporté, examiné, étudié et être approuvé par l'ISS avant publication. Vous n'avez pas le droit de procéder à notre insu.

Que cachez-vous? Vous avez été hors de ce monde pendant deux ans et maintenant, vous faites ce qui ne vous est pas autorisé. Quel est ce projet ?

Réticent à donner plus d'informations que McPherson lui demandait d'une manière très autoritaire, Robert lui dit qu'il répondrait à une date ultérieure, peut-être dans une semaine s'il le souhaitait toujours, mais qu'à présent, sa priorité était plus importante qu'une réunion avec lui.

– C'est la première fois que quelqu'un défie l'ISS. Vous allez payer cher pour cela, personne n'a jamais osé le faire, et vous avez coupé le financement des projets très importants que d'autres pays ont dû payer à votre place, qu'est-ce que vous avez à dire à ce sujet Robert Benson ?

En se concentrant sur ce qu'il allait dire, Robert versa du Java dans une tasse, prit une gorgée, puis dit...

– Je sais ce que vous faites, M. McPherson...

Silence, à l'autre extrémité de la ligne pendant quelques secondes...

– Ai-je besoin d'aller plus loin dans cette discussion ? Je ne le pense pas. Je suis très occupé en ce moment et c'est la fin de notre conversation.

Ensuite, il raccrocha...

McPherson était dans un état d'incrédulité. Personne ne l'avait jamais confronté comme ça de toute sa vie. Il était plus habitué aux « Oui Monsieur » en tout temps depuis qu'il était au pouvoir.

Maintenant, il y avait un individu qui tentait de couper et empêcher son plan sur lequel il avait travaillé plus de la moitié de sa vie. Il n'était pas question que cela se produise. Il contacta ses dix élites pour une réunion d'urgence afin de régler cette situation.

Pendant ce temps, Julia et Yentil s'occupèrent à donner toutes les informations additionnelles et à engager tout le monde.

Ensuite, Robert reçut un appel des principaux médias. Le Réseau d'e-Nouvelles, accepta de lui réserver le temps d'antenne comme il le désirait. Tout devait se produire en moins de vingt-quatre heures.

Les médias seraient au Parlement, à son bureau, prêts au tournage en direct. Robert demanda de rassembler le plus de traducteurs possible afin que le message puisse être entendu dans tous les pays de la planète simultanément. Plus de sécurité serait mise en place et il était prêt pour le discours de sa vie…

Interruption ?

La nouvelle sortit rapidement que quelque chose de très excitant était sur le point de se passer en moins de deux heures,

McPherson n'allait pas accepter ce qui était sur le point de se faire. Son intention était le sabotage complet de la diffusion. Il faut à tout prix empêcher Benson de le faire !

Personne ne peut défier l'ISS ! Les dix élites étaient avec lui, à la recherche d'une solution de leur grand problème... alors que Simon était occupé à donner des directives au personnel du Réseau d'e-Nouvelles et des médias qui affluaient dans le bureau de Robert.

Puis, tout fut prêt.

Robert entra dans son bureau qui n'était plus l'endroit calme qu'il connaissait. Il fut submergé d'éclairs d'appareils photo et tous les murs sont devenus de grands écrans ETVs : un studio de nouvelles.

Dès que le compte à rebours commença, un bruit d'électricité statique se fit entendre et devint de plus en plus fort. Et tout le matériel pour la diffusion de ce moment historique ne fonctionnait plus.

Quelque chose de mauvais se passait et Robert appela Simon dans la salle adjacente.

– Cela ne peut provenir que de l'ISS, qui tenterait d'entraver le message pour ne pas qu'il sorte. Simon, appelez ce gars-là, je le connais très bien. Il est mon pote depuis l'université. Il est ingénieur informatique. Il est spécialisé dans ce domaine et il va nous aider à les arrêter.

Sans hésiter, Simon appela Alan qui était rivé à son ETV attendant le message tant attendu. Puis, tout disparut, plus rien n'était à l'antenne.

Puis... l'appel de Simon :

– Je vous appelle au nom de Robert Benson. Nous avons besoin de votre aide pour arrêter l'interférence statique que nous avons sur les ondes. Ce ne sont pas les débris de l'espace qui créent cela, c'est autre chose...

Très surpris au premier abord, Alan jeta un coup d'œil aux prévisions des débris de l'espace et il n'y avait effectivement pas d'avertissements pour les quarante-huit prochaines heures. Il saisit immédiatement les coordonnées dans son ordinateur pour localiser la source du problème et la trouva.

– Est-ce que vous pouvez localiser la source ?

– Juste là ! La source de la perturbation, c'est le siège de l'ISS. Y a-t-il un danger pour moi de faire ce que je vais faire ?

– Aucun ! répondit Simon.

Alan lui dit qu'en peu de temps, il ne pouvait pirater dans leur système. Donnez-moi quelques minutes et tout sera en bon état.

Simon retourna à Robert pour lui donner les bonnes nouvelles qu'Alan s'occupait du blocage de l'ISS. L'équipage média essayait toujours de corriger la distorsion, mais en vain. Cela semblait être très compliqué et rien ne pouvait détecter la source de la perturbation statique.

Ils continuèrent à essayer et donnèrent beaucoup d'excuses à Robert pour le retard. Ils ne pouvaient pas comprendre ce qui se passait.

Battant et soufflant de l'air dans ses mains, bougeant ses doigts, comme s'il allait donner le concert de piano de sa vie, Alan détecta et décoda les lignes d'ondes statiques émises que l'ISS avait programmées pour chaque système médiatique dans le bureau de Robert.

Il lui fallut quelques minutes qui semblaient être des heures... mais enfin, le bureau de Robert fut de retour à l'écran. Robert alla s'asseoir pour faire son discours.

Confiant dans son geste, il invita les médias à commencer à tourner, qu'il était prêt.

Simon, appela Alan pour le remercier de son aide et l'avertit qu'il pourrait y avoir d'autres tentatives durant le discours de Robert et de surveiller l'ISS de près.

– Pas de problème monsieur, je vais garder un oeil là-dessus. Il est facile de détecter, maintenant que je suis connecté à leur réseau.

Tout le monde put reprendre son attention sur la diffusion. Le son et l'affichage furent testés, tout était revenu à la normale.

Robert savait qu'à partir de ce moment-là, la planète Terre ne serait plus jamais la même. Il n'y aurait plus de frontières séparant les races et les langues. Il était sur le point de transformer le mode de vie et il savait que c'était pour le plus grand bien pour le plus grand nombre de personnes.

C'est certain qu'il s'attendait à quelques répercussions négatives sur ce qu'il allait annoncer, mais il ne s'en souciait pas beaucoup, il savait que c'était la bonne chose à faire.

Il se dit en lui-même :

Qui d'autre a une meilleure idée ? Qui d'autre a eu le courage de se porter volontaire pour quitter sa planète pour savoir s'il y avait quelque chose de possible pour la survie de la race humaine ?

Personne, il était le seul à l'avoir fait.

– Quand vous êtes prêt, monsieur le Premier ministre, nous sommes prêts à rouler…

Prêt à divulguer aux médias

Témoins de la scène à distance, Julia, Yentil et leurs scientifiques n'étaient pas intervenus jusqu'à ce que Robert ait une conversation avec le chef élite de l'ISS.

– Robert, au moment de l'arrivée sur Terre, je vous ai dit que je n'interviendrais pas à moins que j'en sente la nécessité pour parvenir à la réalisation de la migration. Je tiens à vous dire qu'en ce moment, vous êtes dans la même situation qu'était mon père. Serez-vous capable d'affronter la scène ?

– Je ne vais pas faire marche arrière. Nous sommes trop près d'avoir une nouvelle planète où l'on peut enfin vivre libre. Je ferai ce qui est nécessaire pour faire passer mon message indépendamment de tous ceux qui veulent m'empêcher de le faire. Je ne vais pas abandonner, je vous le promets.

Avant la diffusion, Robert et Julia entrèrent dans une pièce adjacente à la salle des médias. Robert décida de ne pas utiliser le discours qu'il avait préparé plus tôt, mais d'y aller avec ce qu'il avait à l'esprit.

– Certains aimeront et d'autres non – mais je ne vais pas faire de compromis.

Yentil et les deux scientifiques furent bombardés de questions et se retirèrent dans une pièce séparée afin de ne pas divulguer ce qui allait être annoncé. C'est Robert qui dirigeait le spectacle.

Après quelques minutes, Robert revint dans son bureau et dit à tous qu'il était prêt.

L'information à la nation

La population de la planète était figée sur leur ETV. Ils attendaient en silence pour entendre ce que Robert Benson du Canada avait à dire.

– Bonjour. Mon nom est Robert Benson, premier ministre du Canada. J'ai occupé ce poste pendant quelques années. Je vais aller droit au but avec vous. Cette information est d'une importance capitale pour chaque homme, femme et enfant sur cette planète sans exception.

L'état de la planète, comme la plupart d'entre vous le savent très bien, se dirige rapidement vers la fin. Nous avons perdu le règne animal, la végétation, les oiseaux et la vie marine. L'eau potable est à son plus faible ratio par habitant. Nous faisons tous partie de cette situation et malgré un certain nombre de percées scientifiques, rien de majeur ne s'est passé en raison de la cupidité et de la corruption à des niveaux élevés. Cela a créé, pour la majorité, un sentiment amer puisque malgré tous leurs efforts, il n'y a plus rien à faire pour changer la situation.

Nous avons dépassé le point de non-retour et nous devons faire quelque chose immédiatement. La planète, je suis sûr, peut et va prendre soin d'elle-même et en fait se renouveler au cours des prochains milliers d'années. La Terre est à bout de souffle ! Vous savez tous profondément ce que je veux dire ici.

Notre planète a été battue par notre ignorance et la cupidité. Notre soif de la technologie a également joué un rôle majeur dans sa destruction. Nous sommes les coupables, nous avons détruit l'écosystème, et tout ce qui est nécessaire pour pouvoir respirer. Nous payons pour cela en ce moment puisque nous sommes nos propres étouffeurs.

Le pire de tout, c'est que nous n'avons pas la technologie de pointe suffisante pour inverser ces actions. J'ai décidé de chercher en dehors de notre système solaire pour trouver une réponse, et je tiens à vous dire : je l'ai trouvée. Il y a une solution ! Oui mes amis, vous avez bien entendu :

IL Y A UNE SOLUTION !

Vous êtes sur le point de découvrir la raison pour laquelle j'ai été absent pendant les deux dernières années.

Avec les images de la nouvelle planète sur le grand écran, Robert a commencé à la décrire telle qu'elle était.

C'est notre nouvelle maison. Elle n'a pas encore de nom. Elle a deux fois la taille de la planète Terre, il y a deux fois plus de terres, d'océans et d'atmosphère, et puisqu'il n'y a pas de civilisation là-bas, nous serions les premiers à marcher dessus.

À votre étonnement, j'en suis sûr, vous verrez dans les secondes qui suivent, les variétés d'animaux et d'oiseaux qui sont très semblables à celles que nous avions sur Terre. Je ne sais pas si cette planète est née en même temps que la Terre, mais vous verrez qu'il y a beaucoup de similitudes.

Il y a beaucoup d'eau douce, le sol est très riche en végétation de toutes sortes, beaucoup d'espace et l'air est ce qu'il y a de plus pur. Les jours et les nuits sont les mêmes que la Terre - approximativement vingt-quatre heures. Nous sommes très chanceux pour cela.

Elle dispose également de deux pôles composés de glaciers et elle possède le même type de conditions météorologiques qu'avait la Terre. Cette planète a deux lunes.

Tout a été vérifié, ce n'est pas de la fiction. Elle existe... J'ai marché dessus ! Ce flacon que je tiens dans mes mains est un échantillon de la terre que j'y ai pris.

La raison de cet exposé est que j'invite tous les chefs de chaque pays à se joindre à moi pour atteindre cet objectif : un nouveau foyer pour l'humanité – un nouveau départ pour nous tous. Il s'agit d'une nouvelle maison pour tout le monde.

Mais il y a une condition – et que vous êtes mieux d'y réfléchir avant d'y venir. Une chose est certaine : l'histoire ne se répétera pas sur cette nouvelle planète.

Pour cette raison, vous devez regarder cette planète comme étant sans frontières. Il n'y aura pas de classes de citoyens, les femmes sont égales aux hommes. Les croyances religieuses qui ont créé des guerres ne font pas partie des bagages. Certains d'entre vous peuvent se sentir offensés sur ce que je viens de dire – ma réponse est que je m'intéresse à prendre uniquement les choses qui seront utiles à tout le monde, en laissant derrière ceux préjudiciables à notre progrès.

Une dernière chose, tout le monde doit apprendre un langage commun, de cette façon, il sera plus facile de se comprendre. Il n'y aura pas de place pour les incompréhensions qui ont créé les guerres, les batailles et les multiples stupidités dont vous avez été témoins plus d'une fois.

Nous aurons une langue officielle d'entreprise, qui couvrira l'éthique, les lois, les appareils de mesure habituelle telles que la température, poids, distance, échelle décimale, toutes les connaissances de base sont incluses.

Cette langue est appelée espéranto. Espéranto est une langue qui a été introduite il y a plus de 2,000 ans par le docteur LL Zamenhof après des années de développement.

Robert proposa l'espéranto comme langue seconde qui permettrait aux gens qui parlent différentes langues maternelles de communiquer, mais en même temps de conserver leurs propres langues et identités culturelles. Espéranto pourrait servir de second langage commun.

– L'espéranto ne remplacera pas la langue de quelqu'un, mais servira de langue officielle du gouvernement, du commerce, de la finance et du droit. Il peut être appris rapidement. Il est politiquement impartial, contribuant ainsi à la préservation des langues et cultures.

Je crois que cette langue est la réponse pour la justice sociale et la paix pour tous. Il pourrait vous surprendre que cette langue n'est pas nouvelle dans notre monde, mais l'ISS et ses ancêtres ont tout fait pour supprimer son utilisation.

Il aurait été plus facile pour toutes les civilisations de communiquer et de mieux se comprendre mutuellement. Il est maintenant temps de la connaître et en faire la langue officielle. Il est obligatoire pour tous de l'apprendre, puisque cela s'appliquera à tous les domaines de la vie.

Maintenant, vous allez vous demander pourquoi je suis en charge ? Eh bien, personne d'autre que moi n'a passé deux ans à chercher et à trouver la réponse alors que le reste du monde a juste continué comme d'habitude.

Je suis le seul responsable de cette migration et je ne ferai aucun compromis sur ce point. Nous avons l'occasion de recommencer à zéro avec de nouveaux principes et de nouvelles lois. Si ce n'est pas ce que vous cherchez, ne vous souciez pas de vous présenter puisque la porte vous sera fermée.

Ne pensez pas uniquement à vous-même comme étant à la tête de votre pays, mais pensez à ceux que vous représentez. Ils ont aussi le droit de respirer un air pur et de boire de l'eau propre, manger des aliments sains, faire des études et faire des vies productives honnêtes pour eux-mêmes et leurs familles.

Ceci n'est pas de la science-fiction mes amis, c'est la réalité. Pour nous rendre sur cette nouvelle planète, j'ai besoin de scientifiques de tous les domaines, pour créer de l'énergie renouvelable et non polluante, construire des logements, des transports et toutes les infrastructures.

Tous les esprits scientifiques et techniques qui peuvent nous donner un coup de main pour créer un endroit où tout le monde vivra en toute sécurité. À l'arrivée, nous aurons besoin de gens qui seront responsables de l'attribution des maisons, de la nourriture, des vêtements, etc. Nous avons également besoin d'amener des gens vraiment instruits sur les droits universels.

Permettez-moi de vous dire qu'i y a beaucoup de choses à couvrir pour y arriver, mais je suis convaincu que si vous désirez y arriver autant que moi, nous pouvons y arriver en très peu de temps.

Je veux de nouveau souligner ce point : aucune offre spéciale ou faveur particulière. Après tout, je crois que tout le monde est digne de l'égalité des droits ct que les parents pourront voir leurs enfants grandir au-delà de l'âge de cinq ans.

La date limite pour vous tous, tous les dirigeants des pays, est dans quelques jours.

Vous pouvez communiquer avec mon bureau via l'inter-ETV qui vous fournira les informations nécessaires pour savoir où nous allons nous rencontrer.

Je tiens également à vous présenter l'équipe qui a énormément aidé à faire que ce rêve devienne une réalité – Mlle Zeni de l'Institut de SN2Y et M. Yatoman qui m'ont ouvert leurs portes il y a deux ans.

Avec leur aide, j'ai trouvé les réponses que nous avons tous recherchées. Ils sont avec nous pour aider et fournir toutes les informations scientifiques de notre nouvelle planète. Ils seront avec nous jusqu'à ce que nous partions vers notre nouvelle maison. Je vais vous épargner les données scientifiques, car il y a beaucoup de choses à couvrir.

Ils ont de nombreux records positifs sur l'assistance intergalactique de toutes sortes, avec plusieurs civilisations qui nous sont encore inconnues. Sans eux, je ne serais pas ici à vous parler d'une nouvelle planète. Ils sont les bienvenus. Ici et ensemble, nous allons commencer à travailler.

Je ne répondrai pas aux questions des journalistes pour le moment. Je suis sûr que vous comprendrez, j'ai beaucoup à faire en peu de jours.

Je vous remercie et s'il vous plaît, prenez l'information qui a été donnée aux médias pour une publication et diffusion immédiate.

J'ai également inclus toutes les photos, la cartographie, les données sur la nouvelle planète sur mon site.

Une dernière chose : l'ISS ne fait pas partie de notre rencontre et de notre évolution. Je le répète, elle n'en fait pas partie. Après une investigation complète de leurs actions depuis les dernières décennies, j'ai trouvé qu'ils n'ont rien produit d'avantageux pour la population générale.

En fait, c'est exactement le contraire qui s'est produit à la suite de leurs actions. Les milliards / trillions de dollars versés par vos gouvernements ont principalement été consacrés à l'ajout de plumes de nid et d'accroître leur emprise sur les gouvernements de la planète. Ils ne sont certainement pas une entité dont nous avons besoin.

En ce qui me concerne, l'ISS N'EXISTE PLUS ET N'A AUCUNE AUTORITÉ DANS QUOI QUE CE SOIT.

Je vais vous informer régulièrement sur les progrès réalisés. Il y aura en tout temps une transparence totale de toutes les actions entreprises.

Robert quitta ensuite la salle. Les médias étaient complètement sidérés puisqu'ils ne pouvaient pas obtenir de réponses aux nombreuses questions qu'ils posaient habituellement lors d'un briefing. Certes, il y en avait qui critiquaient les règles imposées aux dirigeants de chaque pays, mais la majorité semblait accepter que Robert prenne les décisions.

L'ISS tenta en vain d'appeler Robert et son équipe du parlement pour une réunion à leur quartier général qui se trouvait à Paris.

Dans sa phase finale l'ISS imposait à tous les citoyens de cette partie de la planète l'allégeance et l'esclavage. Ce fut bien sûr complètement couvert.

Ces citoyens, sous de fausses promesses, avaient tout abandonné, y compris l'indépendance de leur pouvoir. « Vous ne pouvez pas donner votre avis, vous ne pouvez rien dire contre l'ISS et vous êtes grandement récompensés lorsque vous dénoncez toute personne qui tente de défier l'ordre, même s'il s'agit d'un membre de votre famille. »

Ils étaient également utilisés pour espionner d'autres pays. Ils seraient bien sûr, les premiers « choisis » par l'ISS pour quitter la planète comme récompense pour leur engagement à la cause. L'ISS n'a jamais eu l'intention de dévoiler sa véritable intention... Ce que l'ISS visait était l'accord avec les Bachers.

Aucune démocratie n'existerait, le seul but de cet état était de fournir à l'ISS ce dont il a besoin pour prospérer sur la lune. Le reste de la population était abandonné aux Bachers pour leurs besoins.

Organisation et tâches

Comme les nouvelles sortirent rapidement dans les médias et tous les autres réseaux de communication, la population commença à reconnaître que l'ISS lui avait menti au sujet de Robert Benson. Cela créa une très mauvaise atmosphère dans les hauts rangs de l'ISS.

Robert dut faire face aux représailles de l'annonce que l'ISS n'était plus en position de pouvoir sur la planète. Robert avait décidé que la réunion à Ottawa serait suivie d'une visite-surprise à l'emplacement secret de l'ISS dans les Rocheuses. Inconnu de tous, on pourra y voir l'ISS et ses alliés les plus fidèles qui sont maintenant en danger de perdre tous leurs avantages sociaux illégalement gagnés.

Il était satisfait de l'impact de son discours et savait qu'il avait des amis fidèles qui lui donneraient le soutien dont il avait besoin. Il n'était pas tout à fait sûr des actions que l'ISS entreprendrait, mais il savait qu'il tenterait à nouveau de détruire sa crédibilité.

– Simon, nous allons viser le cœur de ces monstres et ils vont avoir la surprise de leur vie. Personne ne doit connaître l'endroit où nous allons, c'est pour ça que le premier jour de la réunion aura lieu ici, à Ottawa. Ensuite, nous allons quitter Otttawa pour les Rocheuses.

Robert demanda ensuite à Yentil :

– Vous vous rappelez certainement du jour où vous m'aviez fait le briefing sur SN2Y, oui ? Il est maintenant temps de me dire comment vous êtes parvenus dans les locaux sous les Rocheuses sans être détecté. Comment avez-vous réussi à entrer dans les locaux sous les montagnes Rocheuses ?

Yentil lui sourit et lui dit :

– D'abord, je neutralise leur pouvoir de détection. Ces petites bestioles électroniques qu'ils ont réparties un peu partout dans leur paradis sous-terrain répondent seulement à ce qui est composé de matière et d'espace.

Yentil lui montra le très petit appareil appelé slentemist. Cela signifie que chaque partie de votre corps moléculaire est condensée dans une « inexistence physique », si je peux m'exprimer ainsi. Pas de mouvement de molécules égale aucune détection. Vous êtes encore en vie, bien sûr, mais vous n'avez aucune densité de la matière et de l'espace, juste de l'énergie pure qui est, soi dit en passant, en ajoutant un grand sourire, le vrai vous.

L'énergie se propage à travers n'importe quoi et c'est pourquoi ils ne peuvent pas vous détecter. Yentil était à son meilleur pour expliquer son dispositif, vraiment heureux de donner à Robert le secret de son entrée sous les Rocheuses.

– Quel est le nombre dont vous aurez besoin ?

– Je n'ai pas le nombre exact de personnes encore. Avons-nous le matériel ici pour les créer ou devez-vous vous rendre sur SN2Y ? Dès que j'ai le total des personnes, je vous le dirai…

– Je vais devoir retourner à SN2Y, mais ça ne devrait pas être trop long pour les faire. J'ai une bonne équipe là-bas qui sera plus qu'heureuse de fournir leur talent pour la cause. Je vais utiliser le *télex porter*. Je suis très excité de voir ma technologie utilisée et servir au but. Ce sera en effet, très intéressant.

Il se rendit ensuite dans une salle adjacente où personne ne pouvait le voir disparaître.

Vérifications pour les bogues et les intrus sur les lieux était de la plus haute importance pour la prochaine réunion avec son équipe et tous les dirigeants des pays.

Pendant que les gardes de sécurité faisaient leur inspection de routine, l'équipe réunie dans le bureau de Robert se remit au travail.

Robert attribua à tous les ministres et leurs députés une responsabilité spécifique, une équipe prendrait soin des ingénieurs et scientifiques pour construire des maisons, des bâtiments, obtenir toutes les informations qui étaient offertes sur cette nouvelle planète.

D'autres allaient s'occuper de tout ce qui serait nécessaire pour le déménagement, la nourriture, les vêtements pour le voyage, les endroits assignés pour chaque pays, l'enregistrement de chaque personne, pour s'assurer de n'oublier personne.

La construction des vaisseaux qui seraient en mesure de protéger leur vie durant leurs passages dans le trou noir et les "worm holes", de créer l'énergie nécessaire que les scientifiques de SN2Y ont utilisée afin de se rendre en quelques jours sur la nouvelle planète au lieu d'années-lumière, etc.

Simon est devenu le responsable de toute la logistique.

Robert avait autre chose à l'esprit : – L'exposition de l'ISS, surtout qu'il savait qu'ils allaient tout tenter pour écraser tous ceux qui allaient de l'avant avec le grand plan.

Il savait que l'ISS avait toujours été très vicieux, en utilisant la corruption, le chantage et même le contrôle de l'esprit consistant en drogues et hypnose, pour propager leur ordre du jour et détruire ceux qui s'y opposaient. L'ISS ne savait pas que la situation dans son ensemble allait faire demi-tour et les mordre.

Il n'y avait pas de temps à perdre, car tous étaient bien conscients de l'ampleur de la répression que tous les peuples de la Terre auraient à endurer si ça ne pouvait pas arriver.

Merci pour le haut niveau de sécurité à la maison de Robert, l'ISS était encore dans l'obscurité sur l'ensemble du plan. Simon avait obtenu toutes les informations sur l'emplacement sous les Rocheuses, mais les enquêteurs ne purent retrouver les niveaux tous-terrains des Rocheuses. Ce n'est que grâce à Yentil qu'ils savaient maintenant qu'ils existaient. Autrement, cela n'aurait jamais été connu.

Robert voulut voir les enquêteurs qui avaient travaillé pour Simon.

– Faites venir ces hommes aussi rapidement que possible, car ils seront assignés à une tâche très importante : une collecte de renseignements pour moi.

Le quoi, quand, où et qui en est la règle.

– Je veux aller au fond des choses, je veux savoir quels sont les ordres de McPherson donnés aux dix hommes et femmes.

Il y avait aussi un grand enjeu pour Simon, car il devait s'assurer du succès des tests de sécurité effectués sur chaque dirigeant des pays qui viendrait. Il fallait détecter si oui ou non ils venaient sous d'autres prétextes que celui pour lequel ils avaient été appelés.

Robert savait qu'il était l'homme de la situation. Simon, avec ses gardes de sécurité, avaient réussi à faire que sa maison soit très sécuritaire. Il était impossible d'avoir des visiteurs indésirables qui feraient semblant d'être de leur côté, mais qui feraient la collecte d'informations pour en informer l'ISS.

Plus tard, sa tâche au Parlement exigerait une extrême vigilance pour s'assurer de la détection précoce des mauvais comportements parmi les invités et que cela soit traité en conséquence.

L'ISS vs les Bachers

Durant ce temps, au siège social de l'ISS à Paris...

– Comment cela se fait-il qu'ils partent sur une autre planète très loin d'ici ?

– Nous n'avons jamais eu la technologie pour aller plus loin que Mars ! Et le projet d'habitation de Mars est resté sur les tablettes depuis plusieurs décennies. Comment est-ce possible ?

McPherson regarda ses élites hommes et femmes :

– Vous avez échoué, vous comparses stupides !

Est-ce que Benson connaît notre plan ? Et en passant, qui sont ces scientifiques SN2Y ? Je veux une réponse et je la veux maintenant ! On vous a donné la chance de votre vie.

Qu'avez-vous fait ? La promesse de silence a été brisée et vous êtes ceux sur qui je comptais pour me donner le temps nécessaire avant notre départ. Je suis en train de suspecter que l'un d'entre vous a dévoilé le secret !

Vous êtes mieux de faire quelque chose et je vous dis que si vous échouez, en les pointant du doigt – les 5 hommes et les 5 femmes, tous figés dans la terreur pour la première fois de leur existence –, vous serez condamné pour le reste de votre vie, m'avez-vous bien compris ?

La colère prit la scène, il ne pouvait plus se contrôler.

Notre projet est complètement compromis par Robert Benson !

Tout un débat verbal s'ensuivit.

– Est-ce que les Bachers le savent ? Est-ce que la traduction du discours de Benson leur a été offerte ? S'ils découvrent tout, ils se retireront de la protection des Rocheuses. Dieu merci, aucune transmission de l'information ne s'y est rendue ! Cela aurait été un désastre total et nous aurions perdu notre emprise sur ces personnes.

Nous devons travailler fort pour livrer la marchandise telle que promise. Nous ne pouvons pas réajuster la montre. Comme vous le savez, nous disposons de la technologie appropriée pour vivre sur la Lune.

Nous sommes voués à la catastrophe si c'est découvert, nous sommes morts. Nous avons la capacité de prendre n'importe qui sur cette planète et de les programmer avec nos méthodes pour les rendre complètement dociles.

J'espère que c'est assez clair...

Durant cette conversation tumultueuse entre l'élite, un des hauts gradés des Bachers entra dans les locaux, sans qu'ils s'en aperçoivent. Il entendit toute la conversation qui se déroulait et en devint très irrité.

– Hypocrites, vous êtes aussi stupides que le reste de votre race. Vous avez perdu la notion de l'engagement, du secret et vous portez atteinte à la sécurité, vous vous dirigez vers l'échec complet !

– Nous savons maintenant ce que Benson a l'intention de faire... Nous n'avons pas besoin de traduction... Je vous dis que l'affaire est suspendue jusqu'à ce que vous en repreniez le contrôle.

Vous n'obtiendrez pas la technologie pour survivre sur la Lune à moins que les événements convenus restent les mêmes. Sinon, ça ne se produira pas à la date indiquée sur votre calendrier.

Le Bacher prit McPherson à la gorge avec son poing musclé et le regarda avec un regard brulant :

– Qu'en dites-vous McPherson ? Voulez-vous vous joindre aux autres ?

Suspendu par le bras de Bachers, McPherson plaidait l'innocence, le pria de le lâcher. Les hommes et les femmes témoins de cet événement étaient impuissants et restaient là, incapables d'aider McPherson.

Le Bacher le laissa tomber comme un sac de sable,

fumant à l'idée que l'espoir pour sa civilisation avait été compromis par McPherson.

Le Bacher se dirigea vers la sortie de la salle en fixant McPherson :

– Vous êtes mieux de me donner une solution ou vous allez vous retrouver avec votre Élite... vous savez, l'eau peut facilement être contaminée.

– Nous allons attaquer Benson et saboter le départ de la Terre avec toutes nos ressources. S'il vous plaît, donnez-nous un peu de temps pour notre plan d'attaque. Vous ne serez pas déçus. Je vous le promets...

Le Bacher se retourna, fixa McPherson pour un moment, puis sortit.

.... La guerre fut déclarée contre Robert Benson par l'ISS et les Bachers.

Un nouvel âge pour l'humanité

Les Bachers ne savaient pas que l'ISS avait décidé de les laisser avec le reste de la population dans le désarroi. La réunion prit une autre tournure.

Quand l'accord avait été convenu au tout début entre les Bachers et l'ISS, un million d'êtres humains devaient immigrer sur la planète des Bachers pour devenir de la main-d'œuvre afin de préparer la migration de la population Bacher sur Terre.

Les Bachers forcèrent l'ISS à faire un nouveau pacte en échange de tout le travail qu'ils avaient fait pour un meilleur endroit où vivre et prospérer, pour une vie plus longue qu'on aurait jamais pu espérer.

Un petit nombre d'êtres humains suivrait l'ISS tandis que le reste serait utilisé comme main-d'œuvre pour divers projets que les Bachers appelaient évolutifs. Cela signifiait aussi que la totalité de l'or moderne contenue dans les Rocheuses ne pouvait être totalement transportée.

L'eau était l'outil de chantage pour les Bachers. Rien ne pouvait être déplacé avant que Benson et ses amis de SN2Y ne soient arrêtés. Les robots resteraient sur place bien sûr pour la protection de l'eau.

Tout était désormais compromis à cause de Robert Benson et ses amis de SN2Y.

Une chose qu'ils ne savaient pas, c'est que Yentil est revenu de SN2Y avec beaucoup de slentemists. Julia avait même invité Yentil à visiter le siège social de l'ISS à Paris où le débat entre McPherson et le Bacher eut lieu.

Ils ne pouvaient pas être perçus, car ils étaient dans une autre dimension, ce qui fut d'une grande aide. Robert et son équipe n'auraient pas la tâche facile. Lorsqu'ils l'informèrent, Robert se sentit un peu dépassé par la situation, se préparant pour la réunion avec les dirigeants. Mais il savait qu'il devait en être au courant et les remercia pour l'information. Cela lui donna une raison de plus de se défaire de l'ISS et cette déclaration le motiva davantage pour la rencontre qui devait se faire.

– Yentil, dit Julia, c'est, à coup sûr, le test ultime de toutes mes connaissances et compétences.

Yentil ne pouvait pas être plus d'accord et fut très heureux d'utiliser sa connaissance pour toucher la cible – McPherson et ce qui se trouvait sous les Rocheuses. C'est maintenant devenu une guerre entre la connaissance et l'ignorance, le bien et le mal. C'était le sauvetage ultime pour prendre ce qui restait d'une civilisation et éviter la sentence vers laquelle elle se dirigeait.

Après le briefing, Robert quitta le bureau pour rejoindre Simon et son équipe pour l'accueil des dirigeants de chaque pays. Chacun d'eux devait passer un test de sécurité complet pour détecter toute connexion avec l'ISS. Les scientifiques de SN2Y avaient apporté avec eux des lecteurs qui instantanément détectaient si ce que ces dirigeants disaient était vrai ou faux. Ils eurent à répondre aux mêmes questions que Robert avait répondu avant son départ pour l'expédition de la nouvelle planète.

Les tests de sécurité se passèrent bien et aucun d'eux n'avait une intention cachée. Ils étaient tous prêts à se mettre au travail et à coopérer pleinement pour quitter la planète avec tout leur monde. Ils en avaient complètement marre de la situation actuelle et ils le prouvèrent par leurs réponses.

Une chose intéressante fut qu'aucun de ces dirigeants n'était venu avec l'idée de demander une plus grande part du gâteau, ce qui était surprenant, car cela faisait partie du comportement de l'homme depuis très longtemps. Tout le monde était d'accord que c'était la voie à suivre.

Julia était reconnaissante qu'aucun d'eux ne se comporte comme ceux que son père avait dû confronter quand il avait commencé toute l'évolution de régler les problèmes de la société de son temps. L'histoire leur avait donné une véritable leçon et après le discours de Robert, ils n'étaient pas dans un état d'esprit pour mettre en péril leur avenir.

Aucun d'entre eux n'imposa une condition pour leur participation. Pas de chantage, en fait, ils étaient tous sincères. Il n'y avait pas d'imposition de religion prônant sur une autre, de classes de société ni de racisme. Robert était honnêtement touché par chacun d'eux.

Je suis maintenant témoin d'une nouvelle ère pour l'humanité.

Il s'était imaginé que ce serait une course difficile à atteindre. Maintenant, tout ce qu'il fallait faire était de garder le but en tête en obtenant l'aide de Julia et de Yentil pour répondre aux Bachers et à l'ISS.

Il se sentait de plus en plus motivé avec les jours qui passaient et voyant toutes les choses prendre forme.

Tous les scientifiques qui travaillaient pour l'ISS furent contactés. Ils rejoignirent les membres de leur famille, et un par un, ils sortirent de leur isolement qui durait depuis plusieurs années.

La création de tous les plans numériques des vaisseaux spatiaux avec l'aide des scientifiques SN2Y se concrétisa d'une façon très organisée. Dès qu'ils furent approuvés, tout fut mis en mouvement pour les construire.

Bien sûr, c'était un travail difficile, mais il y avait tellement de gens tels que les ingénieurs, les constructeurs, les architectes tous hautement qualifiés, que le temps pour la construction fut moindre que celui prévu.

Les scientifiques SN2Y partagèrent leurs connaissances avec les scientifiques humains. Ils s'échangèrent des moyens plus simples de construire et permettre l'efficacité à son maximum, etc. Personne ne pouvait imaginer la construction de ces vaisseaux en moins de temps que prévu, chacun travaillait fort et faisait le mieux qu'il pouvait pour construire les vaisseaux avec la technologie qu'ils avaient à leur disposition.

Ce qui aurait pris des années pour toutes les équations sur la carte de direction stellaire ainsi que l'architecture de ces vaisseaux se fit en quelques heures.

Des millions de personnes devaient être transportées à l'aide des vaisseaux spatiaux en toute sécurité entre la Terre et la Terre 2 et même si ce n'était pas une mince tâche, ils pouvaient garantir que cela se passerait très bien.

Robert reçut la confirmation que l'équipe de la Terre était arrivée sur SN2Y et quittait sous peu cette planète pour se rendre à la Terre 2. Toute l'infrastructure serait mise en place, les cultures, les aliments de base nécessaires pour se nourrir, etc.

Personne n'avait jamais fait cela auparavant : tout commencer à zéro. Ça n'avait jamais été fait auparavant. Tout le monde était concentré vers le même but. Comme il n'y avait pas de distraction autorisée, c'était la meilleure arme contre l'ISS et les Bachers.

Un noyau ?

À mesure que les jours passaient, les représentants de tous les pays semblaient de plus en plus positifs pour l'aventure à venir. Ce n'était pas facile de penser de cette nouvelle façon, puisque pendant des décennies, ils avaient tous été dans l'apathie. Ils étaient alors convaincus que rien de mieux ne pouvait exister. Mais progressivement, la confiance de leur peuple en sortait gagnante.

Personne n'était contre ce changement. Nul allait refuser cette occasion de recommencer à zéro avec de nouveaux principes – une nouvelle façon de vivre. Le site de Robert reçut plus de visites en une seule journée que tous les autres sites Web populaires dans le monde. Tout le monde fut informé, comme promis avec des mises à jour des dernières nouvelles et sur comment se déroulait toute l'évolution, point par point.

De plus en plus, les gens réalisaient que les résultats de toutes les guerres, les religions mélangées à la politique, la cruauté des massacres sans fin n'avaient jamais donné une réponse positive à la survie. Tous, sans exception, décidèrent de changer le cours de leur destinée.

Comme Robert Benson l'avait exposé lors de son discours, les implications de ces changements étaient des plus positifs, personne ne voulait manquer ni risquer cette chance. C'était trop précieux.

Les scientifiques de SN2Y enseignèrent aux scientifiques Terriens comment un noyau atomique pouvait fournir de l'énergie à tout un continent. Et que la puissance de ce noyau étaient contenue dans une boîte semblable à une boîte de souliers.

Toute la puissance de ce noyau était transmise par les rayons du soleil. Tout le monde serait capable de les capturer pour générer la puissance nécessaire. Non seulement il donnerait de l'énergie pour les maisons, mais à chaque vaisseau spatial et automobile. Toutes les ressources technologiques utilisées sur la Terre n'étaient plus nécessaires. C'est ce qui fut mis en œuvre sur SN2Y et prouva au fil des ans que c'était la meilleure efficacité énergétique jamais inventée.

Les scientifiques de la Terre avaient également une grande invention qui avait été réprimée depuis des siècles par l'ISS. C'était un « ciment » spécial qui avait des composants absorbants pour tout type de pollution. C'était un vrai plaisir d'échanger les technologies.

La jardinière de SN2Y, Mlle Chapters, préparait une grande quantité de grains qui fourniraient toute la végétation comestible nécessaire pour la nouvelle planète. Robert fut mis au courant que c'était le meilleur moyen à prendre pour éviter toute possibilité de contamination de la végétation sur la nouvelle planète.

Après plusieurs mois de travail acharné, tout avançait comme prévu, tout progressait bien.

Ce fut très surprenant pour les Bachers. Ils avaient toujours remarqué que les humains avaient plus de tendances à détruire et à la violence qu'à faire le contraire.

Comme ils savaient que c'était la clé de leur succès, les Bachers, utilisant McPherson et l'élite ISS ont commencé à tracer le plan qui mettrait en danger l'ensemble de l'opération. Leur intention était de créer le chaos par la propagation de rumeurs que la planète nouvellement découverte a été couverte d'acide sulfurique et ne supportait pas la vie telle qu'elle avait été annoncée par Robert Benson. Qu'il s'agissait d'une tentative pour les persuader de quitter, pour finalement être jeté dans l'univers pour mourir.

La raison invoquée était que, pour que la Terre retrouve sa vitalité, il était nécessaire de réduire considérablement sa population. Tous ces éléments étaient des mensonges, bien sûr, mais ils s'en fichaient. Ils voulaient tout simplement toucher la corde sensible pour créer de nouveau, les conflits et la violence.

Ils décidèrent de leur stratégie d'attaque en achetant certains médias. Le chantage en faisait partie, bien sûr et quelques-uns de ces médias y cédèrent pour tout saboter.

Rencontre secrète

Comme tout allait bien, Julia et Yentil se retirèrent de la scène pour s'attaquer à l'ISS et aux Bachers. Ils voulaient se rendre sous les Rocheuses pour tracer le plan d'attaque. Robert voulait aussi participer, il ne pouvait pas les voir seuls s'attaquer à l'ISS et aux Bachers.

Il voulait régler ce problème personnellement. Ils prirent un accord sur le fait que Julia et Yentil allaient premièrement sonder les lieux et à partir de là, lui tracer un plan. Ils reviendraient d'ici quelques jours avec toute l'information. Tous les deux quittèrent le Parlement pour l'aéroport.

Les rumeurs apparurent sur les ondes et elles étaient très convaincantes. Dans certains pays là où ce serait plus facile d'obtenir une réaction, tout fut fait d'une façon stratégique afin de toucher les « boutons » qui inciteraient et provoqueraient des réactions négatives.

Certains commencèrent à exprimer leurs déceptions et exigèrent que leurs dirigeants reviennent dans leur pays et qu'ils cessent de contribuer à ce que l'ISS qualifiait d'autodestruction.

Robert dut les mettre en garde, un par un, qu'il s'agissait d'une tentative pour décourager quiconque et qu'ils ne devaient pas y porter attention, qu'ils devaient, à la place, détruire ces agents de propagande de l'ISS.

Comme l'atmosphère commençait à chauffer, Robert décida d'inviter tous les dirigeants à se joindre à lui pour le voyage qu'ils n'oublieraient jamais.

Il devait leur donner la preuve de ce que l'ISS était et quelles étaient ses vraies intentions. Il n'y avait pas de meilleurs moyens que d'aller dans les Rocheuses et les exposer sous leurs vraies couleurs, alors que le reste de la population mourait de faim.

Julia et Yentil rencontrèrent Robert et lui expliquèrent la façon de procéder. Yentil avait tous les slentemists nécessaires ainsi que les instructions pour les utiliser. Il était impératif que tous fassent l'aller-retour en toute sécurité.

Le plan était de surprendre tout le monde. L'évaluation des locaux et leur sécurité devait être faite. Yentil et Julia s'offrirent pour dessiner le chemin qui devrait être suivi par Robert et les autres dirigeants. Ils assurèrent Robert qu'ils resteraient en contact.

Son assistante parlementaire fit les arrangements nécessaires pour le départ des dirigeants avec le prochain vaisseau spatial disponible vers l'aéroport le plus proche des Rocheuses. Ils pourraient par la suite pénétrer dans les locaux et visiter toute la place.

Il leur serait également donné de fausses identités montrant l'immunité diplomatique afin qu'ils puissent passer à travers toutes les barrières de sécurité sans problème.

Yentil connaissait les lieux et y arriverait en peu de temps...

Robert décida de réunir tous les dirigeants à la Salle des Communes pour une réunion urgente. Elle était assez grande pour contenir tout le monde. Comme les « murs » ont des oreilles, le message leur serait donné par des écouteurs. Personne ne pouvait entendre le message autrement.

Robert était très insistant pour que sa voix ne passe que par les écouteurs que les dirigeants devaient utiliser. Pendant ce temps, des ondes de perturbations allaient remplir la salle. Rien ne serait capté par l'ISS.

La plupart des dirigeants se demandaient ce qui se passait puisque tout allait si bien et qu'ils n'avaient pas acheté ce que l'ISS ne cessait d'annoncer. En entrant dans la Chambre des communes, on leur dit de garder le silence, de s'asseoir et d'attendre.

Robert arriva ensuite, prêt à les informer de la situation.

Les gens étaient assis en silence et tous les yeux étaient rivés sur Robert. Certains avaient des expressions douteuses d'impatience...

Robert fit un signe à Simon pour déclencher le bruit statique dans la chambre.

– Au stade où nous en sommes pour quitter la Terre, nous prouvons que nous pouvons tous nous tenir ensemble, mettre de côté nos différences, et avancer. Je suis sûr que vous êtes d'accord avec moi sur ce point.

J'apprécie ce que vous avez fait, m'avoir fait confiance sur ce que je vous ai dit et que vous êtes prêts comme moi à risquer votre vie en venant ici. Vous comprendrez ce que je veux dire par risque. Nous faisons ce qui est juste pour tout le monde, mais l'ISS ne veut pas que cela se produise.

Leur véritable intention – que vous n'avez jamais entendu parler, c'est qu'ils ont un agenda très destructeur pour l'humanité depuis des décennies – l'argent que vous leur envoyez ne sert pas pour ce qu'ils vous ont dit dans chaque annonce bombardée quotidiennement dans votre ETV.

L'ISS veut saboter tout ce que nous faisons. Avant que je quitte la Terre pour SN2Y, je n'étais pas conscient de toute la portée de leurs actes, mais j'avais arrêté leur financement.

J'ai toujours pensé qu'ils préparaient quelque chose, mais jamais dans la mesure où nous en serons bientôt les témoins.

Il n'y a pas de recherche de solutions miracles pour nous sortir de notre misère, ça n'a jamais été fait. Nous avons tous été dupés sans exception.

Ils ont créé un paradis que vous allez vous apprêter à visiter. Je ne vais pas vous en dire plus, ce sera à vous de le constater et de décider quel côté vous désirez encourager. Je sais que ce n'est pas la majorité qui a des doutes, mais ce que vous êtes sur le point de voir saura vous convaincre de la vérité. Qu'elle est ce que je vous ai dit depuis que je suis revenu. Je vais vous le dire quand nous partirons.

Rien ne se dit à personne en dehors de cette salle. Il est de la plus haute importance que cette réunion et ce qui est discuté reste ici à l'intérieur de ces murs.

Je suis sérieux quand je dis que si cette information sort d'ici, nous aurons à faire face à des conséquences désastreuses et je suis certain que ce n'est pas quelque chose que vous voulez subir.

Promettez-moi s'il vous plaît que vous ne divulguerez pas quoi que ce soit de cette rencontre.

Ils promirent tous, sans hésitation. Ils partirent ensuite très intrigués.

À l'aéroport, Julia et Yentil franchirent les portes de sécurité et entrèrent à bord du vaisseau. Ils réalisèrent qu'ils s'étaient embarqués sur le pire vaisseau pollueur jamais créé et eurent un sentiment de culpabilité, mais ils n'avaient pas le choix. Le gaz monosteanosic vomissait, le bateau décolla en direction des Rocheuses.

Yentil et Julia dans les Rocheuses

Dès leur arrivée dans les Rocheuses, Julia et Yentil devaient trouver un endroit sécuritaire où ils pouvaient cacher leurs corps avant de quitter pour les locaux souterrains.

Ils ne pouvaient pas prendre le risque d'être découverts et mettre ainsi en péril toute l'opération. Les slentemists leur permettraient de se rendre sous les Rocheuses très rapidement, leurs corps demeureraient intacts à leur retour.

Yentil lui dit que lors de sa première visite, il avait trouvé un entrepôt abandonné à proximité. Ils s'y rendirent et après vérification, c'était ce qu'il leur fallait. Ils activèrent ensuite les slentemists, leurs corps sont restés là inertes et Julia suivit Yentil...

– Préparez-vous à voir à quoi ressemble une société avide, Mlle Zeni...

Partout dans l'établissement, les robots fournis par les Bachers parcouraient sans cesse la zone occupée et cela, dans toutes les directions. On pouvait entendre le bruit statique provoqué par l'extermination de tout ce qui était poussière ou particules non désirées.

Ils sont passés à travers des murs épais et se retrouvèrent dans la zone de la plage artificielle où toutes les personnes les plus riches du monde célébraient l'amour de l'abondance pour tout humain : l'air, l'eau et la nourriture étaient bien réels et ils étaient servis comme des rois et des reines dans ce monde artificiel. Ils pouvaient jouer leur sport favori ; manger autant qu'ils le voulaient.

Ils avaient leur propre réseau de communication pour les

garder à jour afin de participer aux activités de leur choix. De jeunes enfants, tous en santé, couraient partout et s'amusaient, ils avaient la meilleure éducation possible et les candidats les plus prometteurs, selon leur parents, deviendraient la prochaine génération ISS.

Toutes les races étaient représentées. On pouvait les reconnaître facilement car ils portaient des vêtements affichant leur pays. Un groupe particulier se démarquait de la foule. Julia demanda qui étaient tous ces hommes un peu en retrait de la plage.

— Ce sont les banquiers du Vatican. Les autres groupes qui leur sont proches sont des groupes extrémistes religieux. Ceux-ci ont la main sur plusieurs groupes de banquiers et sur les chefs du cartel qui contrôlent ce qui reste de la majorité des ressources énergétiques de la planète.

— Qu'est-ce que ça veut dire ? demanda-t-elle.

— Ils sont le bloc sur lequel toute cette affaire repose ainsi que plusieurs autres qui ont vendu « leur remède miracle » au reste du monde. Ils ont obtenu beaucoup d'argent de gens moins fortunés.

Ils ont utilisé leur pouvoir pour les persuader que la foi était tout et que le remède miracle leur serait fourni selon la valeur de l'argent qu'ils donnaient. Pas un seul d'entre eux n'a accès au monde extérieur depuis de nombreuses années et ils semblent très contents de ne pas voir autre chose pour le reste de leur vie, comme promis.

Pour ce qui était du montant approximatif de ces occupants, en se basant sur la superficie de la zone qui était de plus de 10,000 milles carrés, selon son estimation, Yentil lui dit qu'il y avait près de 50,000 personnes.

— C'est dégoûtant, dit-elle, comment peuvent-ils vivre comme ça et ignorer le fait que le reste du monde est en train de mourir ?

Yentil lui dit que l'argent était tout et qu'il pouvait acheter n'importe quoi sur Terre.

— Tout au long des siècles, l'argent a été le canal pour

acheter n'importe quoi. Acheter des gens, peu importe les conséquences, ça n'avait pas d'importance.

– J'en ai assez vu, nous devons contacter Robert et lui dire de s'en venir. Retournons à l'entrepôt abandonné. Je vais lui envoyer un message.

Quitter leur corps ?

Il était impératif pour tous les dirigeants, y compris Robert, de voir l'état des choses tel qu'il était. Ce serait un choc émotionnel complet, mais cela devait être confronté par chacun d'entre eux. Ce serait la réponse pour abolir les mensonges et les attaques contre Robert et pour le départ de la Terre.

Tous deux, Julia et Yentil les attendaient à l'aéroport, puis ils se dirigèrent directement à l'entrepôt. Ils utiliseraient les slentemists.

À la demande de Robert, Simon avait réuni tous les leaders à la Chambre des Communes et leur expliqua le cours des événements :

– Nous partons d'Ottawa pour l'emplacement que j'ai mentionné. Nous devons arriver à l'aéroport dès que possible. Nous allons rencontrer Mlle Zeni et M. Yatoman à l'aéroport de Vancouver. À partir de là, vous serez informés sur la région et à quoi vous attendre.

Puisqu'il est impératif d'agir rapidement, s'il vous plaît, soyez prêt d'ici deux heures. Mon assistante parlementaire a réservé votre vol. Tout ce que vous devez faire est de vous préparer pour le départ, il n'est pas nécessaire de préparer des bagages, nous ne serons pas là pour longtemps.

Deux heures plus tard, tout le monde était prêt pour le départ vers la zone secrète des Rocheuses. Personne ne pouvait dire où ils allaient ; personne ne pouvait laisser d'indice pour indiquer où ils allaient. Ils sont tous partis un par un, vêtus de leurs tenues de protection et dispositifs de respiration et se sont rendus en toute sécurité à l'aéroport.

Robert avait un problème en tête. Comment expliquer à

ces dirigeants qu'ils allaient soudainement quitter leur corps pour continuer leur visite. C'était quelque chose d'extraordinaire qui allait leur arriver.

Comment vais-je faire pour leur expliquer ?

Simon aussi allait recevoir l'explication de ce phénomène. Robert en était un peu inquiet, quelle serait sa réaction ? Il avait insisté pour que Simon fasse partie du voyage, en reconnaissance de tout le travail qu'il avait fait pendant son absence. Simon était très désireux d'y aller.

Le vol se passa bien. Personne ne parla beaucoup pendant le voyage. Les barrières linguistiques étaient évidentes. Mais ils partageaient tous les mêmes indicateurs sur leurs visages : des sentiments mélangés de curiosité et de nervosité. N'étant pas vraiment sûrs de ce qu'ils devaient penser de la situation, mais ils faisaient confiance à Robert en raison de son approche honnête et directe.

Le vaisseau descendit à l'aéroport. Julia et Yentil les attendaient. Ils entrèrent dans un vaisseau non identifié, utilisé par les forces armées. Celui-ci les amena à destination en un rien de temps : l'entrepôt abandonné.

Finalement réunis, Yentil leur distribua un slentemist qu'ils devaient utiliser selon les instructions.

– Leur avez-vous expliqué comment il fonctionne Robert ?

– Non, je ne l'ai pas fait. Je pense que ce serait mieux si vous pouviez leur donner quelques explications.

– Ce sera difficile, je ne parle pas toutes leurs langues. Que diriez-vous qu'ils constatent par eux-mêmes ce qui se passera ? Nous n'avons pas beaucoup de temps pour les explications. Qu'en dites-vous ?

– Eh bien, je ne suis pas certain que ça va marcher...

Robert tenant son slentemist dans ses mains décida de leur donner une courte explication :

– En activant ce bouton ici, vous allez devenir extérieur à votre corps. Vous serez en mesure de voyager sans l'enveloppe physique de votre corps. Vous conserverez toutes vos perceptions et serez pleinement conscients de votre environnement et de ce qui se passe autour de vous en tout temps. Je l'ai fait auparavant et il n'y a rien à craindre. Votre corps restera intact et sera disponible pour le réintégrer à votre retour.

Un grand nombre de hum ? Et... quoi ? étaient les réactions qu'il s'attendait d'avoir, mais il continua en leur disant que cela allait être extraordinaire et sans danger ; qu'avec cet objet, ils étaient en mesure de se déplacer à une vitesse stellaire et qu'il n'y avait aucune barrière physique qui pourrait les en empêcher.

Cela était nécessaire afin d'entrer dans les locaux sans être détecté, car être détecté amenait une mort certaine. C'était leur chance de voir ce qui se passait sous les Rocheuses.

Pour ceux qui étaient réticents à participer, il leur donna le choix de rester et d'attendre le retour du groupe.

Leur curiosité l'emporta sur leurs réserves. Ils furent finalement tous d'accord de partir.

Simon et Robert seraient les derniers à partir, laissant tous les dirigeants suivre Julia. Yentil assura Robert qu'il allait tout faire au cas où il aurait besoin de calmer leur réaction puisque chacun verrait leur voisin quitter leurs corps.

– OK, nous sommes prêts maintenant, vous savez comment activer les slentemists, ceux en première ligne, veuillez activer.

Quand il quittèrent progressivement leurs corps, tous exprimèrent des AH et WOW dans leur propre langue en souriant, ils semblaient apprécier cet état qui leur était dévoilée – Robert fut soulagé de voir leur réaction. Personne ne paniqua ! Ensuite, Yentil suivit le groupe.

– C'est votre tour Simon, vous avez à vous dépêcher. Je suis le dernier à quitter. Non, nous partons ensemble en même temps.

– Ok alors allons-y !

Les deux se retrouvèrent à l'extérieur de l'entrepôt pour rejoindre le groupe.

Les dirigeants réagissent

Tous arrivèrent sains et saufs et étaient impatients de voir ce qui se passait. Ils étaient tous joints par une ligne statique invisible que les slentemists avaient créés. Ils virent pour la première fois ce que Robert voulait dire.

Ils virent l'immense réservoir naturel d'eau douce, les personnes qui jouissaient de leur séjour, l'abondance de nourriture et tout le monde en bonne santé.

Ils virent des enfants qui étaient plus âgés que ceux qui vivaient dans leur pays et qui n'avaient jamais grandi, en raison de l'empoisonnement de l'eau, du manque d'oxygène ou de la famine.

La luxure autour d'eux était complètement irréelle, mais à mesure qu'ils continuaient l'exploration des lieux, ils se rendirent malheureusement compte que tout était là, des preuves solides de ce que Robert leur avait dit.

Ils virent comment la technologie du maintien de la sécurité sur les lieux était reliée à ceux qui se partageaient l'or moderne.

Tous synchronisée sur la même onde, Julia leur indiqua la direction à prendre pour retourner à l'entrepôt. Ensuite, tous les dirigeants revinrent et reprirent leurs corps. Un tourbillon de commentaires, la colère et les cris pour la justice et pour se venger faisait écho à chaque centimètre carré de l'entrepôt.

Ils échangèrent les noms de ceux de leur pays qui étaient là, profitant du lieu. Ils étaient tous dans l'incrédulité de ce qui se passait ; l'entrepôt se remplissait de jurons et lourde malédiction dans différentes langues. Ils reconnurent les gens qui étaient de leur pays et se sentirent trahis puisque durant cette ère de misère, ils avaient demandé l'appui de la population. Personne n'avait la moindre idée que ces gens étaient encore vivants. On leur avait dit qu'ils étaient morts.

Ce fut un événement très controversé qui drainait ce qui restait de la confiance accordée aux dirigeants passés. Certains de ces dirigeants religieux et politiques riches précédents leur avaient laissé des messages qui ont été découverts et publiés après « leur mort » en leur disant qu'ils auraient aimé faire plus pour leur pays bien-aimé, mais la mort les a mis à l'écart pour un monde meilleur où ils seraient à attendre leurs fidèles...

– Rien de plus près de la vérité... commenta Julia.

Les deux, Julia et Yentil, les laissèrent avaler et digérer ce qu'ils avaient vu pour ensuite les encourager à retourner à Ottawa, là où se passait ce qui était important.

– En ce qui concerne la vengeance, laissez-moi cela, dit-elle. Je sais ce que j'ai à faire. Ce qui compte maintenant, c'est d'assurer les gens dans vos pays respectifs, que ce que l'ISS a propagé était un mensonge.

Nous ne pouvons rien faire en ce moment. Je vous demande simplement de poursuivre ce qui est le plus important pour vous et votre peuple.

Tous partirent avec un énorme sentiment de trahison. Jamais n'avaient-ils pu imaginer que quelqu'un de leur propre pays leur avait fait cela durant des décennies de circonstances malheureuses. L'ISS demandant leurs ressources naturelles qui se faisaient de plus en plus rares avait contribué à la création de ce paradis. Tous réalisèrent que tout ce qui était ANNONCÉ par l'ISS, jour après jour pendant des décennies, n'était que des mensonges.

Robert lui-même fut fortement secoué par ce qu'il avait vu. Il reconnut plusieurs personnes qu'il connaissait personnellement et qui se trouvaient là. Simon ne pouvait rien dire, fumant de colère.

Tentant de contrôler ses émotions du mieux qu'il le pouvait, Robert réussit finalement à se calmer et parla aux dirigeants pour leur faire réaliser que cette misère prendrait fin bientôt pour tout le monde. Et qu'il était lui aussi extrêmement bouleversé par ce qu'il venait de constater.

Il se rendit compte que s'il n'avait pas fait sa recherche pour améliorer les conditions de la planète, personne ne l'aurait découvert. Qui aurait su ce que la planète et sa population allaient devenir dans les décennies à venir... Il décida de retirer ces pensées. Il n'avait pas le temps de dépenser son énergie sur le pire cauchemar qu'il venait d'éviter.

Quand tout le monde fut calmé, Robert leur demanda de ne pas divulguer ce qu'ils avaient vu. Il serait très difficile de le faire, mais ils ne pouvaient pas faire ou dire quoi que ce soit, qui suggérerait qu'ils savaient ce qui se passait avec l'ISS. On leur avait fait confiance pour leur montrer la véritable situation, mais ils devaient garder le secret pendant le temps nécessaire, aussi difficile soit-il. C'était vital, y compris l'utilisation des slentemists.

– Retournons à Ottawa pour nous informer des progrès que nous faisons. Mais la première chose sera de donner assez d'information à votre peuple, afin qu'ils se rendent compte que les campagnes de persuasion propagées par l'ISS sont futiles et qu'il y a un avenir meilleur pour eux.

Ils retournèrent à Ottawa, leurs pensées étaient avec leurs familles et leurs populations. Cet événement accrut énormément leur volonté de travailler fort afin de se sortir de cet enfer de misère le plus rapidement possible.

Le trou noir

À leur arrivée, tous les dirigeants envoyèrent un message visuel dans leurs pays pour leur dire qu'il y avait d'énormes progrès pour pouvoir immigrer vers la nouvelle planète. Ils leur assurèrent que la planète était réelle, et que les nouvelles de la presse disant le contraire étaient complètement fausses.

Ils contactèrent leurs assistants en les encourageant à poursuivre leurs rêves le mieux qu'ils pouvaient jusqu'au grand jour. Le message signifiait également que l'ISS perdait son emprise partout. Rien ne serait dorénavant accepté provenant de l'Élite.

Tous les projets scientifiques furent soumis et malgré la possibilité de certains affinements à faire, les progrès furent énormes.

Les vaisseaux spatiaux qui déplaceraient des millions de personnes étaient en construction.

Tous les fondements pour le succès de la vie étaient maintenant dans un manuscrit. Il donnait les règles que les gens avaient à se conformer dès qu'ils arriveraient. Il couvrait tout, à partir du matériau à utiliser, comment être complètement indépendant en énergie, en utilisant tout ce qui était naturel et donné, le soleil et le vent.

Le noyau de puissance nucléaire qui allait s'occuper de tout le reste pour toutes les villes en cours de construction. Rien ne devait être importé sur cette nouvelle planète qui pourrait créer de la pollution. Une percée importante que les scientifiques SN2Y ont partagé, c'est que le voyage vers la Terre 2 serait beaucoup plus court que la plupart des scientifiques humains avaient pensé.

Les vaisseaux devraient passer par un trou noir afin de

raccourcir la distance. Le trou noir avait une fonction très importante dans l'univers, et une fois que les vaisseaux passeraient à travers, ils entreraient dans un univers opposé, mais identique.

Tout sera reproduit tel qu'il était avant d'entrer dans le trou noir. Il n'y aurait pas de destruction comme beaucoup l'avait pensé. L'avantage de l'utiliser pour traverser l'univers était qu'il accélérait l'arrivée sur la nouvelle planète. C'était aussi simple que cela. Il n'y avait pas de danger lors du passage.

Les vaisseaux devaient être très bien construits et protégés par un très solide bouclier magnétique de gravité inversée qui les protégerait au cas où ils pénétreraient dans le trou noir trop rapidement. La pression à l'intérieur et à l'extérieur devait être maintenue en parfait équilibre.

De nombreux vaisseaux prennent ce trajet depuis les derniers millénaires sans incident. Ils avaient juste besoin de connaître le type de vaisseaux dont ils avaient besoin.

Tout résonnait comme une histoire de science-fiction. Jamais dans leurs rêves les plus fous, les scientifiques de la Terre auraient cru à cette possibilité.

Tout fut financé avec l'argent des pays riches qui avaient cessé de donner à l'ISS. Le matériau utilisé pour la construction était acheté et livré à Ottawa. Les vaisseaux feraient autant de voyages que nécessaire, plusieurs aller-retours de la Terre à la Terre 2 pour déménager tous les êtres humains en toute sécurité.

Robert était très excité de voir que, tous ensemble, ils pouvaient créer un nouveau monde et qu'il serait tout simplement génial d'en faire partie. Durant toute cette évolution, personne n'était venu avec des demandes de différenciation, ce qui les avait séparés des autres durant l'histoire. Rien de tout cela ne se produisit.

Partageant ce point très important avec Julia et Yentil, la seule préoccupation de Robert était que l'ISS, il en était certain, tenterait encore de riposter. Il savait qu'ils avaient beaucoup de ressources dans le monde entier fourni par les dupés sous les Rocheuses. Maintenant que tous les dirigeants savaient quelle était la situation réelle, sauraient-ils garder silence pour longtemps ? Il ne voulait pas voir d'émeutes qui finiraient en une guerre ouverte contre l'ISS.

Julia le regarda pendant un moment et lui dit que la meilleure façon de s'y prendre était de poursuivre ce qui était le plus important, et s'il arrivait quelque chose qui pourrait être perçu comme une menace, elle interviendrait à sa manière.

Elle savait qui ils étaient, elle lui reparla de la visite qu'elle avait fait avec Yentil lorsque l'ISS avait rencontré les Bachers et ce qu'ils avaient convenu de faire pour tout arrêter.

Robert n'était pas tout à fait sûr de savoir comment elle allait gérer le problème, mais il était persuadé qu'elle serait impressionnante comme toujours. Il la connaissait assez bien pour le savoir.

Faisant partie du plan, on voulait inclure les personnes en dessous des Rocheuses en leur disant la vérité. Pas une mince affaire en soi, mais qui était nécessaire, car eux aussi avaient le droit de savoir ce qui se passait. Tous, sans exception, devaient confronter leur cupidité et leur mode de vie, puisqu'il n'était pas question qu'ils continuent leur vie paradisiaque sur la nouvelle planète.

Certains pourraient ne pas vouloir adhérer et préféreraient rester là où ils étaient jusqu'à ce qu'ils meurent. Ce serait leur choix. Mais elle supposait que la grande majorité serait de bonne foi et qu'ils souhaiteraient les rejoindre. Elle ne pouvait prédire le résultat exact, mais espérait pour le mieux.

Elle informa Robert que la prochaine étape était d'aller sous les Rocheuses et elle l'invita à s'y rendre avec elle. Il devait être celui qui parle à ces personnes à propos de la situation, et ce qui est arrivé depuis la découverte de la nouvelle planète, etc.

Mais que cette fois, il n'y aurait pas d'utilisation de slentemists puisqu'il fallait absolument qu'ils soient capturés par les gardes de l'ISS pour se rendre à l'intérieur des locaux. Il s'agissait d'une affaire très risquée, mais elle dit qu'il n'y avait pas d'autre façon de le faire.

Elle savait que le niveau de sécurité était très élevé. Il n'y avait pas moyen qu'ils s'y rendent sans se faire détecter. Et c'est ce qu'elle espérait. Elle voulait quitter pour l'aéroport dès que possible.

Il était impératif que ces gens soient mis au courant et qu'ils contribuent comme le reste du monde, au lieu de l'ignorer. McPherson était de retour de Paris et Julia savait que le temps était venu pour une confrontation majeure avec lui et son élite.

Ils quittèrent tous deux pour la région des Rocheuses.

Illusion ?

À leur arrivée dans les Rocheuses, ils observèrent qu'il n'y avait pas de gardes autour, l'endroit semblait désert. Était-il trop tard pour entrer dans les locaux et dire à ces gens ce qui se passait ?

En se rapprochant, ils observèrent que le lieu semblait complètement détruit. La belle place de luxure n'y était plus. Il n'y avait aucune trace d'eau non plus. Un énorme cratère formé d'un volcan éteint occupait la place.

– A-t-il été atomisé ? demanda Robert.

– Comment est-ce possible ? Où sont-ils passés ? dit Julia. Comment est-il possible qu'en moins de quarante-huit heures, nous étions ici et l'endroit vibrait de milliers de gens profitant de leur séjour, et que maintenant, c'est une zone morte ?

Julia, silencieusement lui fit un signe de la suivre, car elle avait détecté que tout cela n'était qu'une illusion – ils étaient tous là. Personne n'avait quitté. C'était sans doute une protection activée par l'ISS, ce qui suggère qu'ils savaient que Robert était au courant de l'endroit.

Ils créèrent l'illusion de ce lieu de désolation. Seulement, Julia avec cette conscience supérieure pouvait détecter une entrée des lieux. Ils espérèrent encore être capturés par les gardes. Robert lui demanda comment il se fait qu'il n'ait pas vu cela quand ils sont venus avec les dirigeants.

– C'est simple, dit-elle, nous étions dans une autre dimension, il n'y avait pas d'obstacles à l'utilisation des slentemists, maintenant, avec nos corps physiques limités, c'est ce qui est perçu et qui semble très réel.

Ils entrèrent dans les locaux et les alarmes les détectèrent immédiatement. Les robots les arrêtèrent et leur mirent les menottes. Ils furent escortés par un garde armé de l'ISS. Il les força à passer à travers un tube de détection et les fouillèrent, suspectant des armes ou tout autre chose pouvant mettre l'endroit en péril. Ils furent ensuite escortés dans les locaux de l'ISS.

Situé bien en évidence, un bureau construit de verre, donnait la vue sur tout l'espace. Des murs recouverts de verre surmontés par des cascades d'eau faramineuses, tombaient sans cesse dans une piscine que les gens appréciaient. Quelqu'un les attendait.

En entrant dans ce bureau, ils firent face à quelqu'un que Robert n'avait jamais vu, mais avec qui il avait eu une conversation. Ceci ne fut pas très agréable. En se rapprochant Robert se rendit compte que c'était McPherson debout qui les attendait.

– M. Benson, qu'est-ce qui vous amène à mon paradis ? Je pensais que vous aviez décidé de déconnecter de l'ISS lors de votre retour de SN2Y. Ai-je tort ?

Il est intéressant que vous puissiez avoir pensé que vous pourriez faire votre chemin sans être détecté ? C'est tout à fait ridicule cette idée, M. Benson. Vous avez fait une grosse erreur. Puis regardant Julia, et vous, qui êtes-vous ?

– Êtes-vous ladite célébrité scientifique qui vient de SN2Y pour sauver le monde ? Qu'est-ce qui vous donne le droit d'interférer avec les affaires des humains ?

Comme il marchait tout en leur parlant, Julia et Robert se tenaient là, à le regarder et le laissèrent parler.

– Vous savez que l'infraction de ces lieux équivaut à la peine de mort. Vous n'avez rien à faire ici et vous aviez le choix de nous laisser tranquilles. Je ne comprends pas monsieur Benson. Est-ce que vous avez, dans votre inconscience, un élan de mourir ? Qu'est-ce que vous voulez Benson ?

– Je suis ici pour dire à ces gens que vous n'êtes pas ce vous semblez être. Vous les avez tous dupés et ils ont le droit de savoir ce que vous comptez faire avec eux.

– Vraiment ? M. Benson ? Alors, quelle est la source de vos informations ? Comment savez-vous cela ? Pensez-vous que je vais vous permettre de leur empêcher de jouir de la meilleure vie dans le monde ? Êtes-vous fou ?

Robert tenta de détacher ses menottes pour aller le frapper tant son attitude était des plus arrogantes.

– Eh bien, je pense que notre conversation se termine ici. Je suis très déçu que vous ayez eu le courage de venir ici avec cette femme.

Et avec un petit sourire visqueux, il ajouta :

– Vous avez tous les deux un avenir frêle et très court, je le crains.

Tous deux furent escortés hors du bureau de l'ISS et emmenés dans une petite pièce à côté du bureau de McPherson. Leur plan avait bien fonctionné. Julia en était très heureuse et satisfaite, comme elle l'avait prédit.

D'un seul mouvement de ses doigts, leurs menottes se désintégrèrent. Robert lui jeta un coup d'œil et lui demanda une explication sur ce qui venait juste de se passer.

– Ne vous inquiétez pas, c'est juste un autre de mes trucs.

Julia vs McPherson

Ensemble, dans cette pièce sombre et très isolée, ne sachant pas ce qu'elle avait en tête, Robert regarda Julia d'une manière étrange.

– Comment allons-nous sortir d'ici et faire ce que nous sommes censés faire ?

Le rassurant, elle le regarda droit dans les yeux et lui dit :

– Robert, vous m'avez certainement sous-estimée. Pensez-vous que je me permettrais de devenir prisonnière ? Je ne l'ai jamais été de toute ma vie et au cours de ma carrière, j'ai fait face à beaucoup de choses.

Maintenant, permettez-moi de vous montrer une autre facette de ma personnalité. Je n'ai pas besoin du slentemist comme le font la plupart des gens. J'ai pratiqué quelques expériences, seule, dans mon laboratoire et j'ai la maîtrise de quitter mon corps à volonté. Restez ici, je serai de retour dans quelques instants. Ce que je vous ai montré sur la plage n'était qu'une fraction de ce que je suis capable de faire.

Une lueur blanche entourait son corps comme elle extériorisait. Elle se dirigea tout droit vers le bureau de McPherson. Elle resta là pendant un moment, juste à l'entrée. McPherson parlait à l'un des gardes robot lui ordonnant que sous aucune circonstance l'un des prisonniers ne puisse voir la lumière du jour.

L'espace où ils étaient détenus devait être sous surveillance en tout temps jusqu'à ce qu'il décide du jour de leur exécution. Alors que le garde quittait son bureau, McPherson retourna à son travail, semblant compter la quantité d'argent numérique et les obligations qu'il avait reçus de ses riches amis.

Il en faisait la saisie dans un e-ordinateur qui était le cerveau de tous les investissements en cours et qui seraient ensuite mis en transition pour la lune. Comme il entrait l'information, des lettres et des chiffres se déplacèrent hors de l'écran avec un grincement très étrange. McPherson devint hors de lui. Il se demandait ce qui se passait, car il ne pouvait plus contrôler quoi que ce soit – les chiffres et les lettres se mélangeaient et virevoltaient en dehors de l'écran.

Après un certain temps, son écran devint noir et tout disparut. L'ordinateur était mort.

– Qu'est-ce qui se passe, où se trouvent toutes mes informations ? s'exclama McPherson tout alarmé.

Attendez M. McPherson, vous n'avez encore rien vu !

Tout l'argent et les obligations numériques commencèrent à pivoter autour de lui comme si une tornade frappait toute la place. Tout volait à grande vitesse. Les murs de son bureau furent détruits.

McPherson était complètement terrorisé de ce qui se passait, hurlant et étant bousculé dans toute la pièce. Il semblait être aussi léger qu'une plume.

Même quand il essaya de tenir sur quelque chose, la force du vent était trop forte. Les gardes qui entendirent le bruit arrivèrent à sa rescousse, mais eux aussi furent projetés tout autour. Les gardes bondirent sur les murs et tombèrent en panne.

McPherson fut le seul survivant de l'épreuve. Tout était en grand désordre et Julia était satisfaite du résultat.

Ça fait longtemps que j'ai fait cela, tout simplement spectaculaire ! dit-elle.

Ensuite, elle arrêta progressivement le mouvement de la tornade. McPherson avait été poussé dans un coin, à l'extrémité de son bureau, assis maladroitement sur le parquet, son visage était d'une blancheur aussi immaculée que la neige des Rocheuses. Ses yeux brillaient comme des boules de feu. Tous ses vêtements et ses cheveux étaient en un désordre complet.

Ensuite, une piste de temps numérique de toutes ses vies précédentes s'est affichée devant lui. Il regardait un film de tous ses moments très détaillés de ses vies passées. Chaque action qu'il avait pris pour brimer et supprimer les autres, dont cette intention qu'il gardait secrète de partir vers la lune.

Le pacte qu'il avait fait avec les Bachers pour, soit exterminer ou conduire à l'esclavage le reste de la civilisation de la Terre, la trace de toutes ses incarnations précédentes était ouverte. Tout était exposé, y compris les actes les plus répugnants, y compris l'implantation des mensonges aux gens pour les rendre plus contrôlables. Il transformait progressivement dans des états robotiques les dirigeants, ce qui était contre leur propre nature.

McPherson avait vécu beaucoup de vies et rien de tout cela n'était très joli. Regardant cela, il pouvait voir qu'à chaque incarnation, il glissait de plus en plus profondément dans la boue.

Il ne savait pas si c'était réel, mais il s'expliqua que c'était probablement une auto protection de son cerveau sur les chocs créés.

Je souhaite que Robert puisse voir l'état de cet homme en ce moment, se dit-elle.

Alors que la présentation numérique s'estompait avec quelques factures volant lentement sur le sol, une voix remplit tout l'espace :

– En avez-vous assez monsieur McPherson ?

– Qui êtes-vous ? Montrez-vous pour que je puisse voir qui est mon agresseur.

– Vous ne pouvez pas, M. McPherson.

– Que voulez-vous ? Qui êtes-vous ? Où êtes-vous ?

– Je suis un de vos prisonniers, je dois dire que j'ai été un de vos prisonniers volontaires.

Vous n'avez aucune chance de m'emprisonner, jamais, M. McPherson.

Reconnaissant sa voix, McPherson répondit :

– Oh, vous êtes cette femme de SN2Y qui ne s'est pas

mêlée de ses affaires ?

– Ne soyez pas si catégorique, la planète Terre ne vous appartient pas. Je suis ici parce que j'ai été invitée. Vous êtes le genre de personne qui prend de tous les autres et ignorez la misère causée. Vous êtes une honte pour l'humanité, un petit homme vraiment ignoble.

En écoutant, McPherson se dit que, s'il changeait son approche et supprimait la haine qu'il avait envers elle en se donnant un air emphatique, qu'il pourrait la séduire pour qu'elle prenne son bord. Ce faisant, il pourrait utiliser son pouvoir spécial aux fins de l'ISS.

Il serait bien de l'ajouter à notre collection de gens talentueux, pensait-il.

Julia perçut tout ce qu'il pensait et vit à quel point il était vicieux, malgré toutes ses années de laideur et de cupidité. Elle ne s'attendait plus à ce qu'il devienne un pécheur repentant de sitôt.

Changeant le ton de sa voix pour paraître emphatique, il lui dit que l'ISS ne pouvait pas faire autrement, trop de choses étaient en jeu. L'ISS ne pouvait pas se permettre de sauver tout le monde.

– Vous n'avez aucune chance de réussir ! Aucune !

McPherson alors changea son timbre de voix et devint complètement enragé. Il courut dans tous les sens dans ce qui restait de son bureau, hurlant que ça n'allait jamais se produire. Ses yeux étaient en feu.

– Jamais ! Vous n'allez pas m'arrêter. Je suis si près de tout réaliser. Il entra dans une rage que Julia avait prévue. Il s'arrêta brusquement, à bout de souffle. Comme elle apparaissait devant lui, il se remit à crier et à courir vers elle pour lancer une attaque. Il ne pouvait pas l'atteindre...

Il se releva et se lança de nouveau vers elle, mais se frappa de nouveau. Il s'écrasa ensuite sur le sol, complètement épuisé.

– En avez-vous assez, monsieur McPherson ? Vous ne gagnerez jamais. Je ne suis pas sur le point d'abandonner quoi que ce soit et j'ai, dans de nombreuses galaxies, une très bonne réputation que je n'abandonne jamais.

– Assez de vos conneries ! Vous et Benson ne serez pas ceux qui vont conduire le spectacle ! Allez-vous-en ! Quittez la Terre ! Nous sommes mieux sans vous et votre comportement de sensibilité... s'occuper des autres ? Qu'est-ce que vous reniflez pour penser comme ça ?

Il commença ensuite à crier en lui disant de partir.

Julia pensa qu'elle savait tout sur le comportement antisocial jusqu'à ce qu'elle fit face à cet homme. Il n'y avait aucune façon possible qu'il revienne à ses sens, il ne restait plus rien de logique et de décent.

– Robert et moi sommes sur le point de dénoncer à tous vos amis votre intention réelle, car ils ont le droit de savoir qu'ils sont condamnés à devenir des esclaves.

Ils sont très gourmands comme vous, mais nous pensons sincèrement qu'ils seront plus intéressés de quitter la place que de rester avec vous. Nous allons leur dire qu'ils ont aussi la chance d'avoir une vie meilleure que celle qu'ils pensent qu'ils ont présentement. Ils devront faire face à leur responsabilité. Mais une chose est sûre, ils sont plus sociaux que vous, monsieur McPherson !

Il est devenu complètement hors de contrôle, rien ne pouvait être ajouté à sa folie. Il perdit complètement la tête et il continua à crier et à hurler sans arrêt ; riant de façon hystérique et répétant qu'elle devait quitter la Terre et les laisser tranquilles.

Elle décida de quitter le bureau, sachant qu'il n'y avait rien qu'elle puisse faire pour le ramener à la raison. Il continua à crier, à rire et à répéter les mêmes mots :

– Quittez la terre et laissez-nous tranquilles !

Julia retourna ensuite à son corps, Robert l'attendait impatiemment.

Les gens les plus cupides

– Que s'est-il passé ? J'ai entendu beaucoup de bruit et d'agitation.

– Eh bien, j'ai eu affaire à McPherson et il n'est pas près de renoncer à son objectif, mais je pense que je lui ai donné un avertissement assez sévère dont il se souviendra longtemps.

Nous devons aller voir ces gens et leur dire la vérité. Tous les robots dont McPherson disposait sont maintenant des épaves, j'ai détruit tout le système de sécurité et nous sommes maintenant libres d'y aller.

Ils marchèrent le long d'un couloir, ils pouvaient entendre les chutes d'eau et les gens. Ils approchèrent et virent tous les gens riches prendre un repas – les fruits, les légumes et la viande en abondance. Ils profitaient de ce que la majorité n'avait pas.

La génération de Robert en faisait partie. Tout ce qu'il connaissait avant SN2Y était ce qui provenait des laboratoires de nourriture génétique et artificielle. Il n'avait jamais senti des aliments aussi frais de toute sa vie sur la Terre.

En se rapprochant, Robert et Julia entendirent une douce musique qui ajoutait à l'ambiance. Ils purent voir l'élite et leurs enfants profiter de ce qu'ils pensaient être la récompense ultime pour leur contribution à McPherson et à l'ISS.

Parmi les bénéficiaires, se trouvaient les 10 représentants de l'ISS et les Bachers qui ont contribué à l'objectif de l'ISS tant caressé depuis de nombreuses années. Ils savaient ce qui allait se passer pour ces personnes. Ils avaient tous été informés la veille que c'était leur dernier repas dans ces locaux, car ils devaient partir pour un endroit plus luxueux, en reconnaissance de leurs efforts pour soutenir l'ISS. L'endroit était dans le nord-est de la planète, un lieu nommé Tibet. Il y eut beaucoup de changements au cours du dernier millénaire, il était devenu un environnement très difficile pour la survie.

Les Bachers devaient les transporter juste après le repas vers cette région très isolée dans laquelle ils seraient condamnés à l'esclavage pour le reste de leur vie. Eux et leurs enfants qui n'avaient jamais su ce que voulait dire le mot rationnement. Ils y goûteraient pour la première fois.

Robert et Julia restèrent là observant ce qui se passait.

Ensuite, Robert s'approcha d'une des tables et prit un pichet de cristal d'eau et le jeta au milieu de la chaussée.

Tout le monde se leva immédiatement en se demandant qui avait fait cela.

Robert cria alors :

– Tout le monde, s'il vous plaît, prêtez attention à ce que je m'apprête à dire.

Mon nom est Robert Benson, je suis du Canada et voici Julia Zeni de la planète SN2Y. Je n'irai pas plus loin dans la présentation puisque nous sommes ici pour vous dire que vous êtes sur le point de vous diriger vers un cauchemar. Vous n'irez pas à cet endroit luxueux qui vous a été promis par l'ISS. Vous allez devenir des esclaves pour les Bachers pour le reste de votre vie.

Les enfants se mire à pleurer et courir à leurs parents entendant cette déclaration terrible qui ne pouvait pas les apaiser.

Puis Robert poursuivit :

– Alors que vous participiez à la création de cet endroit, des millions d'autres ont énormément souffert. Vous êtes tous, sans exception, maintenant des traitres envers les gens qui vous avaient fait confiance. Vous pensiez avoir acheté une vie meilleure, ce n'est pas le cas et vous êtes sur le point de le découvrir.

L'intention de l'ISS est de vous sortir d'ici, de vous catégoriser, chacun de vous, pour voir qui peut s'adapter et les servir sur la Lune. Le but est de créer un « nouveau genre humain » – c'est-à-dire de créer un « type humain plus contrôlable », vous manipuler comme ils le souhaitent et continuer leur macabre expérimentation au-delà de la Terre.

Les dix élites de l'ISS et les Bachers se sont empressés de le faire taire, en criant qu'il était sur le point de saboter le plan d'ensemble. Tous pouvaient entendre de ce qui se passait et ne savait plus qui disait la vérité. Des gardes furent appelés, mais aucun robot n'apparut.

Fixant chacun des représentants de l'ISS, Robert ajouta :

– Vous n'existez plus en tant qu'entité, c'est fini. L'ISS n'est plus ce que vous avez connu, il n'a plus le pouvoir de contrôler la Terre.

Se traînant à l'entrée de la salle, un homme en folie – McPherson – qui criait encore que Julia devait quitter la Terre et les laisser tranquilles...

Julia s'approcha de lui et lui dit qu'il n'était plus nécessaire d'utiliser l'énergie qui lui restait et que son temps se terminait. Mais il continua à crier de tous ses poumons que la bataille n'était pas encore perdue.

Les représentants ISS le rejoignirent, essayant de le réconforter, mais réalisèrent qu'il avait complètement sombré dans la folie. Qu'il n'était plus le maître qu'ils connaissaient. Ils l'emmenèrent et fuirent l'endroit.

Regardant la situation dans son ensemble les Bachers étaient réticents à s'exposer puisqu'ils soupçonnaient que Robert révélerait davantage la situation dans son ensemble. Ils partirent, à la grande surprise de l'élite qui s'attendait à se faire assister pour protéger leur but commun.

Robert continua et dit que l'ISS avait prévu de quitter la Terre pour la Lune dans les prochains jours. Ils emmèneraient avec eux ceux qui sont choisis et qui sont les plus adaptables. Les autres deviendraient les esclaves des Bachers. Oui, des Bachers ! un pacte avec McPherson et ces gars-là. Ils vont décider ce qui adviendra de chacun de vous.

L'eau abondante que vous avez apprécié allait partir avec

eux. Même les Bachers ne se doutent pas de leur destin aussitôt que l'ISS aura quitté la Terre.

Ils ne savent pas que l'eau ne leur serait pas laissée pour en profiter. Vous êtes tous condamnés si vous restez ici. Personne ne vous soutiendra. Vous décidez de partir avec nous pour venir sur cette planète nouvellement découverte, ou vous restez ici.

Robert reconnut quelqu'un qu'il connaissait très bien. On lui avait dit que cet homme était mort d'une maladie inconnue et il était là, en parfaite santé.

– Vous, je me souviens de vous, vous étiez au sommet des courtiers d'affaires dans mon pays. Quel dommage vous avez créé ! Vous avez vendu toutes les actions de l'entreprise sans le consentement des investisseurs, vous êtes parti et avez truqué votre mort.

Je vous dis qu'aucun de vous ne mérite ce que nous vous offrons. Nous avions le choix de vous laisser mourir ici. Mais la conscience et la responsabilité nous enseignent que les mains propres ont une vie meilleure. Ce n'est pas votre cas.

Nous sommes très près de partir et pendant que vous êtes dans la catégorie des personnes gourmandes de privilèges et que vous avez hautement trahis vos concitoyens, je vous donne une chance. Vous devez décider maintenant.

Je ne suis pas ici pour vous donner une présentation de la nouvelle planète. Nous quittons la Terre.

Plein de visages parurent terrifiés et déçus de ces nouvelles. Les enfants avides qui étaient propres, sains et bien habillés commencèrent à crier à l'unisson à leurs parents qu'ils ne voulaient pas quitter la place, criant et sautant utilisant ce chantage. Ce fut un moment tumultueux pour tout le monde puisque jamais auparavant n'ont-ils vu leurs enfants dépeindre un tel comportement.

Julia éleva sa main droite observant un comportement de ces mini-êtres humains gâtés qui lui étaient inconnus et d'un ton affirmatif elle leur cria :

– ASSEZ !

Les enfants haletants la regardèrent lorsqu'elle mit fin à leur mélodrame.

– Une décision doit être prise maintenant – et vous les enfants, gardez le silence !

Robert conclut qu'ils avaient tout fait pour qu'ils prennent leur décision. Qu'ils ne recevraient aucun traitement spécial. Que les classes de citoyens n'existaient plus. Et qu'aucune religion ne s'imposerait à qui que ce soit. La façon de vivre de la Terre restait sur la Terre. L' histoire ne se répéterait pas !

Les représentants de toutes les religions, des banques, et toutes les personnes les plus riches de la Terre écoutaient Robert leur faire cette dernière déclaration. Ils réalisèrent que s'ils allaient le joindre, que leur ère de faveurs s'arrêterait là, c'était un choix très difficile à prendre. Ils seraient traités comme tout le monde.

Et Robert ajouta que, avant de joindre, ils auraient à affronter les personnes qu'ils ont laissées dans leur pays, leur dire ce qu'ils avaient fait et devaient se repentir pleinement des crimes commis. C'était la condition pour leur départ vers la nouvelle planète.

À les regarder, Julia sut et estima que cela serait un travail très laborieux à entreprendre puisque ces gens possédaient une écorce très épaisse de snobisme. Ils n'étaient pas sur le point de quitter ce qu'ils avaient acheté toute leur vie avec LEUR argent...

Préparer les gens au voyage

À Ottawa, sur le site des diverses constructions, tout allait comme prévu, pas de pépin ni de changement majeur. Les scientifiques étaient occupés à construire les vaisseaux tous en même temps tandis que d'autres accomplissaient tout ce dont ils étaient responsables de faire. Que ce soit pour l'hygiène, ou l'alimentation pour subvenir à leurs besoins, etc.

Il fallait mettre en oeuvre le système d'enseignement, les règles et les lois de la nouvelle Terre. On y trouvait inclus, un rédigé très simple sur le respect mutuel pour chacun. Ce n'était pas une mince tâche, mais tout le monde aimait faire leur part pour que tout se réalise. Tout de ce qui restait des ressources terrestres synthétiques, naturelles et artificielles fut envoyé sur le site.

Après quelques jours, Yentil et Simon se demandèrent ce qui se passait sous les Rocheuses. Il n'y avait pas moyen de les contacter vu que tout cela se faisait dans le secret, et le plus loin possible. Les jours avancèrent et ils continuèrent leur travail en espérant que ce soit pour le mieux.

Tous les dirigeants retournèrent dans leur pays et briefèrent leur peuple sur ce qui s'était passé alors qu'ils étaient au Canada. Ils dénoncèrent ce qu'était l'intention réelle de l'ISS et combien l'avenir de leurs enfants aurait pris un tournant très sombre si Robert Benson et son équipe dédiée du Canada n'avaient pas découvert leur plan.

Mais plus importants encore, ils firent tout en leur pouvoir pour préparer chaque personne pour leur départ. Les instructions devaient être complètement comprises par tous afin de ne pas mettre quiconque en danger durant le voyage.

La nouvelle planète leur fut présentée et ils furent rassurés sur le fait que l'avenir était plus prometteur que jamais. Ils leur dirent ensuite d'attendre le signal du départ, une fois l'évolution terminée. Tout ce qu'ils avaient à faire était d'attendre le signal pour le grand départ.

Avec l'aide des ministres et députés, toute la population eut des programmes de santé et de conditionnement physique. Tous les gens devaient atteindre un niveau de santé stable afin de participer au voyage. Les règles d'hygiène étaient mises en place pour résoudre le problème avec les personnes malades. Une grande partie du travail de ce secteur fut faite pour répondre à tous ceux ayant besoin d'aide pour se remettre en santé.

Le niveau de nécessité était très élevé. Pour ceux qui malheureusement ne pourraient pas faire partie du voyage, les locaux de l'ISS des Rocheuses seraient là pour eux pour répondre à chacun de leurs besoins et ils ne seraient pas négligés. C'était l'endroit le plus sûr pour eux.

Il y aurait des bénévoles qui resteraient avec eux et, dans la plupart des cas, un membre de la famille. Plusieurs scientifiques et leurs familles décidèrent de rester aussi afin d'éradiquer tout ce qui contribue à la pollution de la planète. Ils espèrent ainsi donner à la terre une chance de récupérer.

Yentil avait mentionné que ce scénario pouvait arriver lors de son briefing sur SN2Y. C'était leur choix et cela devait être respecté.

La même chose s'appliquerait pour les moins fortunés qui ne pouvaient pas se rendre à la Terre2. Julia, n'avait jamais soulevé cette question à Robert, mais avait informé ses scientifiques de SN2Y de la possibilité que cela se produise, compte tenu de la situation et le danger créés entre les personnes saines et les personnes moins chanceuses.

Ceux qui voudraient devenir plus sains seraient alors testés afin d'obtenir la confirmation de ne pas être une menace pour personne et pour eux-mêmes. Avec la technologie importée de SN2Y, ils avaient une meilleure chance de le faire. Avec la technologie de la Terre, il n'aurait jamais eu cette possibilité.

Il y avait aussi une équipe spécialisée dans la prise ADN des espèces animales restantes dans les zoos du monde entier. Ils seraient également tous transportés dans les lieux sous les Rocheuses. Un bon endroit pour prendre soin de tout ce qui était encore en vie sur la planète et voir s'il était possible d'obtenir ces espèces sur la Terre 2 : s'ils pouvaient s'adapter à leur nouvelle planète et prospérer dans la nature.

Elle avait fait plusieurs missions, la décision de Julia, pour le meilleur de tous, n'avait jamais été quelque chose qu'elle avait remis en question ou regretté. La chance fut donnée à tout le monde. Il pourrait y avoir une certaine opposition, ne sachant pas si ce serait accepté par tout le monde, mais risquer d'exposer aux gens à des pandémies n'était pas une option.

Ceux laissés sur Terre seraient assistés à 100 % tout au long de leur vie pour la rendre aussi facile que possible. Elle y veillerait personnellement. Avec son père, elle avait été témoin plus d'une fois que, malgré les promesses que les gens seraient pris en charge après le départ de la majorité, ils ne purent se joindre aux autres. Même s'ils leur santé était bonne, on les avait laissés mourir sur leur planète condamnée. Elle n'était pas sur le point de voir cette histoire se répéter sur Terre.

Comme elle l'avait constaté tout au long de sa carrière, il n'y avait pas que sur la Terre que des gens avaient des comportements douteux. Mais heureusement, l'Institut a évolué, les actions de plus en plus précoces pouvaient être prises pour qu'elle ne revoit jamais ces tristes jours. Et alors que tout le monde avait le même droit, il était important de veiller à ce que ceux qui avaient des intentions cupides ou destructrices soient laissés derrière. Cette nouvelle planète était faite pour tous ceux qui pouvaient l'apprécier.

Puis, quand viendrait le temps, son équipe serait là pour les assister avec leurs vaisseaux spatiaux, vers la nouvelle planète. Ces vaisseaux étaient énormes, capables de prendre des millions de personnes à la fois. Il faudra bien sûr plusieurs allers et retours pour déplacer tous ces gens. Et par respect pour chaque personne, tous les vaisseaux, lors de leur premier voyage vers la Terre 2, quitteraient en même temps, un symbole important pour l'égalité pour tous.

Isabelle ou Heather ?

Julia et Robert observaient le déroulement d'un nouveau chapitre de l'histoire humaine. Pendant ce temps, l'élite devait faire quelque chose qu'elle n'avait jamais cru possible : abandonner leur vie facile qu'ils croyaient éternelle en échange de quelque chose dont ils n'étaient pas habitués – être égal à tout le monde – un territoire inconnu.

Les deux, Julia et Robert avaient insisté sur le fait qu'il n'y avait plus de temps à perdre et qu'ils devaient quitter les Rocheuses une fois pour toutes. Ils étaient sûrs que l'ISS et les Bachers se regrouperaient et il n'y avait plus de temps pour le mode questionnement.

Les hauts gradés se consultèrent, concédèrent et encouragèrent les autres à faire de même. Tous maintenant d'accord, ils allèrent dans leurs locaux privés pour emballer ce qu'ils étaient autorisés à apporter.

Certaines remarques de reproches pouvaient être entendues entre les épouses et leurs maris dans différentes langues. Ces paroles de reproche mélangées avec des sentiments de culpabilité, après avoir tout risqué pour gagner leur place sous les Rocheuses pour une vie meilleure.

Ils se sentirent aussi trahis par l'ISS. Ils étaient maintenant dans le même bateau que les autres. Confronter les personnes qu'ils ont laissées derrière ne serait pas une mince tâche et leur parler des mensonges éhontés sur leur mort serait difficile. Leurs enfants verraient leurs parents sous un nouvel oeil. Ils devaient également faire face à la dure réalité d'adaptation. Personne ne les accepterait sur les vaisseaux s'ils ne décidaient pas de devenir honnêtes.

Ils sont tous sortis des locaux, jetant un dernier regard sur ce qui était leur monde artificiel depuis de nombreuses années, imperméables aux dangers et à la misère.

Par une journée de smog, ils portaient tous des vêtements de protection et des masques. Certains furent réticents à les porter, mais ils n'avaient pas vraiment le choix. Le ciel était gris et rouge comme d'habitude. Pas un mot ne fut entendu jusqu'à leur arrivée à Ottawa. Tous ces gens étaient vides d'émotions, comme s'ils étaient des prisonniers condamnés à mort.

Quand il furent tous arrivés sur le site de la construction des vaisseaux, ils regardèrent ces géants et tous ces gens affairés, se déplaçant rapidement, une scène d'activité incroyable.

Ils durent ensuite passer le même test de sécurité que les dirigeants des pays avaient reçu lors de leur arrivée a Ottawa. Tous échouèrent le test et furent isolés loin du site.

Ils ne pouvaient avoir aucun contact avec le monde extérieur. Il y avait encore des gens qui ne renonçaient pas à leur niveau hiérarchique. Certains semblaient, en apparence, plus repentants que d'autres, mais ne sachant pas si c'était juste un bref instant honnête de remords, ils furent également isolés. Ils avaient été tellement déconnectés de la réalité depuis des années que Simon s'assura qu'ils seraient surveillés vingt-quatre heures sur vingt-quatre. Après cette décision et évolution, Julia se joignit à l'équipe. Les scientifiques et Yentil étaient prêts à l'informer sur les progrès réalisés pendant son absence.

Elle avait beaucoup à rattraper, car même si elle les avait laissé pour les Rocheuses pour quelques jours seulement, des pas de géants avaient été accomplis. Elle était très fière de ce que Yentil et ses scientifiques avaient réalisé.

La date de départ était maintenant fixée : moins d'un mois pour quitter la Terre si tout gardait son cours – un moment très excitant à vivre – les humains qui, probablement pour la première fois sur Terre, avaient mis de côté leurs différences pour atteindre un grand objectif.

Robert alla à son bureau pour une réunion avec Simon, Simon devait lui donner les derniers rapports des scientifiques et des équipes d'ingénieurs travaillant sur la Terre 2.

– Un rapport vient d'arriver, qui a confirmé, que toute la construction, les infrastructures, la puissance de l'énergie, le logement, – tout le nécessaire est complété. Tout a été construit et est prêt à accueillir tous les êtres humains dans leur nouvelle maison.

Photos, descriptions, plans, etc. furent remis à Robert. Le paysage et les dispositions de ces villes étaient incroyablement beaux. L'équilibre de la nature et de l'espace était parfait. Robert pourrait bientôt donner son accord pour le départ des vingt vaisseaux qui entameraient le voyage vers Terre 2.

Après ce briefing et le feu vert donné pour procéder aux préparatifs de départ, Simon dit à Robert d'une façon très apologétique qu'il s'était rendu compte qu'il ne lui avait jamais présenté correctement sa nouvelle assistante parlementaire, nommée Isabelle.

Depuis l'image qui avait été envoyée à Robert sur SN2Y, Robert ne cessa jamais de penser qu'elle ressemblait étrangement à Heather. Sa dernière aventure sur NS2Y lui revint à l'esprit. Il se dit que c'était le bon moment de faire sa connaissance.

Comme elle et Simon avaient terminé de lui donner les dernières informations sur la préparation et l'évolution du départ, elle se présenta officiellement et lui dit qu'elle avait joint la législature il y a de cela moins de six mois.

Leur conversation fut décontractée et tout en conversant, un soudain flashback dans le temps vint à l'esprit de Robert quand elle lui expliquait comment elle avait survécu à un coma qui avait duré de nombreuses années. Qu'elle s'en était sortie miraculeusement.

Elle poursuivit en disant que c'était un exemple de la science moderne ; qu'elle avait récupéré après toutes ces années. Quelqu'un certainement espérait qu'elle s'en sorte. Elle était reconnaissante de recevoir un court programme de réadaptation.

Elle dit que, apparemment, elle avait eu un accident de vaisseau quand elle était une jeune adulte, mais elle ne pouvait pas se rappeler de toutes les circonstances de cet événement. On lui avait dit qu'il y avait encore une certaine partie de mémoire manquante, mais avec le temps, tout reviendrait progressivement, car malgré le coma, aucune cellule du corps n'avait été lourdement endommagée.

Comme elle ne se souvenait pas de son nom, elle avait décidé de choisir le nom d'Isabelle. Son ancien nom était Heather, mais ça ne la dérangeait pas d'avoir changé son nom pour Isabelle. Elle était très reconnaissante qu'on lui ait donné une deuxième chance à la vie.

On lui avait dit que puisque le taux de succès était mince, que ses parents et membres de sa famille avaient été informés qu'elle était morte. Elle faisait partie involontairement d'une expérience secrète dont les scientifiques espéraient la retourner à une vie normale. Après tous les tests et diagnostics positifs, elle avait été libérée et renvoyée, à la grande joie de sa famille.

La mâchoire de Robert tomba et il eut la réflexion de couvrir sa bouche d'un document.

Était-ce vrai ou était-ce encore une fois quelque chose de super naturel qu'il avait vécu nombre de fois sur SN2Y ? Il se souvint qu'il ne pouvait pas comprendre la signification de cette étrange rencontre qui s'était passée avec les Daulphinis, qui avait ouvert une cicatrice qu'il croyait guérie.

Était-elle la Heather qu'il connaissait ? Essayant de garder son sang-froid, comme si rien ne s'était passé, son cœur se mit à battre plus vite. Elle continuait de dire qu'elle aimait la ville d'Ottawa et était heureuse d'y avoir emménagé.

Robert n'écoutait plus rien. Il fit semblant de l'écouter et plus il la regardait, plus elle avait les mêmes caractéristiques physiques, ses cheveux, son expression de visage avec ses taches de rousseur.

Es-tu Pumpkin ? se dit-il en lui-même.

Davantage de flashbacks lui vinrent à l'esprit, il se rendit compte qu'en étant dans le coma, elle avait peut-être essayé de le localiser pour lui dire qu'elle était toujours en vie.

La même chose se passait avec elle, elle essaya de trouver une raison de quitter son bureau, mais elle ne le pouvait pas. Elle essaya de garder son attitude « cool » du mieux qu'elle put, jusqu'à la fin de la conversation.

Elle commença à bégayer, n'arrivait plus à prononcer les mots correctement quand elle voulut continuer à parler. Simon lui jeta un regard étrange, se demandant pourquoi elle avait soudainement de la difficulté à parler.

Comme il n'en pouvait plus, Robert interrompit poliment la conversation puisqu'il avait presque « oublié » qu'il devait assister à une réunion très importante dans quelques minutes. Les deux comprirent et quittèrent le bureau.

Isabelle sentit un soulagement. Après cette invitation à le quitter, tout lui revint, tous les moments de joie qu'ils avaient partagés, leur amour tendre et authentique. Ils voulaient se marier et avoir des enfants... jusqu'au jour de cet accident qui avait déchiré leurs vies.

Simon ferma la porte, Isabelle était immobile dans le hall et regarda Simon, comme si elle allait dire quelque chose de très important, mais resta silencieuse. Simon lui demanda si elle était OK et avec un signe de la tête, lui indiqua que tout allait bien. Robert resta bouche bée fixant la porte se refermant derrière lui...

Alan, un espion volontaire

Alan Barter, nerd d'ordinateur et ami très proche de Robert n'avait jamais cessé d'espionner et pirater les ordinateurs de l'ISS ainsi que le réseau numérique de communication planétaire, depuis le jour où Simon lui avait demandé de garder un oeil pour toute autre tentative d'ingérence lors de leurs émissions et discours à l'humanité.

Avec tous ces événements qui se déroulaient pour transporter le monde entier vers la nouvelle planète, il savait que l'ISS allait essayer à tout prix de se cramponner et de regagner son pouvoir.

Pour cette raison, il devint un espion à temps plein et décida qu'il garderait un œil sur leurs allées et venues en balayant continuellement leurs réseaux. Alan devint bénévole de l'espionnage. Cela lui permettait d'alerter immédiatement Robert de tout événement suspicieux.

Durant leurs années d'études à l'université, Robert et Alan plaisantaient qu'un jour, ils pourraient construire un réseau qui leur permettrait d'espionner dans le cyberespace à tout moment sans être repérés. Alan est devenu un ingénieur en technologie de l'informatique quand Robert, ayant complété un doctorat en sciences pures, décida de prendre la route vers la politique.

Puisque Robert Benson avait dit à tous que l'ISS n'était plus officiellement la société puissante qu'elle se disait d'être, Alan avait le champ libre pour espionner. Chaque jour, depuis l'appel pour son aide pour résoudre le problème d'interférence que personne ne pouvait régler, Alan demeura relié à leur réseau.

Un après-midi, alors qu'il se faisait un sandwich au jambon

synthétique, un événement qui se déroulait dans les bureaux de l'ISS attira son attention. Il s'assit devant son écran 3DVD, il détecta qu'une caméra 3D était en mouvement, en se concentrant sur une silhouette de grande taille. Ensuite, McPherson apparut, pas tout à fait lui-même encore après la dernière aventure qu'il avait eue avec Julia. Il était assis à la table ronde avec les dix hommes et femmes dans la même salle où il avait donné son discours de leur victoire quelques mois auparavant.

Alan continua d'observer et d'écouter ce qui se passait.

— Nous devons faire quelque chose et rapidement, dit McPherson. Que peut-on faire pour arrêter que cette folie ne se produise ?

— Nous devons convaincre les Bachers d'attaquer Benson tandis que nous prendrons les gens que nous voulons et par la suite, nous partirons. Tout est prêt. Nous avons seulement besoin des millions pour nous servir une dernière fois.

En disant cela, le chef des Bachers entra dans la salle. McPherson ne savait pas s'il avait entendu ses commentaires ou non. Une chose est sûre, le Bacher lui affichait un regard furieux.

McPherson le fixait alors qu'il avançait et s'assoyait à la table.

— Maintenant, vous me devez une explication McPherson. Qu'allez-vous faire ? Nous avons fait un pacte et il doit d'être tenu. Je veux savoir ce que vous allez faire, ou je vais me retirer de l'affaire et vous serez laissé à périr avec tout le reste.

— Le coupable est Robert Benson et il doit être arrêté à tout prix, le succès du projet en dépend.

Lorsque McPherson parla, le Bacher le regardant se rendit compte que cet homme n'était plus aussi dynamique que celui qu'il avait l'habitude de voir. Il était maintenant un homme frêle. Il n'avait plus de cheveux ni barbe.

L'interrogeant sur son état physique, McPherson lui répondit en cherchant sa sympathie par le ton de sa voix, que c'était le stress des derniers jours, qu'il travaillait très fort pour mener à terme son départ.

Alan continua à écouter et à observer la situation et décida d'enregistrer chaque mot qui était dit lors de cette réunion, car il se développait quelque chose de très grave.

Les Bachers et l'ISS prévoyaient attaquer le site de construction et de détruire tout sur leur passage afin de garantir que personne ne quitte. Il fallait que leur propre plan continue. Les Bachers obtiendraient tous les alliés possibles et une flotte de vaisseaux pour envahir les lieux. Il n'y aurait plus aucun moyen pour quitter la planète.

McPherson utiliserait les Bachers pour créer le chaos pendant que tout se produirait, ils prendraient secrètement le nombre de personnes nécessaires, téléportera toute l'eau et quittera pour la Lune. Les Bachers s'en rendraient compte beaucoup plus tard après leur départ. C'était la réelle intention cachée de McPherson.

Puisqu'ils avaient décidé que l'attaque en masse était le meilleur plan d'action à prendre, ils le mirent immédiatement à exécution commençant par réunir toutes les forces alliées des Bachers.

– *Vous les salauds !* s'exclama Alan en prenant son Omnix, composant nerveusement le numéro de Robert, espérant qu'il prendrait son appel.

Comme il ne pouvait pas mettre la main sur quelqu'un, il saisit sa 3DVD enregistré, mit ses vêtements protecteurs et son masque et courut vers sa voiture…

Qu'arrive-t-il à l'élite ?

La population de la Terre fit ses devoirs, apprirent les règles pour l'envol. Ceux qui étaient aptes à voyager étaient prêts. Ils furent également informés sur la façon de rendre leur civilisation la plus auto-efficace possible. Rien ne fut laissé au hasard ; toutes les informations pour une qualité de vie exceptionnelle furent données et ils promirent d'en faire bon usage.

Un travail énorme fut effectué par tout le monde, c'était, pour la première fois, un effort commun tel que Robert ne l'avait jamais imaginé possible. Tous étaient d'accord sur les conditions et les règles qu'il avait mises sur la table lors de son discours.

Une seule préoccupation était restée : le groupe d'élite qui n'avait pas fait signe de vie à son invitation. Ils étaient très discrets sur leur intention et plus d'une fois, ils tentèrent d'entrer en contact avec McPherson pour les sauver de leur calvaire.

L'élite n'était pas sur le point de quitter le niveau de vie dont ils avaient joui pendant tant d'années. Simon qui était responsable de la sécurité avait détecté que chacun d'entre eux n'avait aucune intention réelle de révéler à tout le monde leurs mauvais actes contre leur population. C'était quelque chose qu'ils ne pouvaient pas faire face, trop fiers et gourmands.

Quelque chose devait être fait, car il n'était pas question qu'ils se joignent à l'humanité pour le voyage. Il décida de leur dire de donner leur décision qui serait la finale. Il leur avait consacré assez de temps et n'avait pas l'intention d'en dépenser davantage à essayer de les persuader.

Un événement de diffusion devait avoir lieu afin qu'ils puissent dire à chacun, dans leur pays, comment ils les avaient trahis et leur demander pardon. S'ils se repentaient sincèrement, alors, il y avait de l'espoir pour eux. Sinon, ils seraient laissés à eux-mêmes. S'ils décidaient de rester sur Terre, c'était leur décision.

Tous les locaux souterrains des Rocheuses étaient fortement gardés pour la protection des personnes qui ne pouvaient pas se joindre au grand voyage. Elles étaient, malgré tout, assurées d'une qualité de vie qu'ils n'avaient jamais connue de leur vie. L'élite et l'ISS ne seraient jamais autorisés à y retourner.

Tous les gens étaient enthousiastes de quitter et de donner un répit à la Terre. Ils étaient reconnaissants de ce que la Terre leur avait donné, mais il était temps de passer à un meilleur endroit.

Terra Cotta fut le nom choisi unanimement. Tout le monde avait convenu qu'il était le meilleur nom à adopter puisque c'était un rappel de leur lieu de naissance et un rappel constant de prendre soin d'elle, cette fois.

Le projet avançait comme prévu, mais Julia et Robert s'inquiétaient de ce qui se passait avec les Bachers et McPherson. Ils n'avaient pas entendu quoi que ce soit qui inviterait la suspicion jusqu'à ce qu'Alan apparut à bout de souffle comme un coureur de marathon à la fin de la course.

Il n'arrêtait pas de demander où était à Robert, et finalement il fut guidé vers une salle où Robert se trouvait avec Julia, Simon, Yentil et les scientifiques pour finaliser les préparatifs de départ.

Les vaisseaux de pointe subirent des tests rigoureux, et tous avaient le feu vert pour le départ à partir de vingt villes où des gens les attendaient pour monter à bord et enfin partir. Tous les dirigeants furent avertis de rester très vigilants quant aux visiteurs suspects autour des quais d'embarcation, qu'ils devaient en alerter les autorités pour s'occuper de ces saboteurs potentiels.

Robert savait qu'il pouvait compter sur les dirigeants de chaque pays. La sécurité était très élevée, tout était surveillé par le groupe appelé le 22ᵉ, en l'honneur d'un prestigieux groupe de soldats dont la réputation était internationalement reconnue.

Ce 22e était très courageux durant les guerres du monde durant les années 1900. Ils étaient prêts à faire n'importe quoi, y compris sacrifier leur vie pour protéger contre tout intrus. Ils étaient les meilleurs tireurs d'élite du monde en raison de leur persistance, patience et exactitude dans leurs tirs.

Enfin, Alan entra dans la salle, tout le monde le regarda car il était en sueur et s'exclama :

– Écoutez, quelque chose va se passer et nous devons les arrêter à tout prix. Avec les mains tremblantes, il fit visionner la 3DVD.

Robert et Simon ainsi que tous les autres gardèrent le silence pendant le visionnement. Alan était heureux qu'il puisse enfin leur donner l'information pour éviter la destruction des lieux.

Robert, Simon, Yentil et Julia lui demandèrent où était l'endroit de cette réunion pour évaluer le temps exact des attaques. Alan ne pouvait pas dire où ils avaient l'intention de regrouper les alliés pour l'invasion et l'attaque, mais il promit qu'il serait là, continuellement aux aguets, surveillant tout leur réseau.

Julia et Yentil mentionnèrent que le plan B était nécessaire, car ils ne pouvaient pas prévoir la quantité de dommages que pouvaient créer les Bachers et McPherson.

Les locaux où tous attendaient étaient extrêmement bien gardés et sécurisés. Seuls les dirigeants des pays savaient où ils se trouvaient et attendaient le signal pour se rendre sur les lieux.

Un message se fit entendre dans tout le site, le lancement de ces vaisseaux était sur le point de prendre place. Malgré les données d'Alan exigeant une intervention urgente, le départ des vaisseaux spatiaux vers les vingt villes ne pouvait pas être retardé.

Tous se réunirent à la surface de lancement et Robert donna son approbation à chaque pilote pour quitter les lieux immédiatement. Il fallait qu'ils décollent, et aussi longtemps que les Bachers et McPherson ne savaient pas qu'ils étaient sur le point de partir, le plus tôt rendu, le mieux ce sera pour tout le monde.

Les vaisseaux étaient sur le point de s'envoler vers leur destination et étaient fortement escortés par le 22e. Tous ces gardes faisaient partie du projet Wild West et ils ne reculeraient devant rien et répondraient immédiatement au moindre signe d'agressivité envers les vaisseaux.

Robert leur donna ses dernières instructions et leur dit qu'il comptait sur eux pour arriver à destination. Ils le saluèrent et ensuite ils s'envolèrent.

Le paysage était très impressionnant, vingt vaisseaux gigantesques quittaient les lieux, l'un après l'autre. Puis ils volèrent à une vitesse stellaire et devinrent des points lumineux dans le ciel rouge et gris.

Ensuite, tous retournèrent à la salle d'opération pour se protéger des attaques des Bachers et du gang de McPherson. Alan s'était entretemps rendu chez lui pour ramasser tout ce dont il avait besoin pour son piratage. Il n'y avait pas de temps à perdre.

Tout son équipement était maintenant dans la salle pour les informer de toutes menaces possibles.

Ils se demandaient ce qui pourrait être le pire scénario qui ferait obstacle à leur départ et ce qui devrait être fait pour l'éviter à tout prix.

Jusqu'ici, tout se passait bien, il n'y avait rien de connu des scientifiques de SN2Y qui pouvait désintégrer ou faire exploser ces vaisseaux.

Reconnaissance

Ç'aurait dû être un temps de célébration pour la réalisation des envols de ces gigantesques vaisseaux tout autour du globe, mais il fallait tout faire pour éviter le pire. Ce n'était que partie remise.

Alors qu'ils étaient occupés à recevoir toutes les informations possibles par le piratage d'Alan, Isabelle se dirigea vers Robert et l'invita à se retirer du groupe et de la suivre dans la pièce voisine. Elle voulait lui parler seul pendant quelques minutes. Robert savait qu'elle l'avait reconnu.

Julia les regarda quitter la salle et savait ce qui allait se passer. Elle était très fière que les Dolphinis aient fait un travail impeccable, comme d'habitude. Ils étaient les maîtres assistants pour aider toute personne à retrouver l'espoir et la joie qu'ils avaient perdus. Ils avaient capté que Robert avait perdu un être cher, et si cette personne était encore en vie n'importe où dans l'univers, ça n'avait pas d'importance, ils pouvaient être de nouveau réunis.

Robert ne voulait pas pousser la question avec tout ce qui se passait. Il se dit en lui-même qu'à un moment donné, dans sa nouvelle maison, il aurait amplement de temps de s'occuper de cette histoire d'amour inachevée.

Debout devant elle, elle lui sourit et dit :

– Robert, dit-elle avec un ton ferme de la voix – te souviens-tu de moi ? Je n'ai pas autant de taches de rousseur qu'avant, mais c'est vraiment moi, Heather. Tout m'est revenu depuis qu'on s'est parlé à ton bureau.

Avant qu'elle ne puisse terminer sa phrase, Robert sans aucune hésitation la prit dans ses bras en lui disant :

– Yes Pumpkin, je le sais.

Ils s'étreignirent passionnément et pleurèrent de joie. Ils étaient à nouveau ensemble !

– Nous avons tellement de choses à nous dire après toutes ces années et nous allons sûrement prendre le temps de le faire, mais la première chose à faire est de quitter la Terre.

Après ce moment intense, qu'ils n'avaient jamais ressenti auparavant, tout était comme s'ils avaient été transportés dans un monde totalement différent.

Puis, il rejoignirent le groupe, et nul besoin de se demander ce qui s'était passé. Julia et Yentil se regardèrent et par télépathie se félicitèrent que oui, les Daulphinis avaient parfaitement fait leur travail.

Maintenant, il fallait retourner à ce qui était pressant de régler. Un message se fit entendre, qu'ils devaient se présenter au bureau de contrôle de la mission pour recevoir les messages de tous les pilotes.

L'ISS et les Bachers alertés

Le site de construction devint le bureau de contrôle de la mission. Le message fut clairement transmis par les pilotes qu'ils avaient tous atterri en toute sécurité sur les sites secrets et qu'ils étaient prêts pour les prochaines instructions. Ils ne furent pas détectés et tout se passa comme prévu. Leurs messages codés furent très bien accueillis et tout le monde fut soulagé d'entendre les nouvelles.

Ce fut remarquable de voir vingt vaisseaux décoller laissant des traînées de vapeur, de l'air pur dans le ciel pollué. Les traces pouvaient être vus dans le ciel la nuit. Mais cette vapeur ne passa pas inaperçue pour l'ISS et les Bachers. Ils furent alertés qu'un phénomène étrange se produisait dans le ciel autour de la planète.

Ils envoyèrent toutes les troupes de Bachers et leurs vaisseaux pour surveiller la zone la plus proche de leur siège, le lieu qu'Alan avait retracé plus tôt.

Ils s'étaient tous réunis pour une seule raison : retracer la source de cette trace de vapeur et saboter les départs.

Tous les vaisseaux étaient en place sur les lieux secrets assignées par le 22e et ils devaient y rester jusqu'à ce qu'ils obtiennent le feu vert pour lancer leur opération d'embarquement des passagers.

Personne, dans ces pays, à l'exception des dirigeants, savait où ils étaient. Alan alerta Robert, Yentil et Julia que leur enquête du dépistage était sur le point de se faire. Des messages codés furent envoyés aux dirigeants et aux pilotes pour garder le silence et garder tous les équipements de communication à la fréquence la plus basse possible.

Les scientifiques de SN2Y cherchaient une solution pour

faire disparaitre ces traces de vapeur dans le ciel. Il y avait trop à perdre et il n'était pas question d'exposer leur couverture.

Les Bachers indiquèrent que les traces étaient composées d'une substance, disaient-ils, d'origine inconnue.

L'ordre fut de prélever des échantillons de cette vapeur et de les ramener au laboratoire de l'ISS pour analyse. Il fallait qu'ils fassent vite.

Alan leur disait tout au fur et à mesure ce qui se passait dans les quartiers de l'ISS et les scientifiques de SN2Y étaient inquiets sur ce que ferait l'ISS. Yentil et Julia se retirèrent pour évaluer quelle était la prochaine étape à prendre.

– Ils vont découvrir que c'est pour bientôt. Il est trop tard pour faire disparaître ces traces ; la densité du composant est trop forte. Il restera dans le ciel pendant au moins les vingt-quatre prochaines heures.

Robert se joignit à eux et décida d'appliquer le plan B, comme il disait. Julia et Yentil étaient au courant de ce que c'était et que, même si c'était une décision radicale à prendre, Robert estima qu'il n'avait plus le choix.

Le plan B consistait à écraser tout ennemi qui apparaîtrait sur leur chemin, Robert n'était pas au courant à l'époque de sa planification sur SN2Y que l'ISS prendrait tous ses moyens pour attaquer comme il avait l'intention de le faire. Il n'avait pas le choix. Il fallait quitter la Terre pour se rendre sur Terra Cotta.

Alors qu'ils découvrirent ce que c'était, McPherson et les Bachers ont ordonné qu'une flotte décolle immédiatement pour suivre le parcours de ces traces de vapeur et voir jusqu'où elles s'étaient rendues.

Il était trop tard pour déplacer les vaisseaux ailleurs et ils laisseraient encore des traces dans le ciel. Le risque serait trop grand.

La solution fut de mettre en œuvre le plan B, mais il dut être légèrement modifié. Robert et son équipe n'avaient pas l'intention de leur donner une chance de réussite.

Robert annonça l'ordre qu'il était temps de mettre tout le monde à bord. Le silence était essentiel et les dirigeants des pays lui assurèrent qu'ils respecteraient ses instructions. Le 22e les avertit ensuite de marcher à un pas régulier, aucune course n'était nécessaire. Il fallait qu'ils se revêtent de leurs vêtements de protection, qu'ils montent à bord et qu'ils se rendent au lieu assigné, puis, qu'ils gardent le silence.

Dès que les ordres furent donnés, les pilotes du 22e illuminèrent les tunnels énergétiques à chacune des nombreuses entrées des vaisseaux. La lumière ne se voyait que de l'intérieur pour protéger les voyageurs.

Ces tunnels avaient une onde d'énergie très forte, créée par les scientifiques de SN2Y, nommée « **Va** ». Cette énergie était inconnue des scientifiques humains. Elle avait la propriété **V** de remplacer n'importe quel objet ou matière dans l'espace par une matière égale à l'objet ou la matière échangée entre deux points d'origine différente. Utilisant cette technologie, l'augmentation de la vitesse à l'entrée était considérable pour le déplacement des gens vers les vaisseaux.

La largeur des tunnels permettait facilement à des milliers de personnes de se rendre facilement vers les vaisseaux. Le bruit serait instantanément absorbé et personne ne serait capable de détecter leur mouvement. Comme l'ordre fut bien reçu, les dirigeants des pays ont immédiatement expliqué à leurs peuples ce qu'ils avaient à faire.

Le succès de leur départ en dépendait. Un par un, chaque personne, les parents et les enfants, les personnes âgées sont entrées dans une onde lumineuse vers leur vaisseau. Elles ressemblaient toutes à des étoiles d'argent avec leurs vêtements brillant dans l'obscurité.

Personne ne pouvait encore exprimer la joie et le bonheur que Robert voulait tant voir et entendre, mais les sourires extatiques sur chacun des visages en disaient beaucoup comme il pouvait le constater sur les vingts écrans 3DTV au bureau de contrôle. Ce fut un moment qu'il se souviendrait longtemps.

Robert se rendit compte que ce n'était pas la majorité des habitants de la Terre qui avaient été la cause de sa destruction. Mais l'ISS qui avait tout fait pour empêcher le progrès de la société et de protéger la terre qui avait été si généreuse.

Qu'une telle minorité de rapaces aient dirigé le spectacle pendant si longtemps et qu'il n'y avait eu personne qui ne s'était jamais tenu debout pour les arrêter.

Bon sens, on a tous été dupés par eux, se dit Robert.

L'ISS, en comparaison avec le nombre de personnes sur Terre représentait un très petit pourcentage. Mais avec leur position et les fonds provenant des dupés qui croyaient à une vie meilleure, les avaient mis dans une position qui leur avait permis de condamner le reste de la population à la mort. Ils n'avaient aucune dignité. Finalement, l'histoire de la Terre prenait un autre tournant.

Zip et Zap

Ce fut un problème pour les scientifiques de SN2Y, que leurs vaisseaux spatiaux de haute technologie soient retracés en raison de leur émission non polluante. On pouvait voir sur leur visage une tristesse qu'ils ne pouvaient pas dissiper. Ils étaient heureux que les vaisseaux soient arrivés à leur destination, mais en même temps, la vapeur avait laissé une trace qui pouvait mettre en péril la mission dans laquelle ils avaient tant travaillé.

En voyant ces signes de déception, Julia les réunit et leur dit que tout était loin d'être un échec, que les vaisseaux étaient tout près de décoller, que ce n'était pas le temps pour le blâme ou le regret, mais le temps d'agir et d'arrêter l'ISS et les Bachers à tout prix.

Elle fit appel de nouveau à leurs esprits brillants pour travailler avec Robert sur le Plan B. Ce qui avait été prédit par Alan confirmait que les vaisseaux des Bachers décollaient à tout moment. Ils allaient suivre les traces de vapeur et cela, pendant que les gens marchaient vers les vaisseaux spatiaux. Ce fut la dernière chose qu'ils avaient à se concentrer puisque toutes les personnes qui avaient été jugées inaptes à venir se trouvaient déjà à l'emplacement sous les Rocheuses et étaient prises en charge.

Les élites de l'ISS étaient toujours isolées dans les locaux de la construction. Puisqu'il n'y avait eu aucun changement sur l'ultimatum qui leur avait été donné, qu'on s'occuperait d'eux après les premiers départs. La sécurité de la majorité des gens étant ce qui était le plus important.

Comme il y avait plus urgent à régler que l'ISS, puisque les Bachers avaient été ajoutés à l'équation, le Plan B prit une tournure différente de son objectif initial. Le plan était de laisser partir l'ISS pour la Lune, puis amener le reste de la population sur Terra Cotta. Mais cela avait tout changé maintenant et Robert appela Simon pour l'arme ultime du Far West.

L'ISS avait provoqué une guerre et Robert savait qu'ils feraient tout en leur pouvoir pour anéantir le dernier espoir de l'humanité, pour leur propre cupidité. Robert et son équipe n'avaient aucunement l'intention de voir cela se produire.

Simon appela l'unité spéciale Far West - les tireurs d'élite du 22e. Il leur ordonna de se préparer à cibler chaque vaisseau des Bacheurs. Ensuite, l'ISS serait laissé sans protection et n'aurait aucun autre pouvoir d'attaque.

Les vaisseaux des Bachers allaient tout simplement disparaître de l'écran radar.

L'ISS ne serait jamais en mesure de retourner sous les Rocheuses. Les locaux étaient fortement gardés et l'entrepôt près de ces lieux était équipé de détecteurs très sensibles qui alerteraient, immédiatement les gardes. Les mots de passe d'identification seraient demandés et si aucune réponse ou une mauvaise réponse se présentait, la résultante était mortelle.

Il était essentiel de garder les lieux protégés pour permettre le départ éventuel de toute la population restante vers Terra Cotta. Les armes Wild West seraient utilisées sans hésitation.

Pendant que les gens se déplaçaient vers les vaisseaux, les Bachers s'y approchaient. Des bruits de « zip » et « zap » purent être entendus à distance. Personne ne fut informé de ce qui se passait. Chaque vaisseau des Bachers fut détruit. Toute la flotte de défense pour l'ISS fut complètement désintégrée.

Un message clair au nom de tous les tireurs d'élite du 22e se fit entendre clairement au bureau de contrôle :

– Nous avons lancé et nous avons marqué ! Nous les avons eu les salauds !

Les dernières déclarations codées étaient inattendues, mais bienvenues. Julia et Yentil n'arrivaient pas à comprendre pourquoi il y avait tant de gens qui riaient par cette dernière déclaration, mais ils apprécièrent quand même le nouveau sens d'humour humain.

Des applaudissements et sifflements pouvaient être entendus partout comme si un but gagnant d'un match de hockey donnait la victoire.

Durant l'embarquement, les personnes ne surent pas ce qui venait de se passer. L'embarquement continua et tous les gens coopérèrent. Le moment de mettre tout le monde à bord était crucial. Il fallait contourner les débris spatiaux. Ce qui signifiait que chaque vaisseau devait quitter à un moment très précis.

Avec les vaisseaux des Bachers en dehors de la route, la première envolée allait se produire. Des millions de gens avaient pris leur place dans les vaisseaux.

En attendant patiemment, des instructions furent mises à leur disposition via des écouteurs numériques. Les informations de toutes les installations du vaisseau spatial : que faire en cas de perturbation cosmique, quel était le pourcentage de possibilités de celles-ci, la durée du voyage et que, s'ils le désiraient, et pour la dernière fois de leur vie, ils mangeraient de la nourriture synthétique.

La majorité ne comprenait pas très bien l'impact de ce qui venait d'être dit, mais était reconnaissante qu'ils auraient, tous ensemble le plaisir d'avoir un repas. Certains n'avaient pas mangé depuis des jours et avaient pris tout ce qui restait de leur énergie pour rejoindre le reste de la population.

Un couple de personnes âgées se rendirent à leur place assignée et se tinrent les mains dans l'espérance de vivre une aventure passionnante pour couronner leurs inséparables années.

Un grand soulagement pour Robert et le reste de l'équipe, mais ce n'était pas encore le temps de célébrer.

Aucune autre pulsion

À l'intérieur de leurs quartiers de Paris, McPherson et les dix hommes et femmes attendaient le signe des Bachers. Ils espéraient que tout ce qu'ils trouveraient serait immédiatement signalé afin qu'ils puissent coordonner leurs prochaines actions pour empêcher l'exode. Le prix était trop grand pour tout laisser filer.

Leur rapport indiquait qu'ils étaient à mi-chemin pour soudainement prendre une autre tournure, il n'y eut aucun autre signe de leurs vaisseaux ; McPherson commença à devenir très agité.

– Qu'est-ce qui leur est arrivé, où sont-ils ?

Il demanda à ses techniciens chargés de les retracer sur la carte numérique puisque leur trajectoire était très lisible quelques minutes auparavant. Il n'y avait plus d'impulsion sur leur carte.

Plusieurs tentatives furent faites afin de rétablir le contact, mais en vain. McPherson et les dix hommes et femmes, assis devant la carte numérique ne pouvaient pas croire ce qui se passait. Ils avaient perdu le contact avec ceux qu'ils allaient utiliser pour les amener à la Lune.

– Nous devons partir et merde pour le reste du monde, nous ne pouvons pas attendre plus longtemps. Préparez-vous pour le départ à la Lune immédiatement !

Sans que McPherson et son élite le sachent, l'entrée des locaux sous les montagnes Rocheuses était sous très haute surveillance. Ils ne pourraient plus obtenir la quantité d'eau qu'ils s'attendaient de prendre.

Quand ils arrivèrent devant les locaux quelques heures plus tard, ils furent accueillis par des avertissements qu'ils ne pouvaient plus faire un pas sans s'identifier avec le bon mot de passe. Ce n'était pas un endroit pour les intrus.

Les gardes n'auraient aucune hésitation de tout faire à quiconque tentait de pénétrer dans ces locaux. Les gens les plus importunés, tout ce qui restait du règne animal et ceux qui avaient décidé de rester sur Terre devaient être protégés coûte que coûte.

McPherson tenta de faire valoir ses droits et que c'était la propriété de l'ISS.

Une voix d'homme se fit entendre :

— Ne tentez pas de vous approcher, car nous allons recourir à la force nécessaire. Vous n'avez pas d'autre choix que de faire marche arrière et de quitter les prémisses immédiatement.

McPherson cria à ses disciples d'ignorer ces ordres. Il n'était pas sur le point de renoncer à l'eau qui s'y trouvait. C'était la cargaison la plus importante qu'ils devaient transporter à la Lune.

— Vous n'avez aucune chance ; quittez les prémisses immédiatement ou vous subirez les conséquences.

Refusant de faire marche arrière, ils défièrent les gardes qui les arrêtèrent. Leur avenir devenait sombre parce qu'il n'y aurait plus d'exil pour eux – la zone la plus polluée de la planète devait être leur destination et ils se devraient de créer leur propre environnement pour survivre.

Leur époque d'abondance disparaissait sous leurs yeux. Ils restaient sur Terre. Cela faisait partie d'une lettre signée par Robert Benson qui leur était destinée et qu'ils allaient recevoir bientôt. Le reste de son élite qui était sous bonne garde, les rejoindraient bientôt exprimant leurs dégoûts sur les conditions alimentaires et de vie offerte depuis qu'ils avaient quitté les Rocheuses.

La qualité de vie était au strict minimum pour tous. Malgré le fait qu'ils fussent informés qu'ils ne seraient pas en mesure de retourner dans leur paradis, ils ne le croyaient pas. Ils avaient eu la chance de se repentir et dire à tous ce qu'ils avaient fait, mais ils avaient refusé de tout avouer. C'était trop pour eux et ils avaient volontairement décidé de rester avec McPherson.

Les quelques scientifiques qui étaient gardés prisonniers par l'ISS furent finalement libérés. Ils quittèrent les quartiers de l'ISS et se joignirent à leur famille pour le départ vers Terra Cotta.

La Terre disparait

Après des années de préparation, les habitants de la Terre étaient enfin prêts à se lancer dans ce voyage incroyable.

Chaque dirigeant voulut, comme étant un signe de respect pour leur peuple, être le dernier pour l'embarquement.

Robert Benson n'a pas fait exception ; Heather, Simon, Julia et Yentil avec les scientifiques le regardaient d'une fenêtre.

Portant ses vêtements protecteurs et son dispositif de respiration pour la dernière fois, il quitta le site, Robert marcha à l'extérieur et s'arrêta regardant tout autour pendant un long moment et dit :

– Je suis vraiment désolé pour ce que nous vous avons fait endurer et l'état dans lequel nous vous quittons. Je suis sûr qu'avec le temps vous pourrez à nouveau accueillir une grande civilisation.

Il marcha alors vers le vaisseau, y entra et la porte se referma derrière lui. Le dernier contact avec la Terre était une chose du passé.

Au signal de Robert, tous les pilotes des vingt vaisseaux allaient partir en même temps.

Alors que tous étaient prêts pour le départ, le reste des habitants de la Terre regardèrent cet événement historique se dérouler sur un grand écran de télévision 3D. Ils étaient tous à la fois heureux pour ceux qui partaient et tristes qu'ils ne puissent pas les rejoindre. Tout le monde était silencieux, regardant l'événement se dérouler. Beaucoup de signes de tristesse prirent place et tous espéraient qu'on ne les oublierait pas.

Il y a une dernière chose que je dois faire avant le

décollage. Et il apparut sur les écrans et dit :

– Nous sommes sur le point de partir. Je tiens à vous dire et vous jurer que vous allez revoir ces vaisseaux venir vous chercher lorsque vous serez prêts pour votre nouvelle maison.

Je sais que c'est difficile de nous voir partir sans vous, mais en même temps, n'oubliez pas que vous êtes maintenant dans un endroit pour vous aider à améliorer votre santé, chose que vous n'avez jamais connue auparavant. Alors, profitez-en.

Nous allons revenir bientôt, prenez soin de vous et nous vous ferons parvenir des photos et mises à jour sur nos nouvelles colonies et les réalisations sur Terra Cotta. À très bientôt !

Après un bref instant de ce qui avait été difficile pour lui, Robert s'assit à côté de l'un des pilotes et dit :

– Allons-y !

Tous les pilotes le remercièrent et tous décollèrent en même temps. Le ciel était comme d'habitude rouge et gris, il n'y avait pas de prédiction de débris spatiaux avant et durant leur envolée. L'heure de départ était parfaite, seules les traces de vapeur blanche apparurent dans le ciel.

Dans les vaisseaux, on était assis et on regardait le cosmos s'étendre. Ils n'avaient jamais imaginé dans leurs rêves les plus fous de l'immensité de l'univers.

Robert regarda la Terre disparaitre dans l'immensité de la galaxie...

Julia le rejoint et lui dit que c'était, pour elle, le projet le plus incroyable de sa carrière et qu'elle couronnerait de nouveau sa retraite avec ce dernier. Ensuite, ils apprécièrent la vue des étoiles et des planètes tout autour d'eux. Tous reconnaissants que ce jour soit enfin venu après cette période difficile.

– Nous serons avec vous pendant quelques jours, puis nous retournerons à SN2Y. J'ai beaucoup de choses à faire à mon retour. Si vous avez besoin de quoi que ce soit, n'hésitez pas à me le demander, je ne participerai plus à d'autres projets, mais je vais certainement superviser les équipes qui en feront partie.

Robert, cela a été une expérience tout à fait exceptionnelle et malgré les mauvais moments, j'ai réalisé combien notre Institut doit continuer à exister. J'ai très hâte de voir mon père et lui raconter toute l'aventure.

Ce que je vous souhaite c'est que vous ne commettiez aucun acte nuisible contre votre nouvelle planète. S'il vous plait, promettez-le-moi.

– Je vous le promet, dit-il sans réserve. Nous aurions disparu en tant que civilisation sans votre aide.

Tous les passagers se souriaient les uns aux autres, ils savouraient chaque moment. Personne ne pouvait imaginer la possibilité d'enlever leurs vêtements de protection et leurs dispositifs de respiration puis de marcher librement sur une planète. Seul Robert l'avait vécu à cause de cette simple annonce offrant des moyens d'améliorer les choses…

Comme les vaisseaux avaient, depuis quelques minutes, gagné l'altitude ciblée, ils n'étaient plus attirés par la gravité de la Terre et pouvaient maintenant continuer leur voyage à une vitesse beaucoup plus rapide.

On ne retrouvait plus d'indices de regrets d'avoir quitté la Terre. Les gens semblaient plutôt impatients de voir cette nouvelle planète et ce qu'elle allait leur offrir. La plupart d'entre eux, la grande majorité d'entre eux était née après que le mal soit fait. Ils n'avaient aucune idée, combien ce serait mieux pour eux.

McPherson, ses dix « fidèles » et le reste de l'élite regardèrent aussi le spectacle, mais en dépit de ce grand événement qui prenait place, ils le qualifièrent de fiction et ne crurent aucunement que c'était réel.

Plusieurs tentatives avaient été faites dans le passé pour trouver une planète habitable autre que la Lune pour l'élite et ils ne l'avaient jamais localisée. Puis en continuant de tout regarder, ils se dirent que c'était le dernier voyage pour la majorité de la race humaine.

À travers le trou noir

Avec Heather à ses côtés, Robert apprécia ce voyage qui leur promettait, à tous les deux, un futur qu'ils avaient tant désiré.

Julia, Yentil et les scientifiques étaient très heureux que ce voyage se termine pour le mieux et qu'ils retourneraient bientôt à leur SN2Y bien-aimé, cette planète magique, comme Robert l'appelait.

Julia informa Yentil qu'elle avait pris la décision qu'elle ne participerait plus à d'autres projets, mais ferait partie de la supervision, il comprit ce qu'elle avait décidé.

Au long du voyage, il y eut plusieurs messages qui donnaient des informations quant à la localisation des vaisseaux, quelles étaient les constellations qu'ils traversaient, de regarder les différentes planètes et étoiles.

C'était la leçon d'astronomie ultime pour tous. Pour ceux et celles à qui on avait pu accorder une certaine éducation, tout ce qu'ils voyaient en toute réalité était maintenant ce qu'ils avaient visionné depuis des décennies dans leurs livres numériques.

Personne ne pouvait imaginer à quoi ressemblerait la vraie chose. Pour d'autres, le peu de nourriture et l'eau étaient la seule chose qu'ils connaissaient.

Après quelques jours, chaque pilote se rapportait pour informer qu'ils se rapprochaient du trou noir. C'était la porte d'entrée pour Terra Cotta.

Il y avait des instructions très précises qu'ils devaient absolument observer à la lettre en entrant en contact du mouvement rotatif et violent. Pour leur protection, ils allaient activer leur bouclier magnétique de gravité inversée, qui leur permettrait de maintenir leur trajet vers Terra Cotta. Jusque-là, tout était bien tracé et suivait son cours. Ce n'était juste qu'une question de temps pour qu'ils y arrivent enfin.

La descente vers le trou noir était turbulente, mais les pilotes expérimentés savait que la formation que les scientifiques de SN2Y leur avaient donnée les aiderait à la contrôler. Il s'agissait maintenant de prendre l'entrée la plus sûre pour se rendre de l'autre côté.

Alors qu'ils avançaient, le son de ce monstre cosmique envahit tout l'espace et tous les coins des vaisseaux. Quelques cris de peur se firent entendre, mais tous furent assurés qu'il s'agissait d'un phénomène naturel et que tout allait bien.

Des nuages de poussière colorée prenaient forme autour de l'une des sorties ciblées. Les scientifiques cherchaient à répondre à une question qui devenait difficile, ces sorties étaient semblables les unes aux autres et ils ne s'attendaient aucunement que ça se produise.

C'était la seule chose qu'ils n'avaient pu prédire avec précision, car à proximité du trou noir, la puissance des mouvements annulait toute possibilité d'une cartographie stable. Ils avaient travaillé très dur afin de prévoir toutes les possibilités, mais en dépit de leurs calculs précis, ils n'avaient pu prévoir ce qui se présentait devant eux.

Robert s'approcha de la scène où les scientifiques discutaient de la sortie à prendre. En regardant davantage, il se rappelait de ce qu'il avait vu sur SN2Y. Il se souvint de quelque chose de semblable. Ces nuages de poussière colorée prenaient la forme des arbres Bonsaï, les nuages et les étoiles les entourant étaient dans la position exacte, comme il s'en souvenait lors de son test que Julia lui avait présenté.

Pourquoi maintenant, se dit-il, *comment est-ce possible ? Qu'est-ce que cela a à voir avec la porte de Terra Cotta ? Ce n'était qu'un test après tout.*

Mais plus il regardait, plus un grand cercle noir entouré

d'un blanc pur prenait forme.

Robert s'empressa de leur dire, en leur montrant le grand cercle, que c'était la seule sortie qui les mènerait vers Terra Cotta. Il en était absolument certain.

Il leur dit que c'était ce qu'il avait vu sur SN2Y, la porte de Terra Cotta et que la réponse viendrait de la lumière provenant du grand cercle noir. Les nuages de poussières avaient pris la même forme que les arbres Bonsaïs. Robert était convaincu que c'était la sortie. Bien que cela semblait être un risque énorme pour les scientifiques, ceux-ci n'avaient aucune raison de ne pas lui faire confiance.

– Vous êtes certain Robert ?

– Je le suis à 100 %, c'est la porte de Terra Cotta. Je ne peux pas expliquer maintenant, mais nous devons la prendre.

Après un moment, les instructions de navigation furent transmises aux pilotes, tous étaient prêts et se dirigèrent dans la lumière du cercle noir à la vitesse stellaire. Le bruit devenait de plus en plus fort. Le cercle augmentait sa taille lorsque chaque vaisseau le traversait. Il était immense, une mer de lumière blanche.

Après beaucoup d'agitation et de friction d'une résistance invisible, et en regardant leurs cartes, ils comprirent qu'ils avaient pris la bonne direction vers Terra Cotta. Le passage du trou noir avait été un succès et ce fut bien sûr annoncé à tous.

Grâce à la puissance du Worm Hole qui était le dernier véhicule cosmique avant leur arrivée sur Terra Cotta, les pilotes diminuaient progressivement leur bouclier de gravité magnétique inverse et tous les vaisseaux s'envolèrent à une vitesse folle.

Selon les nouveaux calculs, Terra Cotta apparaitrait sous peu...

Le cœur de Robert se mit à battre plus rapidement, pourquoi ce test sur SN2Y saurait le guider vers la bonne sortie. Il était déconcerté de voir combien ce test qui lui semblait tellement insignifiant devenait l'information la plus importante pour trouver la bonne sortie. C'était certainement une autre surprise de SN2Y.

Julia le proclama être le plus talentueux de ses visiteurs sur SN2Y.

Maintenant que la turbulence avait cessé, tous décidèrent de se joindre aux pilotes pour regarder le paysage.

Terra Cotta les attendait...

Le temps de se dire au revoir

Tous les pilotes signalèrent que, selon les calculs, Terra Cotta apparaitrait bientôt. L'atmosphère était indescriptible ; le souhait d'une vie se réalisait.

Robert regarda la mer d'étoiles et se souvint de ce qu'il avait vu lors de la reconnaissance pour voir si cette planète pouvait supporter la vie humaine. Les nuages de poussière colorée se dissipaient graduellement, il était là, Terra Cotta était enfin en vue, dans toute sa splendeur.

Jamais dans leurs rêves les plus fous n'avaient-ils pu s'imaginer que cela puisse être possible ; beaucoup d'entre eux n'avaient jamais espéré ou pensé que ce serait possible. Le soleil était au rendez-vous avec les deux lunes orbitant autour de Terra Cotta.

Les pilotes annoncèrent qu'ils allaient survoler toute la planète.

Les vaisseaux, un par un, atterrirent à leur destination, tous sur le même continent.

Des instructions se firent entendre disant à tous qu'ils pouvaient, pour la première fois de leur vie, se débarrasser de leurs vêtements de protection et de leur dispositif de respiration. Qu'ils pouvaient sortir de leurs vaisseaux en toute sécurité.

C'était vraiment quelque chose de nouveau, il y avait un sentiment de surprise, on leur avait tellement dit que ce n'était pas possible de vivre sans ces vêtements durant toute leur vie.

Un par un, dans chaque vaisseau, les vêtements argentés

et les dispositifs respiratoires étaient soigneusement pliés et mis sur chaque siège. C'était leur geste signalant la fin de leur agonie. Ils allaient être utilisés pour les prochains passagers.

– Al via fresxa Hejmo ! (Bienvenue dans votre nouvelle maison !) s'exclama Robert.

L'atmosphère était complètement extatique.

Ensuite, chaque dirigeant se tenait à la porte de sortie, demandant à leurs pilotes d'ouvrir les portes…

Alors, qu'elles s'ouvraient, tous se tenaient là en silence, sentant le vent sur leurs joues et le soleil qui dégageait de la chaleur. Ils respiraient sans effort, ce grand don d'air pur entrait dans leurs poumons.

Des larmes d'appréciation apparaissaient pendant qu'ils continuaient à marcher. Dans toutes les langues, ils invitaient tous les autres passagers à les rejoindre rapidement.

Ils regardaient tout autour. Les couleurs des plantes et des arbres, l'eau qui coulait librement sur les flancs des montagnes, les champignons géants nourrissant les animaux. Tout était là pour être admiré.

L'architecture, les routes, les transports étaient tous la signature de SN2Y. Ce fut une grande surprise pour Robert, car il était le seul qui savait à quoi SN2Y ressemblait. Plusieurs dômes pouvaient être observés sur de grands bâtiments comme la bibliothèque galactique, là où il avait passé du temps à remettre tout en question à la recherche d'une planète semblable à SN2Y...

Lorsque tous les passagers eurent quitté les vaisseaux, les vaisseaux redémarrèrent leurs moteurs pour quitter Terra Cotta et retourner sur la Terre. Il y avait encore des millions de personnes qui les attendaient.

Julia, Yentil et les scientifiques étaient tous très satisfaits et reconnaissants que tout se soit bien passé.

Les dirigeants furent informés des zones qui leur avaient été assignées pour commencer leur nouvelle vie. Tout l'équipement était déjà déchargé des vaisseaux.

Ils eurent les cartes numériques pour leur région avec les

plans de leurs maisons, et des instructions sur l'utilisation de divers bâtiments nécessaires à l'administration de leur gouvernement qui devait être choisi par un vote démocratique, il n'y avait plus d'entités distinctes. Ils devaient élire chacun deux représentants au comité central supervisant la planète.

Lorsque tout le monde se déplaçait, le ciel leur a montré, pour la première fois, le cosmos et les étoiles brillantes. Tous se rendirent à leur nouveau domicile et profitèrent d'une nuit de sommeil qu'ils n'oublieraient jamais pour le reste de leur vie.

Quand tout fut réglé, Julia tendit une petite tablette métallique qui contenait ce qu'elle appelait la règle de base pour qu'une civilisation survive bien. C'était son cadeau avant de quitter Terra Cotta pour SN2Y.

— Ceci, dit-elle, est le fondement à observer pour tous. Si vous le faites, vous n'aurez plus jamais besoin de notre aide.

La tenant dans ses mains, Robert ne pouvait pas figurer comment l'ouvrir et lui remit poliment pour lui montrer.

Comme elle lui montra où il fallait cliquer, un hologramme apparut.

— C'est si simple, lui dit Robert, n'importe qui peut observer ces règles.

— Oui, bien sûr Robert, ceci n'est pas absolu mais il va certainement contribuer à la création d'une scène idéale pour tous.

— Il est maintenant temps de vous dire au revoir, notre pilote de SN2Y va nous ramener à la maison. Il sera ici sous peu. Je vais certainement garder cette aventure gravée dans mes pensées pour toujours.

— Je savais que ce moment viendrait, mais pas si tôt... mais je comprends. Vous retournez à la maison. Je voudrais pouvoir garder contact avec vous. Vous avez été d'une grande aide qui a abouti à l'événement d'aujourd'hui.

Elle le regarda, l'embrassa, et lui tapotant le dos, elle dit :

— Eh bien, l'avenir nous le dira Robert. Maintenant, je dois aller me préparer pour le départ.

Il l'accompagna en direction du vaisseau. Elle lui jeta un dernier regard avant de monter à bord en lui souhaitant tout le meilleur pour tous les nouveaux Terra Cottans !

Robert ne la quitta pas des yeux jusqu'à ce que le vaisseau disparaisse dans le ciel nocturne.

Quelques jours plus tard, toute l'opération de déplacer les gens fut déclaré un succès.

De retour sur Terre, les survivants furent informés par la 3DTV à quoi ressemblait leur futur. Ils avaient espoir que Terra Cotta resterait en contact avec eux régulièrement et qu'ils allaient les rejoindre bientôt. Robert leur avait fait la promesse et ne les a jamais trahis.

La vie n'était pas aussi agréable pour eux en sachant qu'il y avait un endroit où ils n'avaient pas besoin d'être confinés dans des locaux sous la surface d'une planète. C'était vraiment ce qui les motivait et leur donnait espoir.

McPherson et son élite avec ceux qui l'avaient toujours soutenus furent envoyés dans la région tibétaine isolée et furent informés que puisque c'était leur choix, nul n'interviendrait dans leurs affaires.

Ils furent tous témoins de l'événement du grand départ et manifestaient une grande déception que rien de mauvais ne soit arrivé. Ils auraient encore eu raison...

Ils restèrent prisonniers de leur propre cupidité et condamnés à une vie de misère. C'était leur choix, personne ne s'était imposé à eux.

Robert avait un message qui les attendait, l'ayant écrit avant son départ pour Terra Cotta.

Sorti de nulle part, au milieu d'une salle où l'ISS et l'élite étaient rassemblées pour leur ration alimentaire, un énorme hologramme apparut. C'était Robert Benson.

– À vous tous, l'ISS et ses adeptes qui avez volontairement décidé de ne pas vous joindre à nous, puisque vous n'aviez pas le courage d'affronter les gens et leur dire la vérité.

Votre séjour ici signifie que votre époque a, en même

temps, atteint sa fin. Chacun d'entre vous savait depuis le début que vous aviez construit votre empire sur des mensonges pour vous garder là où vous étiez, en augmentant les demandes de financement des médicaments non prouvés, du lavage de cerveau que vous faisiez jour après jour pensant que vous nous donniez un honnête coup de main.

Sans vous, la civilisation de la Terre aurait eu une meilleure chance d'améliorer son avenir. J'aurais sincèrement souhaité que les générations qui m'ont précédé vous aient détectés bien avant.

Votre conditionnement mental imposé par ces religions que vous avez créées n'aurait pas survécu aussi longtemps si les finances et les richesses dont vous vous êtes illégalement acquis avaient cessé d'être fournies. Votre empire a survécu seulement en raison des finances. Sans les finances volées à d'honnêtes gens, vous auriez disparu depuis très longtemps.

Vous avez construit votre empire en créant des mensonges vingt-quatre heures par jour, en disant qu'il n'y avait aucun espoir pour quiconque de penser que quelque chose de mieux pouvait exister. Nous ne sommes plus sous votre contrôle et ne le serons plus jamais.

Enfin, je vous informe que chacun de vous est étiqueté comme l'ennemi n° 1 de l'univers et personne ne va vous donner une seconde chance de reconstruire votre tyrannie.

J'ai fait en sorte que toutes les civilisations contactées dans l'univers s'assurent de rester loin de vos poisons. Pour vous assurer que ce que je viens de vous dire est réel, chacun de vous est identifié individuellement à travers la galaxie.

Alors que le reste d'entre nous seront en mesure de se débarrasser de ce que vous avez planté dans nos têtes psychologiquement et biologiquement. Nous avons découvert comment cela s'est produit, nous pouvons maintenant défaire ce qui a été fait. Ce n'est pas le cas pour vous.

Vous serez facilement détecté à tout moment n'importe où dans notre galaxie et au-delà de son entrée. Cela inclut également vos générations futures si vous durez aussi longtemps, j'en doute personnellement, mais juste au cas où.

Il s'agit, bien sûr, de quelque chose dont vous ne connaissez pas et vous ne saurez jamais de quoi il s'agit. Nous savons maintenant que ce n'est plus une affaire d'une seule vie à vivre comme vous nous le répétiez.

Au Revoir !

Toute l'élite écouta attentivement, mais aucun d'eux n'exprima un signe de regret ou de remords. Ils étaient aussi antisociaux que McPherson l'était. Leur comportement démontrait vraiment à quel point cet état d'esprit était contagieux.

Ils ne furent jamais informés qu'il y avait des gens qui vivaient sous les Rocheuses et qu'ils n'auraient jamais la chance de s'y rendre même s'ils essayaient de s'y rendre une seconde fois. Robert avait fait en sorte que le secret soit bien gardé.

Julia et Peter

Le voyage du retour vers SN2Y se passa bien. Julia, Yentil et les scientifiques retournèrent à leurs occupations. Julia continua à superviser les projets qui étaient toujours en grande demande à l'Institut.

Julia Zeni considérait sa dernière expérience comme celle des plus mémorables et quand elle annonça au comité qu'elle prenait sa retraite, tout le monde fut surpris, mais avec ce dernier projet, ils savaient qu'elle avait sans doute tout donné.

Elle demeurerait active, mais ne participerait plus directement aux projets. Certains craignaient que l'Institut ne soit plus jamais le même après son départ. Trouver quelqu'un pour prendre la relève serait difficile. Elle avait ce talent que peu d'entre eux possédaient.

Comment pourrait-elle être remplacée adéquatement? Elle ne voulait pas participer à ce débat, c'était au comité de décider ce qui était le mieux pour l'Institut. Elle ne voulait pas du tout s'impliquer dans la question. Ses pensées visaient Terra Cotta et elle souhaita qu'un jour, elle puisse y retourner et y voir les progrès réalisés.

Elle et Robert restèrent en contact, lui donnant les nouvelles sur les dernières innovations qu'ils avaient faites à propos des constructions de toutes sortes, l'augmentation de la population et la grande réussite atteinte dans les nouvelles technologies vertes comme Robert les appelait. Elle partagea l'excitation et les aventures qui étaient encore à venir pour cette civilisation.

Il y avait toujours une question que Robert aurait voulu lui poser, mais il ne l'avait jamais fait jusque-là.

Comme tout allait si bien pour toutes les colonies, la

construction de maisons, la fabrication sans émissions de gaz, compte tenu des règles que Julia avait données comme étant la garantie fondamentale pour la survie de toute civilisation, il se demandait si Julia et son père lui permettraient d'utiliser le « K » pour sa civilisation – de cette façon, elle serait bénéfique non seulement pour sa génération, mais pour toutes les autres à venir.

C'était le « K » que Julia lui avait mentionné. L'invention de son père qui avait aidé un grand nombre de civilisations à se débarrasser de l'ignorance et à une plus grande compréhension de la vie. Ce « K » stabiliserait énormément leur progrès.

Il voulait également savoir ce qu'était le secret de Julia contre le vieillissement et comment conserver un corps jeune. Il ne savait pas comment aborder le sujet. Comment cela serait-il perçu par elle et son père ? Serait-il considéré comme cupidité ou un caprice humain refaisant surface ? Accepterait-elle de partager cette technologie et cette connaissance ? Il voulait avoir plus de temps à partager avec Heather, avoir des enfants et profiter de sa nouvelle planète et continuer à contribuer du mieux qu'il le pouvait.

Julia et son père ne les avaient jamais divulgués à personne.

Julia avait le pressentiment qu'un jour il allait lui demander et comme d'habitude, elle ne lui avait jamais mentionné et n'y avait pas fait allusion.

Une autre année s'était écoulée et Julia Zeni obtint finalement que son souhait très personnel prenne forme. Peter Malgrani, l'homme que Julia avait aimé secrètement, décida de prendre sa retraite.

Un soir alors que Julia était plongée dans ses pensées, en regardant le ciel sous le dôme au-dessus de la bibliothèque Galactique, Peter apparut et silencieusement, s'assis à côté d'elle.

Elle était si loin dans ses pensées qu'elle n'était pas du tout consciente de sa présence jusqu'à ce qu'il prenne sa main et lui dit :

– J'ai lu votre lettre que vous aviez donné à votre père...

En tournant la tête et en le regardant droit dans les yeux, elle essaya de dire quelque chose, mais elle en fut incapable, étant trop submergée par la surprise de sa présence. Elle se demanda pourquoi son père n'avait pas respecté l'accord qu'ils avaient fait avant son départ pour la Terre.

Peter poursuivit en lui disant qu'après le débriefing de son dernier projet, juste avant de quitter le bureau, son père l'avait invité à la lire, puisqu'elle lui était destinée.

– J'ai lu cette lettre des centaines de fois Julia. Je partage les mêmes sentiments que vous avez pour moi. Nous avons tous les deux été, je ne sais pas, peut-être trop occupés par notre travail et n'avons pas pensé que quelque part il y avait une place pour nous deux. Je pense que le moment est venu de la prendre et de faire ce que nous avons reporté pendant longtemps.

Avec l'aide de quelques amis, j'ai construit une maison à proximité de l'Institut. Merci à Yentil pour son idée de génie de la rendre invisible jusqu'à ce que j'aie la chance de vous parler.

L'invitant à voir la maison, il la prit dans ses bras, ils touchèrent les murs et ils descendirent lentement en savourant leur premier baiser.

Yentil les attendait à la sortie de la bibliothèque et savait à quel point ce moment comptait pour tous les deux. Au signe de Peter, la maison fut dévoilée.

Un mur d'étoiles se profila devant eux et la maison apparut progressivement. Son modèle était le même que celles créées pour Terra Cotta, un bâtiment de deux étages blanc pur. Il y avait même les règles gravées sur plaques métalliques au-dessus de la porte d'entrée.

Julia fut très touchée par ce détail. Son dernier voyage avait signifié tellement pour elle.

Peter se tint en face de la maison, la regarda en lui disant :

– Julia, je serais ravie de partager ma vie avec vous !

Elle le regarda et, sans aucune hésitation, lui dit oui !

De nombreux scientifiques et Yentil assistèrent à cet événement. Le père de Julia, tout en les regardant, se sentit très satisfait de l'événement qu'il avait provoqué. Enfin, sa fille avait quelqu'un avec qui partager sa vie.

En échange de « K » ?

Robert invita Julia et son père à Terra Cotta afin de leur montrer les progrès réalisés par sa civilisation. Ils répondirent immédiatement avec enthousiasme. Ils ne purent refuser cette occasion de se revoir.

À leur arrivée sur Terra Cotta, ils furent accueillis comme aucun autre. Beaucoup de gens se ruèrent vers eux, les remerciant pour ce qu'ils avaient fait pour eux.

Les gens souriaient ! Ils virent des familles avec des bébés en bonne santé. Sur Terra Cotta, il y avait des gens heureux, profitant de la vie.

La confiance qui avait été donnée aux humains ne les a pas déçus. Les villes qu'ils avaient construites étaient énormes, mais en même temps, complètement harmonisées avec la nature. Ils constatèrent que même après seulement un an, beaucoup avait été accompli.

Après les festivités, Robert demanda à Julia et son père d'avoir une conversation privée.

– J'hésite à vous le demander, mais en même temps, je veux le faire puisque je crois que cette technologie est nécessaire pour nous tous. Si vous ne souhaitez pas la partager, je respecterai votre décision.

Je n'oublierai jamais SN2Y pour le reste de ma vie, car c'est là que j'ai rencontré des gens comme vous qui signifient beaucoup pour moi.

Je sais que vous avez déjà partagé énormément de choses avec nous, plus que quiconque pourrait imaginer recevoir. Je ne pense pas que c'est la cupidité qui appelle à l'intérieur de moi, mais je voudrais vraiment savoir comment je peux obtenir le « K » pour nous tous.

S'en approprier est la garantie que les gens aient toutes les connaissances pour mieux survivre. Nous avons eu quelques cas de comportements terrestres, mais pas au même degré conduisant à l'anarchie et à la violence. Je veux m'assurer que nous pourrons éviter cela pour les générations à venir, y compris celle-ci. Est-ce possible?

J'aimerais aussi en savoir davantage sur comment le processus de vieillissement est contrôlé.

Julia et son père se parlèrent en privé pour discuter de la chose, puis revinrent tout souriants.

– Et bien, dit-il, je suis très flatté que vous n'ayez pas oublié ce que ma fille vous avait mentionné au sujet de la détermination et ce que j'ai fait sur Etka. Nous pouvons le faire, mais seulement si vous faites quelque chose pour nous en retour.

– Qu'est-ce que ce serait ? demanda Robert.

– Que vous continuez à être la personne responsable de la planète et que vous continuez à respecter les règles que vous avez établies.

Nous avons également besoin de personnes dévouées pour travailler avec nous sur SN2Y. Nous avons besoin de personnes pour prendre la relève. Julia a pris sa retraite, mais la demande pour l'aide n'en a pas diminué pour autant. En retour, nous allons entraîner vos gens de notre technologie et nos techniques.

Tout fut convenu sans hésitation. Julia et son père savaient qu'ils pouvaient faire confiance à Robert.

La vie sur Terra Cotta

Après quelques années sur Terra Cotta, tous appréciaient autant leur nouvelle vie. La plaque métallique contenant les règles était observée par la grande majorité. Toutes les structures avaient été établies. La fabrication de la nourriture, l'agriculture, tout était naturel. Les fruits et légumes étaient excellents et toute la population était en bonne santé.

Des marchés de différents types avaient pris forme et Terra Cotta est devenu un endroit très prospère. Des vaisseaux spatiaux traversaient le ciel sans émission de gaz, le niveau de la couche d'ozone n'avait pas diminué et ce qui avait été créé était, comme dit Robert, sûrement envié par le reste de l'univers.

Tous les bâtiments étaient blancs et contribuaient à l'ajustement nécessaire pour le chauffage et le refroidissement. La couleur blanche avait été choisie puisqu'elle a une propriété d'ajustement avec les saisons. Elles ont été construites selon les normes de SN2Y.

Beaucoup de scientifiques et de nouvelles générations d'ingénieurs se sont joints à l'Institut de SN2Y.

L'espéranto était la langue des affaires et du gouvernement. Il n'y avait plus d'obstacles à la communication et à la compréhension.

Les stades de sport furent également construits et le hockey était devenu le jeu international. Robert, Canadien d'origine, n'aurait jamais délaissé ce sport qu'il aimait tellement.

Les gens qui étaient restés sur Terre depuis des années, étaient maintenant en mesure de les rejoindre. Tous ont réussi à améliorer leur santé, très reconnaissants ne pas avoir été oubliés.

Il y eut quelques situations où il y avait des personnes éprouvant de la difficulté à changer leur « pensée et comportement terrestres ». Pour remédier à la situation, ils furent affectés, sous la direction d'ingénieurs, pour aller sur des sites de construction et, ce faisant, compensant les dommages créés, contribuant de nouveau à un but positif.

Ils eurent le temps tout en contribuant à identifier les raisons pour lesquelles ils agissaient comme ils le faisaient et quand ils reconnurent la source exacte de leurs problèmes, ceux-ci cessèrent d'exister ; ils pouvaient de nouveau contribuer à la société et rejoindre leurs familles et amis.

Les punitions et l'isolement étaient la façon terrestre, pas celle de Terra Cotta et avec la technologie du « K », la source de ces problèmes fut traitée.

Robert s'établit avec Heather dans une maison qui fut construite près de la scène originale de son exploration. Leurs premiers Terra Cottans étaient des jumeaux – un garçon et une fille. Ils avaient chacun trois points formant un triangle sur le côté supérieur de leurs mains ...

Conclusion

Le temps passa et avec lui, d'énormes progrès furent réalisés dans tous les domaines en plus de leur croissance physique et spirituelle. Terra Cotta dépassa toutes les attentes et continuait sur cette voie.

Et sur chaque maison, la plaque qui se lisait en esperanto était :

« Mi faite gxi cette far al logxi en la Presenti Kaj krei mia avenir Kiel être estas Kiel beocming malsana estimation bona al tous Kaj al mem. » *

* Je suis arrivé jusqu'ici pour vivre dans le présent et être le maître de mon avenir. Puisqu'être est devenir, je suis bon pour tous et pour moi-même.

Ce fut l'héritage de SN2Y.

Mot de l'auteur

... Avant de fermer ce livre, je voudrais prendre quelques minutes avec vous.

Je veux d'abord vous remercier d'avoir pris le temps de lire mon livre. J'espère que cela vous a plu.

Ce n'est pas une histoire de roses, mais cette histoire est un scénario possible.

Il n'est pas nécessaire que nous finissions de cette façon.

Vous êtes libre de tirer vos propres conclusions quant à l'endroit où notre véritable histoire de la Terre nous mènera.

Prenez quelques minutes, regardez autour et imaginez la direction que nous prenons pour notre planète. Prenez le temps d'observer votre environnement personnel et ce qui se passe dans votre ville et pays. Si vous êtes en désaccord avec ce qui se passe, trouvez un moyen positif pour vous faire entendre et contribuer à changer ces conditions.

J'espère que pour vous, moi et tout le reste de la population de cette planète que ce sera bon pour nous tous et nos enfants.

Claire

À propos de l'auteur

Une nouvelle écrivaine canadienne. Née au Québec, Claire a commencé sa carrière d'écrivaine en 2013. Il n'est jamais trop tard pur atteindre un objectif ! s'était-elle dit. Cela faisait partie de sa « bucket list » d'en écrire au moins un.

Depuis, Claire a écrit plusieurs autres romans, fiction et science-fiction, parce qu'elle a développé cette passion d'écrire sur ce qui la passionne.

Mot de la fin

Merci d'avoir lu « L'horrible face de la planète bleue » de Claire Hamelin Manning.

Si vous avez apprécié sa lecture, et si cela n'est pas déjà fait, aidez-nous :

Mettez un commentaire qui aide les lecteurs à se décider. Bien sûr on parle de ceux qui sont intéressés. Ceux qui se demandent si sa lecture en vaut la peine. Votre opinion est importante.

Cela vous prendra quelques minutes tout au plus et vous nous aiderez ainsi à vous préparer d'autres livres de qualité.

Ce serait très apprécié.

D'avance, un gros MERCI !